U0863912

何以青衫薄

HEYI QINGSHANBO

墨苏黎 著

西苑出版社
XI YUAN PUBLISHING HOUSE

「目录」

「目录」

第一章 初入平王府

春日暖暖，天气好得不像话，原本该是柳若扶风，一派和煦的景象，可城西头的平王府里，却乱成了一锅粥。

西厢南阁，上好的檀木桌椅，墙上挂着珍贵的古画，四处摆着稀有的青瓷古玩，架子上放着各样盆栽，妖艳的花朵开得极致。可纵然再华贵再美，也没人有心情去观赏。

“你们的意思是，小世子没救了？”沉冷的声音自头顶传来，趴在地上的太医瑟瑟发抖。

一名花白胡子的太医碰了碰身边穿着朝服的肥胖太医，那圆滚滚的太医这才哆哆嗦嗦开了口："回王爷，臣等无能。小世子，小世子得的是怪疾……"

余下的话他已经说不出口了，怕自己再多说一句，就会老命不保。早就跟自己说了，这把年纪本该告老还乡，可非得贪那几两月俸，如今，怕是要给小世子陪葬了。

这里是平王爷的封地，天高皇帝远，他就是这里的土皇帝，更何况，只要平王每年交足供奉，皇上都不会多插手这里的事情。若是平王不高兴了，跟皇上说，今年雨水不足，收成不好，不予进贡了，皇上也是无可奈何的，所以，提起平王爷，没人不怕的。

"一群废物，都给本王听好了，本王再给你们一次机会，一个时辰之后，若还是救不了小世子，本王就将你们种在花园里，日日守着小世子。"

平王东辰逸俊俏的脸上多了几分冷沉，看着锦宝小脸愈发憔悴，他已经没有耐心再和这帮太医耗了。

"拿着宫里的俸禄，没点儿本事，留着他们有什么用？"

这帮太医一听，一个个全趴在地上，呼天抢地地喊了起来："王爷息怒，臣等已经尽力了，实在是……"

种在花园里？想死死不了，想活活不成，这平王整人的法子，还真是跟常人不一样。

这帮太医，话还未说完，门口传来侍卫成左的声音："启禀王爷，有个姑娘揭了官榜，说她有法子医好小世子。"

平王东辰逸一听，急忙对着外头命令："传她进来！"

一听有人能救小世子，这帮太医立刻停止哭泣，就这么跪着往一旁挪了挪。还好，还好，祖上积德，他们这老命，看来是保住了。

话音落下的时候，东辰逸抬眼看过去，就见一个穿着绣着简易白色花纹的青衣女子走了进来。甚是好看的脸上，一双大大的眼睛，好似清澈的湖泊，头发被青玉簪子随意绾着，肩上背着一个轻简的包袱。

这好一身的轻灵气息，让人看起来清新独特，颇有股子云淡风轻的味道。

女子就这么跟东辰逸对视着，也未行礼。许就是这股子云淡风轻的气质，从她眼里看不出一丝一毫的畏惧，不像平日里那些寻常百姓看到平王立刻吓得瑟瑟发抖。

“王爷，就是这位青衫姑娘揭的官榜。”成左对着东辰逸恭敬禀报着。

东辰逸收起目光，也未在意她的无礼。江湖上，自是有那么些个清高气傲的人，他们不与朝廷为伍，自然也不会对他们行跪拜之礼，这一点也就不奇怪了。

随即，东辰逸对着青衫姑娘吩咐道：“过来给小世子看病吧。”

话音落下的时候，东辰逸已经站起身让开了位子。

青衫姑娘抬步走了过去，在床边坐下，看着躺在锦被里的孩子，约莫只有四岁，可爱的小脸，许是因着病痛的折磨，十分憔悴。孩子终究是太小了，跟大师兄的湘儿差不多大，让她不由得多了几分怜悯之心。她伸出手，探上孩子的脉，瞬间，不由得柳眉微微蹙起。

“如何？”东辰逸看着青衫姑娘这模样，忍不住问道，“小世子，他得了什么病？”

她抬头看了东辰逸一眼，再转过头打量一眼整个屋子，这才淡然开口：“不是病，是毒。”

这些人甚是荒唐，医不出毒，便说是怪病，拿人命当玩笑。

一句话，让整个屋里炸开了锅，跪在地上的太医和恭敬垂立在一旁的奴才侍女，都不可置信地看着这姑娘，小声咬着耳朵，心里暗自替她捏了一把冷汗。这姑娘太造次了，要知道，这可是平王府，怎么能乱说话？

别的他们不敢保证，锦宝可是平王最宠爱的小世子，纵然谁有天大的胆子，也不敢对小世子下狠手，那是作死的节奏。

“毒？什么毒？”东辰逸轻晃着手里的折扇，旁人从他脸上看不出什么表情。

“我揭了官榜，可王爷还没说，若我救了小世子，你该如何奖励？”青衫姑娘伸手替锦宝拉好被子，不答反问。做买卖之前，先得把价格谈好，虽说行医救人，是天经地义，可老家伙说了，救人也得看人，像那些成日里搜刮民脂民膏的，绝不能客气。

看这平王府，这么有钱，想必也搜刮了不少。

这一次，连向来寡言少语的成左也吃了一惊。除了当今圣上，没人敢跟王爷讲条件。

不得了了，这姑娘不要命了？赶紧救人哪，虽然这把年纪了，他们还想着活百岁的，可千万别拖累他们。老太医只觉得心脏病都快吓出来了。

听了青衫姑娘的话，东辰逸顺手合上折扇，不怒反笑：“你不识字吗？官榜上不是说，你若救得了小世子，本王赏你良田百亩，黄金五百两，白银一千两。”顿了顿，东辰逸继续道：“但是，你若是救不了小世子，就得死。”

东辰逸难得耐着性子给青衫姑娘解释了一番。连一旁的成左，听到“死”字的时候，也微微觉得一股子寒意飘了过来。

“我不要银子。”她抬起头，看着东辰逸，眼里满是平静，“就是再多的银子，我也不要，你帮我找《医经》，我想这对平王来说，不是难事儿。”

这王爷开口倒是阔绰，还未泯灭人性。只是今儿，她不是为钱而来，可惜，可惜，算是便宜了这平王了。

今年中秋，就是师父的六十寿辰，师父说想要那失传已久的《医经》，就把师兄们赶了出去寻找。那书本就是稀罕物，是昌吉先生生前所写，这都过了几百年了，早就没了踪迹。

如今谁都想要，可眼下，一时半会儿哪里说寻就能寻得到？

她不过对着师傅说了句，为老不尊，任性妄为，老家伙便将她包袱一收，把她也撵出了鬼谷，说道，若是找不回《医经》，便不要回鬼谷了。

出了鬼谷，她无处可去，就开始四处打听起《医经》的下落。这一路周转，恰巧到了这洛城——平王的地界，途经客栈门口时，发现墙上贴着的官榜在找大夫给小世子看病。

她心想，这别人找《医经》不容易，平王兵力多，钱财足，有能耐，找个《医经》绝不是难事儿，遂揭了官榜，前来为这小世子看病。

“《医经》？”东辰逸口里喃喃重复着。

这女子有意思，不要金银珠宝，却只要《医经》，如此想来，那书也是不容易寻的。可眼下救锦宝的命要紧，管他什么医经、药经的，日后他派人慢慢再找就是。

随即，东辰逸对着青衫应允：“你先救锦宝，本王替你找《医经》就是。”

东辰逸话音落下的时候，白胡子太医差点跌了出去。王爷怕是根本不知道那《医经》的珍贵，哪里说寻就能寻得到的。心里这么想，可他也没有多嘴，言多必失，言多必死，作死这回也不能多管平王的事了。

青衫点了点头，这才再次开了口：“你们将这屋里的夹竹桃和薰香全部撤了，一个孩子住的地方，弄这些虚的做甚？更何况孩子病着，抵抗力弱，不宜用薰香。”

一进屋，这股子浓烈的薰香味儿，就让青衫觉得呛得慌。富贵人家，清新自然的空气，比什么都好，非得弄这些劳什子的薰香，分明就是造钱。

别人没懂青衫话里的意思，可向来心思深沉的东辰逸懂了。他对着侍婢们摆摆手。

“都撤了，以后小世子房里，放两盆当季的花便可。”

“是！”侍婢们立刻上前，将一盆盆的夹竹桃搬了出去，那边的薰香也撤掉了。

跪着的太医，只诧异地看着青衫，就见青衫径直从包袱里取出笔墨纸砚，就着床头边的桌子，提笔写了起来。

不大会儿的工夫，青衫将手里的药方递给一旁跪着的太医，轻声吩咐道：“按着这个方子给小世子抓药，每日两剂煎服，四日后便会药到病除。”

太医一听，更是吃了一惊，这么难治的顽疾，只要一帖药就能治好？他顺手接过方子，瞪着眼，仔仔细细地看了看，也不过是寻常的方子，看不出什么独到之处。

“这位姑娘，小世子得的是怪疾，我等都没法子，姑娘当真肯定这方子能救小世子？”太医大着胆子，对着青衫问道。若是青衫救不了小世子，他们还得被种在花园里，这事儿还是谨慎些好。

青衫兀自收着手里的笔墨，淡然的姿态：“信我，我便治；不信，我也不强求。”

这种毒，大师兄家的湘儿都开得出方子，这帮老家伙，自己医不好，倒怀疑起她来了，真是可笑。

东辰逸静静地看着青衫，不知为什么，就信了她这句，有时候，信一个人，是没有缘由的。随即，对着太医沉声命令：“你们就按她说的办，若是再有差池，本王定不轻饶。”养着一帮废物，实在让他头疼不已，明日通知账房，将这帮老家伙的俸禄减半。

“是，是，王爷！”一见东辰逸生气，这帮太医连滚带爬地出了西厢南阁。

几个侍婢奴才也跟着告退了，只剩下东辰逸和成左。东辰逸看着青衫，就见青衫从怀里取出一个小青瓷瓶子，倒出几粒药丸，喂给躺在床上的锦宝。

给锦宝服了药，片刻，便听见锦宝轻咳了两声。青衫立刻伸手扶起锦宝，拿着帕子放在锦宝嘴边，就见帕子上多了点点黑色的血迹。

“锦宝！”东辰逸大惊，上前几步。青衫扶着锦宝再次躺下，没看东辰逸：“不用惊慌，他吐了毒血，再服了药，养上一些日子，就能活蹦乱跳的了。”

孩子虽小，恢复能力也快。这药服了，就将毒血吐了，说明孩子身体不错。

听了青衫的话，东辰逸这才放下心来，对着一旁的侍婢和奴才摆了摆手，一干人等，立刻恭敬退下。

“那些花和薰香，有什么问题吗？”见所有人都离开之后，东辰逸这才开口问道。

青衫转过头，看向东辰逸的眼神里多了几分赞赏，这男人，好生聪明。她嘴角挂起淡淡的笑意：“问得好，夹竹桃本就有毒，不宜放在室内，再加上那些薰香，混在一起，莫说孩子受不了，就是大人也非得中毒不可。”

只是青衫不明白，一个四岁的孩子，与人结了什么仇，用了如此狠毒的法子，想让这孩子在不知不觉中消失。二师兄总是感叹，最是无情帝王家，看来一点儿不假。

听了青衫的话，东辰逸俊眉紧蹙，脸上微微闪过一丝异样，也不过瞬间便恢复如常，依旧让人读不出什么心思。

“从今日起，你在本王府里住下，本王派人帮你去寻《医经》，你觉得如何？”东辰逸对着青衫询问着，难得多了几分客气，让成左都觉得不可置信。

纵然皇上来了，王爷也未曾如此放低姿态说过话。

“好。”青衫依旧是淡淡地应了声。

住在这王府好吃好喝地供着，坐等《医经》送到手上，如此甚美，甚美。

东辰逸自是不知道青衫的心思，只觉得她是清新温婉、让人觉得舒心的姑娘。东辰逸也未再多说话，只对成左命令：“成左，命人好生伺候着。”

“是，王爷。”成左恭敬地应了一声。知道锦宝没事儿，东辰逸便转身，大步离开了西厢南阁。

锦宝是大哥的遗孤，两岁的时候，太后下令过继给他的。这两年，一直跟着他住在封地，与宫里，与外界，都没什么联系，若说这夹竹桃和薰香是侍婢们的失误，那也太牵强了。

方才那么些夹竹桃和浓烈的薰香，必是有人刻意所为，若不是今日这姑娘说了，谁也不会想到，锦宝的病是这些东西导致的。东辰逸想不通，谁会加害锦宝，这事儿，必须得查个水落石出。敢在他平王府下狠手，看来，是太小看他东辰逸了。

屋里，青衫看着躺在床上的锦宝，吐了毒血之后，小家伙好似松了一口气般，原本凝着的眉，也不由得散开了。只是奇怪，孩子病得这般重，他娘亲也不过来看一眼。

就是方才那当爹的，似乎也很平静。可愿意给那么多银子，想必也是疼孩子的，只是生在帝王家，本就不会有那么多的感情，不似寻常人家。

叹了口气，青衫刚要起身，手指便被锦宝胖乎乎的手给抓住。青衫嘴角不由得挂起笑意，想要抽出手来，却被抓得更紧，看得出，这孩子在害怕。

“娘亲……”低低软软的声音，让人心里不由得跟着软了下来。

“青衫姑娘，世子的药熬好了，现在喝吗？”门外传来成左恭敬的声音，小世子的救命恩人，自然也是王府里的贵客，怠慢不得。

看着锦宝，青衫对着外头应了声：“送进来吧。”

话音一落，成左推了门，一个看似奶娘的侍婢端着药，走了进来，眼睛红红的，像是哭过一样。

“姑娘，这是药。”奶娘放下木盘子，端着药碗向青衫走去。

青衫抬起头看了奶娘一眼，伸手接过药。奶娘立刻上前一步，扶起锦宝，好方便青衫喂药。

“多谢姑娘救了我家世子。”奶娘看着青衫，眼里满是诚恳。从小世子出世的那天起，她就跟在小世子身边照顾，又跟着来了平王府，如今，也有四年多了。平日里，小世子甚是可爱，突然得了重病，太医说无药可救，她甚至不愿意过来看一眼，怕自己心痛死，面对青衫，自然是感激涕零的。

“不必了。”青衫淡然一笑，伸手喂着锦宝喝药。勺子递到锦宝嘴边的时候，锦宝睁开眼睛，大大的眼睛，满是吃惊地看着青衫，病痛的缘故，眼睛仍有些无光。

青衫看着锦宝可爱的模样，不由得笑了起来，还未来得及说话，锦宝便坐了起来，抓着青衫的衣服，稚嫩未脱的声音，开始哭了起来：“娘亲，是你吗？你是来看锦宝的吗？”

这一哭，不光奶娘震住了，就连青衫也是微微窘迫。

“小家伙，我看起来很老吗？”青衫很认真地问着锦宝。

锦宝乖巧地摇摇头，依旧哽咽的声音：“不老，娘亲很漂亮，是美人。”

“那你为何叫我娘亲，叫我姐姐才是。”青衫伸手就要敲锦宝的额头。旋即一想，这可是平王爷的世子，碰不得，非但不能打，还得哄着，否则，平王哪里会尽心尽力地帮她找《医经》？

锦宝瞪着眼，更加吃惊了：“娘亲，不要胡闹，哪里能叫姐姐，真是胡闹。”

娘亲怎么能这么胡闹，理当要叫娘亲，若叫姐姐，岂不是要乱套了，娘亲真是孩子气，锦宝生病了，还要跟锦宝开玩笑。

“……”谁在胡闹？青衫一阵儿轻咳，莫名其妙被娘亲了，还说她胡闹，一旁的奶娘，也跟着笑了起来：“姑娘莫要见怪，你与逝去的王妃实在很像，那会儿见的时候，我也吓了一跳，难免世子会认错人了。”

青衫更加诧异了，凭空又多出个平南王妃？这里不是平王府吗？皇家的事，果然繁杂，让人费解。青衫懒得理会，径直给锦宝喂着药。

锦宝瞪着眼看着奶娘，嘟着嘴：“胡说，这就是我娘亲。”

奶娘和娘亲好无趣噢，没事拿这种话开玩笑，真的是太不像话了。

“小东西，你叫我娘亲，你爹爹知道吗？”青衫不觉好笑，怎么就认定她这个娘亲了，若是那王爷知道了，估摸着，非得气死不可。

锦宝乖巧地摇摇头，看着青衫：“爹爹不知道，可你就是我娘亲。以后，娘亲不要再走了，好不好？”

青衫看着孩子的模样，多的话，也说不出来，继续喂着手里的药，不论何时，孩子都是可怜的。

可在孩子面前，奶娘也不好多说，也便没有再说什么。给锦宝喂了药，青衫放下碗，伸了伸手，对着锦宝开口：“锦宝，是吧？乖，吃了药，好好睡一觉，养上几日，就没事儿了。”

随即，对着奶娘问道：“你家王爷可说过我住在哪里？”

只说让她住在王府，连个住的地方都没有安排，更何况，她还救了小世子。这有钱的贵主儿，果然是没人性啊，没人性。

不等奶娘说话，锦宝已经率先开口：“娘亲，你要和锦宝住在一起。不然的话，娘亲又去了很远的地方，要好久好久才能回来。”

胖乎乎的小手抓住青衫的衣服，攥得很紧，虽然生病，也在用尽了力气，有些婴儿肥的脸上带着些固执。看着锦宝这样，青衫不由得怜悯起来，娘亲死了，想必这孩子很渴望有个娘亲疼着的。

她小时候也是如此，除了师父和师兄，也没有娘亲，师父总是诓骗他们，说他们是石头缝里蹦出来的。长大之后，才知道自己是孤儿，被师父收养的。

“姑娘，世子的病还未痊愈，又这么喜欢姑娘，不如姑娘就住在隔壁，方便随时来查看小世子，可好？”奶娘有些心疼地看着锦宝，对着青衫恳求着。

青衫点点头：“也好。”

反正住在哪里也无所谓，这小家伙，也不招人厌烦。

“娘亲，抱锦宝睡觉，好困呢。”小家伙丝毫不在意青衫承认不承认，已经认定了这就是娘亲。说着扑进青衫怀里。

青衫搂着锦宝有些招架不住了，她一个二八年华的姑娘，连亲都未成，眼下却当了娘亲，可孩子就是孩子，认定了，很难让他改变。

许是吃了药的缘故，小家伙趴在青衫身上，眨眼就睡着了。

一时无奈，青衫只得和衣搂着锦宝一块儿躺下，经常照顾大师兄家的湘儿，照顾孩子这事儿，对青衫来说，倒不是难事儿，说得心应手也不为过。

盖好被子，青衫和锦宝躺在一起，奶娘看着眼前的景象红了眼睛，一如看到当初，王妃也是这么和世子躺在一起的。奶娘没有再停留，端着药碗带上门离开了。

这些日子，四处飘着，青衫也是累了，躺在舒服的锦被里，抱着锦宝，没一会儿也睡着了。

那边，东阁的书房里，四处的书架上摆着满满的书，墙上挂着字画，从题字上看得出，全部都是出自书房主人之手。

东辰逸坐在椅子上，放下手里的茶杯：“云之，小世子被下毒一事，你怎么看？”

“王爷不是比谁都清楚吗？”云之一袭白衣，俊逸的脸上挂着笑，手里的折扇轻晃着，问得理所当然。听了小世子的事儿，他也是震惊的，王府里竟然有人敢对小世子下手，这事儿，必须好好地处理。

东辰逸微微蹙眉，面色有些不悦：“本王可不希望，连我的幕僚都跟那帮太医一样，全是废物。”

云之脸上的笑容僵住，王爷永远都是这样，不懂得言语间的一些乐趣，实在乏味。收起扇子，云之开始分析起来。

“小世子是平南王的子嗣，虽说跟了王爷来封地，可还是会让有心之人心存戒心的。”那是平南王的遗孤，再加上王爷的实力，若是王爷有心，在朝中必是一呼百应的。

东辰逸听了，冷哼一声：“那他真是可笑，原本本王不准备参与的，今日动了本王的世子，就别怪本王不留情面了。”

当今的皇帝，谁来做，都跟他没有关系，可是这些人，实在过分，居然动起锦宝的心思。

“王爷无心争帝位，可宫里就没这么轻松了，朝中自是有些人忍不过去的，准备到时候坐收渔翁之利，依云之来看，王爷还是谨慎些好。”云之淡然的声音，对着东辰逸规劝着。

生在帝王家，由不得你争与不争。

“这事儿，本王有数。小世子的事儿，你与成右在王府里查一查。”东辰逸眼里闪过一丝狠厉，王府里若都不安生了，那他岂不是成了笑柄？

“云之遵命。”云之应声，言罢起身离开书房。

第二章 有娘亲的感觉

云之一走，东辰逸立刻起身走到桌子边顺手拿起笔，就着纸“刷刷”地写了起来。看着笔墨差不多干了的时候，东辰逸顺手叠了起来，对着书房外高喊一声：“成潜！”

话音落下的时候，一道人影自屋外闪了进来，对着东辰逸恭敬行礼：“成潜见过主子！”

“将这书信送进宫去给太后，顺便禀告皇上和太后一声，就说今年的赏花节，本王回京城。”东辰逸顺手将手里的书信塞进信封里。

“王爷今年回宫参加赏花节？”向来话少的成潜忍不住开口问道。他——东辰逸的影卫，六岁时就和成左、成右跟在东辰逸身边，对于主子，他们都是忠心耿耿的。身为影卫，和成左、成右不同，他没有感情，主子的心，就是他的心，主子让他办什么，他都会遵照主子的意思去办。

只是这赏花节是宫里每三年都会举办一次的花会，倒不是真的赏花节，说白了，就是宫廷里举办的相亲会，朝中大臣的小姐、外族有身份地位的公主，会一起入宫。

名为赏花，实为朝中一些皇子以及皇亲贵族挑选妃子。这些年，每逢赏花节，王爷都会告病不去，就是为了躲避选妃，今年却主动开口要去，让成潜有些意外。

莫不是王爷也想成家了，如此倒也甚好。

东辰逸塞好书信，看了成潜一眼："什么时候连你也猜测起本王的心思来了？"

成潜向来不会多事，如今也是被云之和成右给带坏了，开始揣测起主子的心思，八卦起他来了。

"成潜该死，请王爷责罚！"成潜立刻跪地，影卫要求极其严格，今日一时大意，犯了主子的忌讳。

东辰逸看着窗外，顺手将书信递了出去："下次再敢，本王决不轻饶。将书信送去吧，越快越好！"

"属下遵命。"成潜躬身接过书信，随即，一个闪身，再次消失在静夜里。书房恢复了起初的宁静，仿佛刚才的一切都未曾发生过一般。

看着窗外天色也暗了，一缕缕月光透过窗子打了进来，照在地上，仿佛铺上了一层白纱，东辰逸这几天为了锦宝的事儿，也是很少合眼。

下午，又忙着查锦宝中毒一事，也不知道，这孩子现在情况如何了，东辰逸没再多想，起身离开书房，大步往西厢南阁而去。

守在外头的侍卫以及成左，看见东辰逸，立刻行礼："属下见过王爷！"

锦宝出了事，府里上上下下都是忐忑不安的，西厢南阁也是加强了防守，不得擅自闯入。就连成左也被调过来，亲自守在这里。

“小世子如何？醒了吗？”东辰逸在门口站定，对着成左询问道。

成左躬身回道：“回主子，小世子吃过药，跟着青衫姑娘睡了一觉，现在气色不错，和青衫姑娘正在屋里用晚膳。”

大伙都没想到，这青衫姑娘果然厉害，医术高明，这才一下午，一帖药，小世子就能自己下床走路，也能吃饭了。

“那就好！”东辰逸了然地点点头，孩子没事，他也能放心许多，锦宝的安危实在重要，他是大哥唯一的子嗣了。

东辰逸刚要推门进去，里头便传来锦宝稚嫩未脱的声音：“娘亲啊，锦宝不想吃清粥，锦宝也想吃鸡腿。”

“那可不行。”青衫果断拒绝，“锦宝，你要听话，你的病才好，不能吃油腻的东西，不然，对身体不好。”

“那娘亲也要和锦宝一起吃清粥嘛。”锦宝很委屈地开口，“娘亲一个人吃鸡腿，让锦宝看着，娘亲，你好没有爱心啊。”

紧接着，就听见青衫没心没肺地笑道：“没有爱心就没有爱心吧，我不喜欢吃清粥，我只喜欢吃肉。”

就连向来寡言的成左也是憋笑，更没想到的是，自家主子，在门外听墙角，听到现在。东辰逸嘴角不由得动了动，脸上恢复平静，抬手推开门，就见锦宝和青衫同时看向自己。

“爹爹，你来了。”锦宝乖巧地主动跟东辰逸打招呼，倒是青衫显得很淡然，轻轻点了点头，依旧是那副云淡风轻的姿态。

东辰逸看了眼青衫，再看向锦宝：“锦宝，你方才管她叫什么？”

“娘亲啊。”锦宝答得理所当然，瞪着大大的眼睛看着东辰逸，笑得很开心，“爹爹，娘亲回来看锦宝了，娘亲离开了好久好久，锦宝生病了，娘亲才回来。”

一旁的青衫面上一派淡定，心里却是猛地一惊，这孩子，大家私底下叫着玩玩也就算了，何必当真呢？小东西，怎么能在你爹面前说得这么理所当然的？

要知道，这不是别人，平王爷，当今圣上唯一的弟弟，那可就是皇亲国戚。小东西管她叫娘亲，那就是冒充王妃，冒充王妃就是冒充皇亲国戚，按照律例冒充皇亲国戚，可是要乱棍打死，扔到乱葬岗的。不带这么玩的吧？她就是来找《医经》的。

东辰逸听了锦宝的话，若有所思地看着青衫。青衫眼神开始飘忽。要不，下点儿毒，将他们迷晕了，先跑？

“那个……喂……”青衫有些尴尬地开口，“不是我让锦宝叫我娘亲的，我可没有冒充皇亲国戚。”

这王爷的心思实在琢磨不透，青衫依旧是没看东辰逸的眼睛。这男人的眼睛，好像能看穿人的心思一样，让人无所遁形，更确切地说，是那股子强大的压迫力。

“王爷，事情是这样的，青衫姑娘……”一旁的奶娘见东辰逸也不甚高兴小世子那么喊，刚要上前帮着青衫解释。东辰逸摆了摆手：“通知厨房，前厅不必备膳了，本王今晚在这儿用膳。”

“是，王爷。”奶娘没想到，王爷不但不生气，还留在此处用膳，想必是不怪罪了，毕竟世子年幼，孩童的话，较不得真的，只是图个信念罢了。

随即，奶娘转身往厨房而去，东辰逸也走到桌子边坐了下来，一旁的侍婢立刻上前，替东辰逸摆好碗筷。

青衫见这王爷不生气，也觉得是虚惊一场，这事儿也怨不得她。还算这王爷明事理，他家儿子非得管她叫娘亲，她也是无可奈何。

见东辰逸没有说话，兀自吃着饭，青衫也拿起筷子重新吃了起来，没有了方才的尴尬。在她眼里，他是平王，她是江湖中人，可他们之间，只是一本医书的约定而已。大可不必对他低声下气的，也更加不必拘谨。

锦宝从头到尾，好似什么都没往心里去一样，兀自喝着清粥。就在整个饭桌都有些冷清的时候，锦宝看着青衫大大的眼睛，问道：“娘亲，锦宝尝一下你的排骨汤淡不淡？”说着，锦宝将勺子伸到青衫的汤碗里，挖起一块肉，以最快的速度放进嘴里，整个小嘴被塞得满满的，连腮帮子都鼓了起来。

青衫看着锦宝，湖泊般的眼里满是不可置信，随即，眉毛微微蹙在一起。锦宝抿了抿唇，有些不好意思地对着青衫笑道："娘亲，味道正好噢，很好吃。"

锦宝还想再吃一块儿呢，可是娘亲看起来很不高兴的样子，锦宝不能让娘亲生气呢。

"锦宝，不是跟你说了，不可以吃油腻的东西？怎么不听话呢？还找这么冠冕堂皇的理由？"这孩子，真是古灵精怪的，比湘儿精明多了，居然替她尝起味道来，还说得这么理直气壮。

锦宝大大的眼睛里，满是不解："娘亲，什么是冠冕堂皇啊？"

"就是强词夺理！"青衫显得有些不淡定起来，她为什么要跟一个孩子这么认真？事情不该这样的，他这么小。

锦宝煞有介事地"噢"了一声，稚嫩的声音再次开口问道："那娘亲，什么是强词夺理啊？"

娘亲说的这话，都很有深度啊，锦宝一个字都没有听懂，娘亲就是娘亲，真是厉害呢。

"……"青衫有种被彻底打败的感觉，果然啊，自己不该跟这孩子较真，"没什么，吃饭吧，不许再偷吃肉了，不然，娘亲明日就离开，不陪着你了。"

一时情急，青衫说了这话，恨不得咬掉自己的舌头，抬眼看向东辰逸的反应，却看见男人嘴角微微扬起。虽然，拼命在掩饰，可她发誓她真的看见东辰逸在笑了。

"娘亲，你不要走，锦宝乖乖吃饭，不吃肉了。"一听青衫要走，小家伙顿时就急了，端端正正坐在那里，吃着碗里的清粥，压住想吃鸡腿的欲望。

"娘亲我所欲也，鸡腿我所欲也，二者不可兼得，只能舍鸡腿而取娘亲也。”锦宝好厉害啊，居然会背《孟子 · 告子上》。

看着锦宝这样，青衫也有些心软了，随手将自己的碗推到一边，轻声道：“好吧，既然你这么乖，娘亲就陪着你一起喝清粥好了。”

找到《医经》，她便要离开了，离开之后，许是与这孩子，再也无缘相见了。没有娘亲的孩子，甚是可怜，能让他高兴几天，也是好的，毕竟看见锦宝，就让她想起湘儿。

瞬间，疼进了心坎儿里头。

边说话，青衫边给自己盛了清粥，倒不是她刻薄，孩子中的是毒，不可以吃油腻的东西，不然，身体虚不受补，很容易加重病情。

“娘亲，锦宝跟你闹着玩的，清粥里头什么都没有，不好喝的，娘亲吃排骨，锦宝吃清粥就好了。”锦宝乖巧地回道，“娘亲真好，果然是疼锦宝的，锦宝要听娘亲的话才是。”

东辰逸从头到尾都是兀自吃着，让青衫觉得这皇家的亲情还真是淡薄，当爹爹的，都不问孩子一句，对东辰逸，青衫多了几分看轻。

吃过饭，东辰逸放下手里的碗筷，青衫和锦宝也吃得差不多了，看着锦宝，东辰逸对着奶娘沉声吩咐：“奶娘，带着小世子去梳洗一下，早些哄他休息。”

“是，王爷。”奶娘听令，上前就要抱着锦宝离开。锦宝看着东辰逸，稚嫩的声音再开口：“爹爹，我想跟娘亲睡。”好不容易跟娘亲在一起，锦宝不想跟娘亲分开。

“不许胡闹，哪家世子是跟自己娘亲一起睡的？”东辰逸这次倒是开了口，随即对着奶娘命令，“奶娘，抱下去。”

“是，王爷。”奶娘也没再耽搁抱着锦宝离开了。青衫冲着锦宝挥了挥手：“乖，听奶娘话，娘亲明日再找你。”

这么个活宝似的小祖宗，晚上再跟她一起睡，她可折腾不起了。下午的时候，就给她出了各种难题，让她招架不住。

锦宝乖巧地应声，跟着奶娘一块儿离开了，东辰逸看着青衫，平静地扔了句："烦请青衫姑娘，跟本王到院子里走走？"

说完，东辰逸已经率先起身离开了，青衫一脸的郁闷。明明是征求意见的话，说完就走了，不愧是父子，果然性格一模一样，都不管她答不答应的吗？

旋即一想，这《医经》还未到手，到院里走走就走走吧，全当是饭后散散步，愉悦一下心情好了。

青衫跟着起身，出了屋，就见东辰逸一身蓝色锦衣站在院落里，似是在等她。加快脚步，青衫走了过去，在东辰逸跟前站定。

"王爷，要去哪里走走？"青衫微微偏着头，对着东辰逸询问道。东辰逸转过头看着青衫，一如初见时，那般淡然的姿态。

这女人，好似除了在锦宝面前，有些生气之外，任何人面前，都是这般云淡风轻吧？

"王爷……"青衫看着东辰逸就这么肆无忌惮地打量自己，刚要再开口，就听见东辰逸低沉的声音："跟本王来！"

话音落下的那一刻，东辰逸大手一伸，搂住青衫的腰，几个飞跃就离开了西厢南阁。青衫有些吃惊地看着东辰逸，原本自己也是会轻功的，可眼下，完全忘记用了，就这么怔怔地看着东辰逸。东辰逸搂着青衫，习武之人，向来是能感受到对方的内力，隔着这么近的距离，他能感受到，青衫会武功，但是不高，如此，也就放心多了。

东辰逸带着青衫到了一处院落里，随即停了下来，搂着青衫落地的那一刻，他立刻退了开来，站在一旁，仿佛刚才的事儿，都没有发生过一般。

青衫也是瞬间回过神，她随意打量着四处，看着整个院落。一棵特别苍老的枫树，春日的缘故，树叶还是翠绿的，偶有几片飘落，在月光的映射下，很美丽。

房屋各种的格局倒是跟西厢南阁很相似。

"青衫姑娘，"东辰逸率先对着青衫开了口，"锦宝还望姑娘多上心一些，本王在此谢过了。"

青衫有些吃惊地看着东辰逸，没想到，他会为了锦宝，如此这般客气地说话，一个王爷身份本就尊贵，更何况，是威名赫赫的平王，更是让青衫讶然了。

“王爷既然这么关心锦宝，为何方才对锦宝那么冷漠？”本不该多问的，可是对锦宝那孩子实在喜欢，孩子太小，理应多得些关心才是。

东辰逸嘴角挂着浅笑，似是有些调侃：“生在皇家，哪有那么多随随便便，倒不如生在寻常百姓家来得舒坦。”

他怎么会不疼锦宝呢？两年前进宫，在太后身边看到锦宝，小东西径自走到他身边，抓着他衣服的边角，大大的眼睛看着他。

“爹爹。”那一声爹爹让东辰逸向来沉稳的心，一下子软了，大哥唯一的遗孤了。太后怜惜，留在身边养着，可也是个孩子，再怎么娇贵，没了爹娘，也是可怜的。

那些日子，在宫里，他走到哪儿，锦宝都跟着他，太后见此，也就说了：“你一直拖着不愿意成亲，又没有孩子，不如将这孩子带去封地，跟你做个伴儿吧。”

他知道，宫里人心险恶，太后也是疼着锦宝，没有多想，便接了懿旨，将锦宝过继在身边，带到封地，一直尽心保护着。只是没想到，会让人在盆栽和薰香上钻了空子。

锦宝是平南王的世子，平南王是曾经威震天下的护国大将军。手底下忠心耿耿的将士没有令牌，亦能轻易调动三军，纵然平南王死了，那些忠将依然活着。

有多少狼子野心的人，不希望斩草除根呢？人心险恶，用在皇家，最恰当不过。没日没夜地算计，真不如生在寻常百姓家，虽然清苦，却是快乐。

看着东辰逸冷峻的脸，这调侃的话令青衫有些摸不透。有钱的贵主想生在百姓家，百姓却成日琢磨，如何飞上枝头变凤凰，如何考取功名，如何财富滚滚而来。

“你呢，就是不懂百姓疾苦，身在福中不知福。生在百姓家，你可想过，连买药钱都没有，只有等死的份儿；你可想过，没有吃的，只有饿死的份儿。”

一时没忍住，青衫说了出口。她有时会跟着师傅去行医救人，看着那些可怜的人，也只能尽些绵薄之力。

东辰逸转过头，看着青衫，微微蹙眉：“会好起来的，本王一定会让这天下的百姓，都过上衣食无忧的日子。”

似是对着青衫承诺，也似是在对着自己承诺。他不稀罕地位，也不在乎谁当皇帝，但是天下的重任，他也不能推卸的。

“好了，本王叫你过来，还有一事，跟我走。”说着，东辰逸拉着青衫，径自往东厢逸阁走了过去，青衫一时间没反应过来，跟着东辰逸大步走着。

绕过长廊，一路回转，青衫有些分不清哪儿是哪儿，只能跟着东辰逸这么走着。到了一处似是园林的地方，东辰逸带着青衫穿过拱门走了进去。

踩在碎石子上，青衫实在不明白，大半夜的，这王爷要带自己去哪儿？老家伙说了，天下男人没一个好东西，千万别轻易相信，说他自己也不是好东西，辜负师娘数十载，直到师娘嫁了别人。师兄们倒是挺不满意的，觉得师父一竿子打死一船人，不满归不满，在师父跟前，还是不敢造次的。

“那个……”青衫拉住东辰逸，东辰逸顿住步子，转过头看着青衫，有些讶然，就听见青衫继续道，“平王爷，我与你只有两面之缘，不算熟吧？”

“怎么了？”东辰逸有些诧异地看着青衫，不明白她为何突然这么说。

青衫看着东辰逸勉强扯出一抹笑：“应该算不熟吧，可是平王大半夜的拉着我到这鬼地方来，请问我同意了没？再说了，我也不知道，你是不是好人？”

这陌生的地方，四处都是竹林，也没个人影，叫天天不应、叫地地不灵的，万一这王爷想怎么样，她岂不是很惨？更何况，她能感受到，这男人武功深不可测，到时候，自己就成了待宰的羔羊，任人宰割了。

看着青衫防备的样子，东辰逸嘴角不由得勾了勾，上下打量她一番，说道："放心吧，本王不会这么饥不择食的，只是请青衫姑娘帮个忙而已。"

青衫听了东辰逸的话，"噢"了一声，不会这么饥不择食？饥不择食！

瞬间回过神，青衫已经没了起初的泰然自若，瞪眼不可置信地看着东辰逸，整个人，彻底地不淡定了："王爷这话什么意思？我虽不是倾国倾城，可是好歹生得也是国色天香吧？"

东辰逸煞有介事地"噢"了一声，高深莫测地看着青衫："那青衫姑娘的意思是，希望本王对青衫姑娘有心思了？"本不是这种脾气的人，可看见青衫这模样，甚是有趣，让东辰逸忍不住逗了起来。

"胡说八道！"青衫睁圆眼睛，瞪着东辰逸，"反正，我不要跟你走就对了，天色不早了，我要回去休息了，王爷也早点休息吧。"

说完，青衫懒得再搭理东辰逸．这男人嘴太坏了，看着正模正样的，骨子里却是油嘴滑舌的，吐不出好话来。

见青衫一走，东辰逸顺手拉过青衫："不会把你怎么样的，当真是请青衫姑娘帮我一个忙。"

也不管青衫愿意不愿意，东辰逸拉着青衫就往园林里走去。青衫想要挣脱，奈何，这男人手劲儿实在太大，她只好微微嘟着嘴，跟在东辰逸后头，心里连着东辰逸八辈祖宗都问候了一遍。当王爷就了不起吗？实在可恶！

东辰逸带着青衫进了园林，顺着那片满是牡丹的花园穿了过去。青衫抬起头，就见不远处几个侍卫围在那里，一个穿着白色锦衣和一个穿着盔甲的男人蹲在那里，似乎在探索什么。

领着青衫，两人走了过去，一行侍卫见到东辰逸，立刻躬身行礼："参见王爷！"

原本蹲在地上的云之和成右看见东辰逸，也立刻起身。刚要行礼，东辰逸摆了摆手，看着地上躺着的几个侍女和奴才。

"有什么结果吗？"他没想到这帮人下手太快了，刚下令去查，这些人已经死于非命。

云之看了眼青衫，微微一愣，下人说府里来了个天仙似的姑娘，云淡风轻的气质，而且医术高明，只一帖药，便救了小世子的命，想必就是这位姑娘了。见东辰逸对青衫没有防备的意思，也就没有拘谨，主子做事向来有分寸，若是不信任这姑娘，也不会带她过来。

转而，云之对着东辰逸回道："回主子，云之看了一下，他们是中毒了，而且，身上刻了字符，木槿花，是四皇子府里的标记。"

他没想到，这次派人动手的是四皇子，一直以为会是三皇子，实在让人费解，四皇子有没有野心，暂时不得而知，但是，如此沉稳的人，却做了这么件傻事，实在枉费他那么看好四皇子。

"东辰锦？他胆子倒是不小！"东辰逸冷冽地开口，连一旁的青衫也感觉到这男人在生气。

成右看着东辰逸，上前一步，恭敬回道："属下失职，在属下眼皮底下，竟然让这些人混了进来，请主子责罚。"主子带兵极狠，他手底下带着的人，更绝不许有任何失误，如今，险些让小世子丧命，实在是失职。

"你失职的事，本王自是会罚的。"东辰逸看了成右一眼，没有再开口说话。

倒是一旁的青衫，看着那边躺在地上的一些人，听着东辰逸他们的谈话，隐约间，也明白了他们在谈论宫廷之间的事。

她就是一江湖人，又是一平民百姓，对这些事，知道得越多，对自己越不利。

"那个，平王爷，你带我过来，不会就让我听你们聊天，看这些死人吧？"大半夜的，她可不想找晦气，尤其是这里偏僻得很。

一旁的云之听了青衫的话，有些吃惊地看了过去，王爷向来不近女色，宫里的皇子们纳妃娶妾，甚至有的小世子都已经 10 岁了。独独王爷府里，连个侍妾都没有。可眼前这姑娘居然敢这么跟王爷说话，而且，王爷似乎并不生气。

云之眼里多了几分笑意，东辰逸自是懂了云之的心思，瞪眼看着云之，却是对着青衫开口："本王想让青衫姑娘帮本王看看，这些人是中了什么毒。"

她能治好锦宝，说明医术高明，懂医之人，自然是懂得用毒、解毒的，所以，他便带了青衫过来。

"什么？看他们中什么毒？"青衫觉得，东辰逸和锦宝永远都有办法让她无法淡定，她恨不得上去掐死东辰逸。

东辰逸看着青衫的模样，嘴角挂起若有似无的笑意："不然，青衫姑娘以为，本王带你过来，是赏花看星星看月亮，谈理想，聊人生的吗？"

本就是孩子气的姑娘，却非要装得那般老成，没有生气，不如现在的样子有灵气。

"你……"青衫顿时语结，实在可恶。方才嫌弃她不能入眼，现在又出言打趣她，还说什么看星星看月亮的，还想让她帮忙，做梦吧！

一旁的云之和成右憋笑，云之更是不禁感叹，王爷这不是挺懂情趣的吗？还会与姑娘开玩笑，敢情平日里，那刻板严肃的模样，是因人而异的。实在太不公平了！完全忘记男人和女人之间区别就是如此。

"青衫姑娘，时间不早了，不要再耽搁了。"东辰逸收起笑，看着躺在地上的那些人，眼里多了几分冷厉。东辰锦，他倒是不大相信，他能做出这种事，那帝位之争，他就非得插一插手了。天下百姓的安宁，国运的兴衰，绝不能让残暴之人当了皇帝，惹得民不聊生。

"我为什么要帮这些死人看？平王爷不要弄错了，我只是来帮小世子看病的，你帮我寻《医经》，但这事儿，不在我的范围内。”青衫瞥了眼看笑话的云之和成右。

这个平王爷甚是好笑，她又不是他府里的太医，更不是他手下之人，为什么要帮他？权贵主儿，都是使唤人使唤惯了吧？以为这全天下的人，都得供着他们随意差遣？

“本王认为那个《医经》是个稀罕玩意儿，没个三五载的，实在寻不到。”东辰逸没有理会青衫，不温不火地来了句。

昨个他派人去问了才知道，那《医经》已失传几百年，确实是个稀罕物，说它价值连城也不为过，但对医者而言，是无法用银子估量的。

青衫不可置信地看着东辰逸：“那可不行，八月十五之前我必须拿到《医经》！多一天也不行！”

老家伙八月十五寿辰，拿不到医书，到时候，免不了又是成日里在她耳边碎碎念，连个清净都没有。

“那就看青衫姑娘表现了，或许本王加派人手，能尽快找到医书也说不准。”东辰逸嘴角的笑意更深了，“本王想知道，他们中了什么毒。”

一旁的云之算是明白了，王爷这算盘，永远都打得精准。主子心思深沉，有时连他都摸不透主子想些什么，这姑娘生性单纯，哪里是主子的对手？

从第一次见主子的时候，他就毫不犹豫地跟了主子。本该是天下霸主的主子，谁曾想对帝位不感兴趣，实在可惜。不过主子没有一天不心系百姓的，这一点，实在难能可贵，也是百姓之福。

“这可是你说的，你的侍卫都听见了，你不许再诓骗我，否则，我拿火点了你这平王府。”青衫一时气急，口不择言来了句。

东辰逸倒是微微愣了一下，点了这平王府？那花银子再造一座便是，无伤大雅。

云之和成右只觉得这戏看得实在有趣，青衫也没再多管，上前几步。一旁的成右立刻上前，递给青衫一双薄丝手套，这些人中了毒，也不知道会不会传染，还是防着些好。

青衫戴上手套，蹲在地上，查看起这些人来。不是没给死人验过，以往江湖纷争，她也查过。

一番查看，青衫站了起来，对着东辰逸轻声开口："他们中的烟笼寒水！"

东辰逸抬眼看着青衫，就听见青衫清冷的声音继续讲着，烟笼寒水是西域之毒，十分厉害，是西域寒山上取出的寒水混合花草研制成的毒药，可藏于牙齿。一般江湖上用在死士身上，若是暴露身份，便咬破牙齿里的毒自杀。

"西域之毒。"东辰逸的声音更冷了，他没想到会用了死士，看来，那人是打定心思想要加害锦宝了。

一旁的云之也是惊讶不已，他们南幽国，向来不与西域之人有来往，居然弄了西域的毒，八成是有勾结了。

"王爷，属下从未听影卫说四皇子有死士的。"一旁的成右上前一步，对着东辰逸禀告道。若是四皇子有死士，安排在宫里的影卫不可能一点儿消息都得不到。

东辰逸了然地点点头，就见青衫蹲在地上，看着这帮人，露出惊讶的声音："这帮死士可真奇怪，全部是左撇子。"

"左撇子？"东辰逸甚是吃惊，讶然地问道。

青衫站起身，取了手上的薄丝手套，随手从云之身上扯下腰间的锦帕擦了擦手："对呀，常年习武之人，经常握剑，虎口处自然有粗茧子，而这帮人，右手没有，只是左手虎口处有，不是左撇子，是什么？"

虽然不是仵作，但是不放过任何蛛丝马迹，也是行医者的挑战，尤其她更喜欢研毒、解毒，为这事儿，师父没少骂她，更不喜欢她在医术上过于张扬。偏偏她有这兴趣和天赋，师父拦也拦不住，就是师父书房里的那些医书，她十四岁便能倒背如流。所以，师父便不肯教她武功，只是些防身用的拳脚功夫，倒是师兄们学了师父不少东西。青衫不明白师父为什么这般，但是知道，即便这天下人谁都会害她，独独老家伙不会。

那边成右听了青衫的话，也蹲下去查看起来。

“还给你，谢啦。”青衫擦完手，将手里的锦帕递还给云之。云之立刻退回两步，连声赔笑：“姑娘客气，既然青衫姑娘喜欢，留作纪念便可。”

这姑娘实在有意思，擦完手了，还带还回来的，他可不要。

青衫“噢”了一声：“那怎么行，君子无功不受禄，我怎么好意思要你的东西，还是还给你。”说着青衫将手里的锦帕塞回云之的腰间，云之差点没抓狂，一派优雅的姿态，早已荡然无存，他顺手扯了锦帕扔了出去，这姑娘看似云淡风轻的，跟主子一样，惹不起。

他不过是笑话她一下，就立刻被报复了，以后看见青衫姑娘，还是谨慎些好。

“怎么样？”东辰逸看着成右，没有理会一旁的云之。

成右恭敬回道：“回主子，确实如姑娘所说，他们是左手用剑，但是右手完好无损，并非左撇子。”

“果然如此。”东辰逸冷笑一声，三皇子东辰月好大的胆子，一箭三雕。是他小看了东辰月，几年不见，东辰月脑子里不再是稻草，也多了些有用的东西，如此，甚好。

“王爷，这些人是左卫？”云之恢复淡然，看着东辰逸，“三皇子的人？”

谁都知道，三皇子东辰月心胸狭窄，野心很大，仗着自己是皇后之子，舅舅在朝廷又有些地位，向来目中无人。恰生来就是左撇子，向来喜欢左手用剑，经常被宫里朝里的皇子们和大臣私下取笑，为了泄愤，东辰月便要求自己手下的人，全部练习左手用剑。这帮人也被宫里的人称之为左卫。

不过东辰月向来是金玉其外，败絮其中，没什么大本事，只是，云之没想到，这三皇子竟然动起王爷的心思来了，想必是觉得日子过得太舒坦了。

“行了，找人把他们收拾一下。”东辰逸看着地上躺着的左卫，“小世子一事，就对外宣称，是府里的奴才们没有见识，误用了薰香，为了免责，全部服毒自杀了。”

既然东辰月要诈，那他就偏偏不动声色，让他摸不清自己的状况，让东辰月看看，这盘棋到底是谁下得好。

“是，主子！”成右恭敬应道，转而，对着一旁的侍卫吩咐，“你们几个，跟我过来，把他们抬走！”

青衫看着眼前一阵儿忙活，不明白，东辰逸为什么不追究责任，但是皇家的事，谁说得清楚呢，再说了，与她也没有太大的关系，懒得多问。

“不早了，都回去歇息吧。”东辰逸看着眼前被收拾妥当，对着众人冷冷吩咐。转而，拉着青衫离开：“你也跟本王回去。”

青衫就这么怔怔地跟在东辰逸后头，完全忘记自己跟这王爷不熟来着，就这么由着东辰逸拉着。

云之合上扇子，有一下没一下地敲着成右肩膀上的盔甲，看着东辰逸和青衫远去的背影，一脸的探究：“你说，咱们王爷和这青衫姑娘，是不是旧识？”本不是八卦的性子，可怎么看，怎么觉得这两人很早以前就认识。

成右若有所思地想了一会儿，这才开口：“成右不知。”上个月跟着云之先生多了句嘴，便被扣了半个月的俸禄。他得攒钱娶媳妇，最近东城郊区的房价又涨了，就那几间屋子，也开了天价，那帮商人实在可恶，言多必失，议论主子这事儿，他还是不要参与得好。

“不知道，你想那么久？”云之没好气地抱怨着，越来越觉得，这些人太没有爱心了，一个个都跟主子一样，没什么乐趣。抱怨归抱怨，云之也已经习惯了。

第三章 女人恃宠而娇

那边，东辰逸拉着青衫，出了牡丹园，穿过园林，随手一搂将她轻轻带起，几个飞跃，便回了东厢逸阁，几个飘转，两人稳稳地落在院子里。

东辰逸松开搂在青衫腰间的手，退开两步：“我送你回去吧。”

说完东辰逸便率先起步离开，奶娘今日让人报备了，说青衫住在西厢。他觉得也行，起码锦宝很喜欢她，他也不讨厌她和锦宝待在一起。

青衫似是还没回过神一般，怔怔地站在原地，暗自感叹，这男人轻功实在了得。就在青衫发愣的时候，东辰逸顿住步子，转过头，对着发愣的青衫问道：“不回去吗？难道想住在本王这里？”

“谁要住这里？”青衫再次没办法镇定了，起身大步离开。这男人胡说八道什么呢，大半夜喊她来帮忙检查死人，没事儿还来占她便宜一下，早知道，就不贪这个便宜来这平王府了。

东辰逸看着青衫可爱的模样，嘴角挂起浅浅的笑意，若非仔细看，还真察觉不出。

东辰逸加快步子，跟上了青衫，走在她身旁。一路绕着回廊，迎面吹来的风甚是清爽，青衫没有开口说话，兀自看着府里的夜景。淡淡的月光下，显得很美，亦很华丽。

倒是东辰逸率先开了口：“看你医术精湛，家里是做什么的？”

原本，他以为青衫是江湖中人。可这丫头心思单纯，无拘无束的，又没有江湖人那股子杀气，确实不大像混迹江湖的。

“我自幼跟着义父学医，没事儿就看医书，医术精湛倒是称不上，凑合吧，跟义父比，我差得远了。”她觉得这天下，论医术没人能抵得过义父的。论才情论学富论武功，都没几个及得上义父的，可偏生义父喜欢潇洒自在，无拘无束。要考个功名，光宗耀祖，也是手到擒来的事。

东辰逸“噢”了一声，继续问道：“那么你义父是何人？哪位前辈？”若是这么厉害，按说他也应有所耳闻，毕竟江湖上有名气的，大都能听说一些。

“想知道吗？”青衫有些俏皮地看着东辰逸，东辰逸点点头，没有很好奇，但是说了，他也是愿意听的。紧接着就听见青衫负气地来了句：“想知道，我就是不告诉你。”

……

跟锦宝一样孩子气，东辰逸没有再多问。

到了西厢南阁，东辰逸顿住步子，看了一眼西厢阁院，说道：“行了，回去早些歇息吧。”

说完，东辰逸便离开了，青衫瞥了眼东辰逸的背影，没有多做停留，转身回了南阁，到了屋门口，便看见奶娘站在门口等着自己。

“青衫姑娘，你回来了？”奶娘上前几步，恭敬地对着青衫行礼。

青衫抬手扶起奶娘：“锦宝，睡了吗？”

“回姑娘，已经睡了，奴婢想跟青衫姑娘单独说几句话可好？”奶娘满是至诚的眼光看着青衫，白天不方便在锦宝面前说，只能等夜里单独跟青衫解释了。

“可以，你进来吧。”青衫点点头，顺手推开屋里的门，走了进去。

虽然不习惯她们总是自称奴婢奴才的，可这里是王府，王府有王府的规矩，她只是暂住，没理由要求这些人改变什么，也只顺其自然而已。总不能破了府里的规矩，再说，这里不是寻常富贵人家，是皇亲国戚，弄不好便是死罪，更甚者会株连九族的，所以，每个人都是小心翼翼的。

奶娘跟着青衫进了屋，屋里的灯亮着，架子上放着温水，青衫走了过去，洗了把脸，转回桌子边坐下。奶娘走到青衫跟前，突然，“咚”的一声对着青衫，跪在地上。

“奶娘，你这是做什么？”青衫大惊，伸手便要扶奶娘起来。奶娘抬起头看着青衫，有些哽咽地开口：“姑娘，你就让我跪着说吧。”

奶娘眼睛也跟着湿润了，她跟着世子身边照顾了四年，如今，突然看见青衫，有些感情突然就倾泻而出，无法自控了。这是对青衫的恳求，也是对王妃的尊重。

“你先起来吧，你跪着，我站着，话也不说清。”青衫顺手扶起奶娘，还是不习惯她们这种说话方式，宁可彼此站着。没有绝对的平等，可在她跟前，每个人都是一样的。

奶娘见青衫如此，也就没有执意跪着，站在青衫面前：“青衫姑娘，我知道你是好人，从你对我们小世子的态度，我就知道，你很善良。”如果是因为小世子的身份对他好，那就另一说，可有些善良是装不出来的，她习惯了察言观色，一眼就看得出，青衫发自内心的那种纯良，她对小世子是打心里喜欢，所以奶娘下定决心说这番话。

“奶娘，你有什么话，就直说吧。”青衫猜得出奶娘想说的大概是关于锦宝娘亲的事。莫名被孩子当成娘亲，肯定是她跟锦宝娘亲有相像的地方。

奶娘点点头，没有看青衫的眼睛，看着桌子上烛光，随之摆动着。她是锦宝出生那年被招进王府照顾锦宝的，锦宝是平南王的世子，护国大将军的儿子。平南王本不是皇家人，但是功不可没，被当今圣上特封为平南王爷，也是唯一一个外姓王爷，可谓是光耀门庭的事。

平南王与平王东辰逸相交甚好，二人私下结义为兄弟。

平南王妃是静太妃的侄女，一如青衫一样，清冷淡雅，十分善良。那日，平南王大战归来，带着王妃回云城娘家，原本是想带着小世子去给平南王妃的父亲瞧瞧，也让小世子见见外公。可谁知回云城的路上，在山上遇到了一帮黑衣人，冲上来便是一顿砍杀，本以为是山匪劫财，可最终才知道，这帮人就是冲着平南王来的。

她永远也忘不了那一夜，一番厮杀过后鲜血四溅的场面，一个个在眼前倒下。王妃几乎是哭着哀求：“奶娘，带我的孩子离开，你发誓要好好把他抚养长大。”

看着身后追过来的人，奶娘也是哭着喊道：“王妃，咱们一起逃吧，小世子这么小，不能没有母妃。”

“我活了，他便活不成，你快走！”王妃推着奶娘离开，那帮人穷追不舍，她若是不引开，锦宝也活不成了。

抱着孩子，奶娘几乎是顺着草丛没命地跑着，王妃则假意带着孩子往另一处跑了过去，给奶娘争取逃跑的时间。

她带着小世子趁乱逃走，躲在山洞里，待了三天，才敢离开，而那帮人一番寻找，未果也就放弃了。

出了山谷，到了镇上看了官榜她才知道，平南王和王妃全部死于非命。随行的人，无一幸免，一路上，带着小世子没了去处，她只好去了云城找了王妃的爹爹，跟着他再次回了宫，将事情禀告了皇上。

皇上指派人去查，才知道是外族之人所为。他们常年滋扰生事，王爷带人将他们的王子抓了，那个王子后来中毒死了，外族之人便怀恨于心。对南幽国敢怒不敢言，便将矛头直接指向王爷。

他们培养了一批死士，探了王爷的线路，一路埋伏追杀过来。皇上听闻也是悲痛不已，发兵平了外族，可纵然如此，王爷和王妃还是死了。

太后为了小世子的安全，便将他留在身边抚养，直到平王去了宫里，太后才让平王将孩子带回抚养，她也跟着小世子来了平王府。

青衫听了不免震惊不已，原本以为江湖上才是是非恩怨多，没想到皇家也是，那锦宝也真是可怜。不过，她也没想到，锦宝不是东辰逸的孩子。

“孩子知道自己没有娘亲吗？”青衫坐回椅子上，握着杯子的手，微微颤抖。比湘儿还小，却没了爹娘，只能寄人篱下，日后孩子知道了，又该是怎样的打击。

奶娘对着青衫摇摇头：“世子那时候只有一岁多，只认得娘亲，娘亲的印象也很深刻，太后总对孩子说，她娘亲去了很远的地方，等他长大就会回来。日子久了，锦宝对爹爹已经模糊了，跟王爷久了，心里也只有王爷一个爹爹了。”

“这也是瞒不住的事情，迟早要知道的。”青衫叹了口气，她知道自己是孤儿没爹没娘的时候，跑到山头狠狠地哭了一场。

后来师兄说，没有爹娘，她还有那么多人宠着，也是幸运的。渐渐的，她也能明白了，只是锦宝还这么小。

奶娘点点头，兀自说道：“孩子太小，又对娘亲感情很深，青衫姑娘和王妃实在很像，所以，锦宝才会那么喜欢姑娘，将姑娘当成自己的娘亲，也请青衫姑娘不要介意。”

初见时，她差点以为真的是王妃回来了，只是王妃比这姑娘多了几分温和，不似这姑娘这般无拘无束的姿态，她来解释就是希望青衫不要太介意。她也知道，青衫是未出阁的姑娘，被孩子叫了娘亲，难免声誉有影响，可看这姑娘随性，她也是很开心的，起码，青衫姑娘离开之前，小世子能成日里开开心心地活着。

“那倒是没关系，江湖中人，哪有那么多顾忌。”青衫淡然一笑，若是介意，白天的时候，就纠正孩子了，更何况，她也很喜欢锦宝。

奶娘眼里满是笑意，对着青衫行礼：“奴婢在此谢谢青衫姑娘。”

“成了，要谢也是你们家王爷谢，你早些回去休息吧，我也累了。”青衫看着奶娘，还好有这么好的奶娘跟着锦宝，倒是他的福气。

“那好，青衫姑娘，早些歇息，奴婢告退了。”奶娘恭敬行礼，转身带上门离开了。青衫捶了捶胳膊，转身去了里屋洗澡，这王府让人舒坦的就是做什么都方便。连水都是事先备好的热水，一番梳洗，青衫便躺下歇息了，这一晚上，确实够累的。

倒是小锦宝，一早睁开眼，稚嫩的声音便对着奶娘大声喊道：“奶娘，快点帮我穿衣服，我要去找娘亲呢。”

“好，好，好，穿衣服，找娘亲去。”奶娘无奈地笑笑，拿起床边锦宝的衣服给套上。蓝的绣着繁密花纹的锦衣，衬得锦宝愈发可爱。

一旁的侍婢给锦宝，穿上鞋，梳洗完毕，锦宝看着铜镜里头的自己：“奶娘，锦宝穿这个好不好看？”

“好看，好看，咱们小世子穿什么都好看。”奶娘话里满是宠溺，几年了，第一次见小世子这么开心，一早起来，就充满活力。往日里，他都是慵慵懒懒的，不想起床，直到成左催促要去书房里跟着先生读书，小家伙才不情不愿地爬起来。

一旁的侍婢收拾着屋子，看见小世子这样，也忍不住掩唇轻笑起来。要说有娘亲真的很好呢，孩子到底是需要娘亲陪伴着的。

锦宝拉了拉衣服，小小的身子转身就往外跑：“奶娘，我去找娘亲了，早膳送到娘亲那里，锦宝要和娘亲一起吃哦。”

说完小家伙的背影消失在门口。

“暖暖的清风迎面吹，桃花朵朵开，枝头鸟儿成双对，情人笑开怀……”小锦宝一边哼着歌，一边往青衫的院落走去，青衫住的地方和锦宝不是很远，只有个院落隔着。

大伙儿看着小世子重新活蹦乱跳的，也是开心不已。这府里的阴霾总算过去了，又是一片艳阳天了。

“娘亲，锦宝来了哦。”小家伙顺手推开门，就见青衫坐在屋里，面前放着一大堆的小青瓷瓶子。

青衫听见声音，抬起头，嘴角漾开笑意：“小东西，怎么起这么早？”

她向来习惯早起，研究一些药，只是没想到锦宝会起来这么早。

四岁的孩子，正是赖床的时候，在谷里，湘儿不睡到太阳日照三竿，是不会起来的。每每师父嘴里埋怨不停，可还是惯得不轻。

“锦宝想娘亲了。”锦宝径自走到青衫跟前，爬上凳子坐了上去，瞪着大大的眼睛看着青衫面前的瓶瓶罐罐，忍不住好奇地问道：“娘亲，这些都是什么？可以吃吗？”

青衫笑了笑，指着这些药瓶子：“这些都是娘亲研制的药，可以救命的。”

她嗜药如痴，师父总是骂她。会得越多，注定要经历和承担得就越多，可当你痴迷的时候，你根本就没办法控制。

“娘亲，好厉害啊，锦宝以后也跟娘亲学研制药，好不好？”锦宝一脸的崇拜，娘亲真是了不起呢，还可以救人性命，爹爹说这个世界上人命如纸薄，很脆弱，所以每一个生命都很珍贵的。而娘亲可以救很多人，真的很厉害啊。

青衫忍不住笑了起来：“没问题，你喜欢，娘亲就可以教你啊。”

锦宝若是真喜欢，她倒愿意教他，看着很懂事的孩子，学东西，也一定很快。青衫收起桌上的药瓶子，一股脑塞进包袱里。

不等锦宝说话，外头传来奶娘的声音："青衫姑娘，小世子吩咐，在您屋里用早膳，现在传膳吗？"

"传吧。"一大早起来，就一门心思扑在这药上，这会儿还真有些饿了。

门外传来奶娘恭敬的声音："是！"

紧接着，门被轻轻推开，一群侍婢，鱼贯而入，端着一碟碟小菜和早上吃的花糕、包子、粥。王府一向如此，只是青衫看着着实在觉得浪费，一个孩子哪吃得完这么些个东西。

没一会儿桌子上摆满了吃的，侍婢们垂首恭立在一旁，静等着伺候。

青衫轻声对着她们吩咐道："你们都下去吧，我和小世子在这里吃就行了。"

"是，青衫姑娘。"一群侍婢应声退了下去。

锦宝看着一桌子的饭菜，倒是主动只吃了些奶娘盛的清粥和小菜，让青衫很开心，这孩子不但乖巧，而且自觉。二师兄说过，但凡自控力强的人，日后必能成大器。

青衫哄着锦宝，小家伙也吃得开心，吃完饭，锦宝喝了药，就开始拖着青衫往院子里走。

"奶娘，你不许跟着过来，我要和娘亲单独待在一起。"锦宝拉着青衫，很认真地对着奶娘吩咐着。

奶娘笑着点点头："好，奶娘不跟着，但是你要好好听娘亲的话，领着娘亲在府里转转。"知道锦宝喜欢青衫，想跟青衫单独待着，她想，这是孩子突然得到的惊喜，所以显得格外珍惜些吧？

锦宝拉着青衫出了屋，径自领着青衫在王府长廊上绕着圈走。昨天没来得及细看，这白天一看，才知道，整个王府是何等气派。

回廊绕湖而建，湖中间，零零散散的荷叶，一朵朵含苞待放的荷花鲜艳欲滴，看起来娇美得很。

再远处是假山流水，人造的假山顶上水时不时滴落在湖里，溅起的水花随着清风飘到脸上，凉凉的湿气，却带着几分清新的美好。

另一边，是巧夺天工的花园，鲜花开得甚美，让青衫不免感叹，这王爷实在有钱，这种景在山谷里，不稀罕，可把它搬进王府里就不知道要花费多少精力和银子了。

“锦宝啊，你带着娘亲去哪里？”青衫四处看着，忍不住对着锦宝问道。这小东西不会真打算带她参观王府吧？

锦宝瞪着大大的眼睛，稚嫩未脱的声音回道：“锦宝和娘亲约会啊。”

“约会？”青衫再次忍不住笑了起来，这小东西，真是可爱，不过，这么小，是从哪里知道约会两个字的？

锦宝很认真地点点头：“对，锦宝要和娘亲约会。”

八哥哥没事就会去太后宫里找蓝儿，总说一起牵手出去走走。八哥哥告诉锦宝，那就叫约会，锦宝也想和娘亲一起约会呢。

青衫没有再多说什么，一路跟着锦宝走着，跟这小东西在一起，也甚是舒心。

锦宝带着青衫，径自走到大门口，青衫才知道，小家伙原来是打算跟她到府外去约会，这么小都已经懂得这些了，以后还得了？青衫不免觉得好笑。

门口几个穿着银色盔甲的侍卫看见锦宝和青衫，立刻恭敬行礼：“属下见过小世子，见过青衫姑娘。”青衫救过小世子的命，这府里上上下下早就传开了，若是再认不出青衫，那就是他们眼拙了。

“免了！”锦宝特别有主子的态度，拉着青衫就要往外走。但立刻被侍卫伸手拦住：“青衫姑娘和小世子不能出去！”

“为什么？”青衫和锦宝同时讶然地问道，没想到这帮侍卫敢拦着他们的去路。

侍卫恭敬回道：“主子有令，没有他的允许，任何人不得擅自出府。”

小世子出了事，府里的防守全部加强，更何况，青衫姑娘一介女子，加上小世子也不过是个孩子，怎么敢轻易放他们出府，那可是掉脑袋的事。

“我不是你们府里的人，我想要出府，是我的自由，你们王爷无权管我。”青衫冷眼看着侍卫。出不出府无所谓，她没想到的是，这帮侍卫敢直接拦着她不让出去，连个出入自由都没有了，实在叫人生气。

侍卫依旧是恭敬的态度，不见任何情绪：“请姑娘不要为难属下，属下也是按命令办事，劳烦姑娘和小世子回西厢南阁吧。”

“你不让我出去，今日我还偏就要出去，看你们谁敢拦？”青衫一时没忍住，跟这帮侍卫杠上了。她从小到大，想去哪儿就去哪儿，想做什么就做什么，还没有人敢管着她的。

青衫说着就要硬闯，却被锦宝拉住，稚嫩未脱的声音连忙阻止：“娘亲，娘亲，爹爹不让出去，咱们还是回南阁吧，不然爹爹知道要生气的。”

娘亲怎么是这些侍卫的对手呢？爹爹的侍卫都很厉害的，一个个都很能打，听奶娘说都是从营地调来的精兵，可以以一敌百的。

青衫还要说什么，但被锦宝死命拉着离开了。绕着回廊，青衫瞥了锦宝一眼，有些闷闷不乐：“小东西，你怎么这么怕你爹爹呢？”生在王府，连个自由都没有，实在可怜啊。

“娘亲啊，此路不通，行彼路，咱们真要和那些侍卫打起来，惊动爹爹，一定会挨罚的，还是不要吧。”爹爹又要让锦宝抄《诗经》了。锦宝不怕辛苦，可是连累了娘亲，就不好了，锦宝不想让娘亲跟着锦宝受罚。

此路不通，行彼路，难不成这王府还有其他什么地方可以出去？青衫眼珠一转，瞬间就明白了，说不定有个小门之类的，王府这么大，总不能是个笼子，将人关得死死的吧。

锦宝拉着青衫，绕着回廊，没多久便到了后院门口。这里原先是废弃的杂物房，与小侧门紧挨着，但小侧门是锁死的，因为偏僻的缘故，平日里倒是没什么人来。

青衫看着这破旧的杂物房，忍不住问道：“小东西，你带我到这里来做什么？咱们不是找彼路吗？”

这四处只有一个废弃的小杂物房，旁边野草疯长，生得老高，上面开着细细碎碎的野花。树上的知了，没完没了地叫着。

但这寂静的空气里，燥得很。青衫看着这四处安静的情形，老半天了，也不见有一个人影，便知这里很偏僻，很少有人来过。

青衫顿时有些不明所以了，原本还以为这小东西能带着她走个侧门什么的，看来也是没戏了。

“嘘……”锦宝胖乎乎的手指压在嘴边，比了个噤声的动作。大大的眼睛，四处张望着，胖乎乎的脸上满是戒备，压低声音说，“娘亲，咱们小声一点，免得被人发现了。”必须要小心呢，王府里的人都精明得很，小锦宝和娘亲要小心一点。

“好。”青衫也压低声音，学着小锦宝防备的模样，觉得这孩子当真是可爱得紧，而且看起来很聪慧。

锦宝压低声音，再次对着青衫道：“娘亲啊，你跟我来。”

说着锦宝一路小心翼翼地向侧门走了过去，青衫也是好奇地跟着锦宝走了过去。就见小锦宝走到墙边，小小的身子站在比自己还高的野草丛前，伸手扒着野草。青衫有些不解，但是也伸手帮着锦宝扒拉着野草。

不一会儿，在眼前露出个不大不小的狗洞，锦宝指着狗洞，对着青衫一脸邀功似的开心道：“娘亲，你看，是不是很惊喜啊？咱们可以从这里出去哦。”

“这是锦宝意外发现的秘密呢，锦宝有时候会从这里溜出去玩。府里的人都不知道，连奶娘和爹爹都不知道，从来没有被发现过。这个秘密，只有锦宝知道，现在锦宝也告诉娘亲了，锦宝对娘亲是真爱呢。”

青衫看着这不大不小的洞，伸手比画了一下，若有所思地对着锦宝问道：“呃，锦宝，娘亲能不能问一下，这个好像是狗洞吧？”按着这个比例，这个高度，确实很像的，青衫有些肯定。

锦宝不好意思地挠挠头，冲着青衫羞涩一笑："娘亲，你不要说得这么直白嘛，府里的狗都不从这里出去的，锦宝在这里钻出去过。爹爹不喜欢东厢养狗，所以，这里虽然是狗洞，但是没有狗狗从这里出去过。"

"那，你的意思是，你和娘亲，从这里爬出去？"青衫再次不淡定了，这孩子一定是东辰逸亲生的，这种法子也想得出来。从狗洞爬出去？她这么大一个人，怎能爬狗洞呢？她宁可不要出府，也绝不从狗洞爬出去。

"对呀，娘亲，咱们从这里出去哦。"锦宝重重地点点头，没有觉得从这里出去有什么不妥当的。

青衫对着锦宝连连摇头，万分笃定："娘亲不要从这里出去，太丢脸了。"要是让府里人撞见了，可不是要被笑话死了，钻狗洞，开什么玩笑。

锦宝瞪着大大的眼睛，很不解地看着青衫，稚嫩的声音问道："娘亲，不从这里出去，那怎么出去呢？锦宝要带娘亲上街哦，咱们可以逛铺子，还可以去街头看表演。"那样一起玩，才算是跟娘亲约会吧，小锦宝一脸地期待。

青衫站在原地，抬起头，看着围墙的高度，师父不愿意教她武功，但独独教了她轻功。师父说了，打不赢别人就跑，连跑都跑不赢，那就只有被揍的份儿了。

"等着啊，娘亲有办法出去。"青衫对着锦宝淡然一笑。到底是王府，院墙也是不低的，她得先上去试试才行。话音落下的时候，青衫一个跃身，踩着旁边的树，几下就上了院墙顶，站在那里就说，出府这事儿，根本就难不住她。

小锦宝看着院墙顶上的青衫，稚嫩的脸上满是崇拜，微微张着口："娘亲，你太厉害了。娘亲果然了不起啊，可以治病救人，还可以不钻狗洞就能出府，锦宝对娘亲，崇拜得五体投地啊，唔……原来五体投地是这个意思，锦宝懂了。”

青衫冲着锦宝挤了挤眼睛，想看看院墙外头是什么地方，好方便带着小东西出去，青衫正四处看着的时候，身后传来一声：“青衫，你在做什么？”

声音很大，青衫顿时一惊，一个不稳，从墙上跌了下去，这下惨了，不得摔个鼻青脸肿，就在青衫闭眼的那一刻，稳稳地落入一个怀抱。青衫睁开眼，就见东辰逸冷峻的脸庞，看起来十分不悦，薄唇紧抿成一条线。

两人落在地上，东辰逸放开青衫，退开两步，沉冷的声音再次质问道：“青衫，爬那么高，你不要命了吗？”

他刚刚从外办事回来，跟几个大臣商量过几日入宫一事，一回到府，就听说青衫领着锦宝要出府，被守门侍卫拦下，本想去西厢南阁看看。听了府里的侍婢说两人到了东厢，一来就看见青衫站在院墙顶上，四处张望着，也太不注意安全了。方才，若不是他赶到及时，这女人非得摔断骨头不行，东辰逸莫名觉得十分生气。

“谁不要命了，要不是你这么冷不防地喊一声，我怎么会跌下来？”青衫拉了拉衣裳，剜了东辰逸一眼。这男人甚是好笑，她原本在查看院墙附近的情况，他突然来了就喊了这么一声，害自己跌下来，还反倒说是她不要命了。

东辰逸微眯着眼，脸部线条仍是绷得很紧：“你爬这院墙做什么？”

看着东辰逸生气的模样，锦宝暗叫不妙，这下惨了，被爹爹抓个正着，娘亲和锦宝一定要挨罚了，爹爹对娘亲都这么凶，锦宝要死定了。

小东西揪着云之的衣服，一脸恳求，希望一会儿云之叔叔能帮忙说说好话。云之叔叔的话，爹爹还是会听一些的。

晃着手里的折扇，云之斜眼看了锦宝一眼，依旧是一脸看好戏的模样，等着青衫的反应。

“出府啊，你们侍卫拦着我，说没有你的命令，不让出府。”这事不提倒也罢了，一提青衫顿时就来气了，她生性就喜欢自由、无拘无束的感觉，到了这王府反倒失去了自由。

“出府做什么？”东辰逸的声音缓了一些，好端端地在府里和锦宝玩不是挺好的，要出府做什么？

青衫勉强挤出一丝笑容：“平王爷，说了我住在府里帮小世子治病，你呢，帮我找医书，但是，没说我卖身给你们王府，凭什么不让我出去啊？就算是府里的下人，也有自由出府的权利吧？”这南幽国还有没有王法了？看个病，连自由都看没有了。

听了这话，一旁抱着剑站着的成右，难得抬眼看着青衫，府里的下人，别说府里的下人了，就是宫里的皇子和妃子们见了主子，也得礼让三分的。敢这么冲着王爷质问的，还跟府里的下人比？这年头，太不公平了，难怪云之先生总怀疑主子和这姑娘早就认识呢？

“话虽如此，可府里向来严谨，王府自然有王府的规矩，下人也不是随意能出府的。”东辰逸见青衫生气，声音反倒柔了很多，“下次出府，跟成左说一声，或者直接找人告诉本王。”带着锦宝出去，若是那帮侍卫敢放行，也是天大的胆子了。

“我出府为什么告诉你？”青衫只觉得好笑，出个府还得找东辰逸报备一下，那跟卖身有什么区别？

东辰逸双手背在身后：“为了你的安全，你武功不高，带着锦宝出去若是出了事，该怎么办？”这女人就不怕吗？只身在外，什么事都有可能发生，一点都不顾及自己的安危。

原本还在看好戏的云之，顿时又郁闷了，主子怎么可以这么偏心？对他们若是有对姑娘一半好，死也甘愿了。“主子。”不等青衫说话，云之忍不住上前一步。

东辰逸转过头看着云之，冷声问道：“何事？”

“主子，云之也想回家看看？”晃着手里的折扇，早些日子就跟主子说了，家里给说了门亲事，让他回去看看，向主子告假，主子一直不同意。

今日，见主子对青衫姑娘这么照顾，他跟了主子这么久，没有功劳也有苦劳吧？

东辰逸冷冷地看着云之：“你是想娶亲吗？”

这个云之，也不分什么场合便上来添乱，平日里自己太惯着他了。

“主子英明，家父以为云之老大不小了，却连个妻室子嗣都没有，十分忧心。”云之有些期待地看着东辰逸。

主子总算是接了地气儿，原本以为主子一直以来不想成亲，便也存心让府里上上下下的大老爷们儿，都成不了亲。

东辰逸点点头：“那好，过几日回宫，赏花大会上，本王便为你选几个。”

想要成亲，怎会是难事？这个云之，到时候若是赐了亲事敢拒绝，他便扣了他一年的俸禄。

……

云之顿时就傻眼了，赏花大会上去的都是名族贵女，赐给他一个都养不起，赐几个他哪里伺候得起？他连忙对着东辰逸赔笑：“主子，云之玩笑而已，玩笑而已，男儿不应过于儿女情长，应以天下大事为己任。”

一旁的成右顿时憋笑，云之先生也有吃瘪的时候，早就说了，主子惹不得，偏偏不记教训。

懒得再理云之，东辰逸看着青衫：“成了，青衫，今日的事，本王就不追究了，天色还早，本王就带你出府转转。”

“不去！”这王爷太有趣了，本来就在气头上，还说不想追究了。青衫气得不轻，整个小脸憋得通红。

暂不说她救了锦宝的命，昨天晚上还帮着他给死人查看中毒情况，一个谢字都没有，转眼，就限制她出府，实在可恶，这会儿又像是给个大恩大惠一样。

“去吧，姑娘，城东有家酒馆，吃的很不错，青衫姑娘可以去尝尝。”云之见青衫当真生了主子的气，忍不住上前对着青衫劝道。生气归生气，主子已经放低姿态，姑娘如此，便有些过了，毕竟一个是江湖人，说白了，也是平民百姓，另一个是朝廷尊贵无比的王爷。主子对青衫姑娘，这般容忍，也是一时图个新鲜。毕竟，从小到大，主子都是极其得宠，皇后宠着，皇上护着，宫里的妃子和皇子尊着。难得遇见个敢在自己跟前耍脾气的，一时间觉得有趣便不当回事，可久了也就不一定了。

云之看着随性潇洒，能当得了东辰逸的幕僚，自然是有些本事的，凡事也能看得入木三分，分析透彻。

青衫瞥了一眼：“打一棒给一甜枣，你们主子当我是四岁孩子吗？”说完，青衫转身离开了，不再理会他们。

见青衫远去的背影，东辰逸看了云之一眼，沉冷地开口：“多事！”

“就是，云之叔叔，你太多事了。”锦宝跟着附和东辰逸的话，云之叔叔好没趣儿啊，居然琢磨起爹爹的心思，惹得娘亲不高兴了。

云之顿时就郁闷了，这算不算不是一家人不进一家门，他这回万分肯定，王爷和这青衫姑娘一定是旧识。

东辰逸加快步子跟上青衫，伸手一把拉过青衫：“本王没有任何别的意思，青衫姑娘不要误会才好。”身在皇家，向来都是以这种方式与人相处，他不明白为何青衫这么生气，一时间，东辰逸有些不知所措了。

“我没有误会，就是不喜欢被人限制自由，王爷不必替我找医书了，本姑娘自己找去，今日我就要离开。”青衫很坦然地看着东辰逸，若是用自由换医书，她宁可四处飘荡，自己寻医书去。误会不误会，本就谈不上，她与这王爷不过见了几面，更是不喜欢这王府的拘谨。

旁边跟过来的锦宝一听，立刻拉住青衫的衣服，稚嫩的声音喊了起来：“娘亲，你要走吗？你不要锦宝了吗？”大大的眼睛里满是受伤：“娘亲和爹爹吵架了就要离开王府，不要锦宝了，锦宝真的好可怜呢。”

青衫转过头，就看见锦宝眼眶有些发红，顿时，整个人一怔，她没当过娘亲，更没想过自己一句话便能让锦宝这么伤心，一时间有些无措了。

“锦宝，你听我说，娘亲，娘亲……”青衫蹲下身子，有些心疼地看着锦宝。不知道如何告诉锦宝，她只是个过路人，就算今日不走，迟早找了医书，还是会离开的。可是小家伙，这份依赖，实在让人不忍心。

锦宝伸出胖乎乎的小手，捧着青衫的脸，嘟着小嘴：“娘亲不走，锦宝乖，以后不带着娘亲出府约会了，娘亲也不会被爹爹责备。”

那声音甭提多委屈，多可怜，连东辰逸的脸也跟着绷紧，藏在袖子间的手不由得握紧。

这些年，他一直未娶亲，一来是不想娶，心系这天下；二来，是怕娶了亲，到时候委屈了锦宝，想等锦宝大一些，懂事了，再谈论自己的婚事。

生在皇家，无非取个权贵之女，成个体面的亲，没有感情，也称不上喜欢，更甚至连亲事都不能自己做主。大抵是皇上或者太后觉得哪家姑娘合适，赐了亲事。所以，东辰逸从没想过，一个娘亲对于锦宝会有这么大的意义。

“傻孩子，这不是你的错。”青衫伸手捏了捏锦宝的小脸，声音软了很多。纵然再狠的心，面对这孩子的请求，青衫也无法狠下心来。

锦宝抿了抿唇，再次恳请着：“娘亲不要走，锦宝不要娘亲走，娘亲带着锦宝一起，好不好？”锦宝伸手抱着青衫的脖子，小手攥着青衫的衣服，一如初见一般，即使在熟睡中，也是死死地攥住她的衣服。

“乖，娘亲不走。”听了孩子的话，青衫轻拍着锦宝的后背，整个人都有些不能自已了。孩子是无辜的，她心软了，锦宝抱得很紧，青衫就这么顺手抱起锦宝，锦宝一手搂着青衫的脖子，大大的眼睛看着青衫，萌呆的模样甚是可爱。

“娘亲，锦宝想吃东城酒馆里的碎碎花蒸饺。”那里的饺子很好吃的，锦宝很喜欢。

碎碎花蒸饺也是一种风味小吃，孩子大抵是喜欢的，锦宝常常待在府里，很少出去，吃的不比府外差，但是有些东西未必就有街上那种味道。

吃的也是一种意境罢了，更何况，到底是个孩子，玩心大，吃劲也是大的。青衫本以为这孩子还能说出来什么，转眼就想吃东西了。

青衫宠溺地看着锦宝，柔声回道："好，娘亲带你去吃蒸饺。"

这会儿看着锦宝委屈的模样，莫说出去吃蒸饺，就是带着他去宫里吃宫廷宴席，青衫也都不忍心拒绝了。

"娘亲，你真好，锦宝对你是真爱哦。"锦宝搂着青衫，欢呼着，"就知道娘亲是好人，锦宝很喜欢呢。"

青衫被锦宝这模样逗笑，忍不住轻笑了起来，一旁的东辰逸，也放下心许多。青衫有一句话说对了，她是江湖人，来去自由，想走就走，想留便留。纵然是这王府也困不住她，可是私心他也希望青衫能留下来，起码这府里有些生气，锦宝会哭闹，会特别开心，不会像以前一样规规矩矩的，少了孩童的欢乐。东辰逸自小在宫里长大，他不希望锦宝也像他一样，循规蹈矩地活着，尔虞我诈中求生存，就这么快乐不是挺好的吗？更何况，他也不讨厌青衫，很善良的姑娘。

"那，咱去东城吗，青衫？"东辰逸适时开口，对着青衫试探着。这会儿，这姑娘气都没消，他需谨慎些才好。

青衫瞥了东辰逸一眼，虽然没刚才那么强烈，但是也还是不悦的："我告诉你啊，我可是为了锦宝，才跟着你去东城的，不要多想啊。"她不是因为东辰逸才妥协的，只是不想让孩子失望伤心罢了。

"那是自然，以锦宝为重。"好不容易妥协下来，东辰逸也忍不住赔了小心，男人嘛，就该大度一些，和女人计较岂不是显得太没风度。更何况，他是堂堂平王，更得大度些了。

青衫冷哼了一声，抱着锦宝率先离开了，那边云之看着眼前这一幕，直呼不信，这是他最尊敬的主子吗？居然可以对着青衫姑娘这么放低姿态？

这是堂堂平王爷吗？刚才那一幕不是真的，一定不是，转过头，云之一脸的痛苦：“成右，你不如给我一剑吧，忽然，觉得人生活着，已经完全没有乐趣了。”

话音落下的那一刻，“啪”的一声成右手里的剑已经出鞘。

云之吓得立刻后退一步，不可置信地看着成右：“你居然当真了？我不过说着玩玩而已。”

跟主子一样，真没意思，云之心里忍不住埋怨着。

“啪”的一声，剑重新回了剑鞘，成右依旧是那副面无表情的模样：“成右只是遵照云之先生的意思罢了。还有，主子走远了，再不跟上，这个月俸禄就又没有了。”

云之先生是不是喜欢主子？频频吃青衫姑娘的醋，实在惹人怀疑，平日里也不见云之先生对哪个女子动心来着，只见了主子一面，便跟回这府里。莫不是，云之先生真的有断袖之癖？成右摸了摸自己的脸，自己长得这般俊逸，还是离云之先生远一点。

云之跟上成右的步子，见成右用一种奇怪的眼神看着自己，自是不知道成右在心里这般琢磨自己，不免有些诧异：“这么看着我干吗？我脸上有什么东西吗？”

“没有，看看而已。”成右摇摇头，径自跟上东辰逸和青衫的步子，往府外走去。

第四章 茶里被人下毒

青衫抱着锦宝，东辰逸走在旁边。出了府，看着街道上来来往往的人群，正是集市盛行的时候，四处的叫卖声，一声高过一声。

街上卖糖人的，卖糖葫芦的，卖布匹花伞的，小摊一个接着一个。

看着这姿态，看着这情形，看着来来往往的人身上穿着的衣服、戴的发簪，便知这地方很富饶祥和。

踩在青石路上，这种熟悉感，让青衫觉得浑身猛地一轻，特别舒坦。东辰逸看着青衫，一手背在身后，一手握着扇子，淡然开口：“我来抱锦宝吧？孩子挺重的。”

四岁的孩子，正是婴儿肥的时候，说起来，也是不轻的。

青衫“嗯”了一声，任由着东辰逸抱过孩子，三人这么走着，倒真像一家三口的模样。

在洛城的人没有不认识平王的，东辰逸将这片封地治理得很好。在这里，东辰逸就是他们的天，给了他们这份祥和宁静的生活。

“娘亲，你看这个糖人，好不好看？”锦宝指着糖人，对着青衫喊着，甚是开心，小脸也红扑扑的，十分讨喜。

青衫脸上也洋溢着孩童般的笑容，很灿烂：“好看，他们很厉害呢。”

有人频频侧目，倒是没想到，平王已经娶亲了，从来没人提过平王妃的，锦宝这么一喊，这来往百姓能不惊讶吗？

此刻，有的玩了，青衫似乎忘记了方才跟东辰逸之间的不快，伸手拉着东辰逸的袖子，开心地指着做糖人的中年人：“东辰逸，你快看，他居然可以画一个孙悟空，好厉害，我小的时候，最大的愿望就是嫁给卖糖人的，可以天天吃糖人了。”虽然，这么有志气的愿望没少被师兄们笑话，但是她觉得还是挺美好的一件事。

东辰逸一听，忍不住轻咳几声：“这个愿望还是算了吧？”嫁给卖糖人的，那不如嫁给他，他堂堂平王，莫说做糖人了，就是想天天吃山珍海味，那都不是问题。

听了东辰逸的话，青衫不悦地努了努嘴：“你们权贵主儿，当然不能明白我们老百姓的苦了。”她就知道，连东辰逸也会嫌弃这个愿望，虽说跟着师父不缺银子，可长在谷里的孩子也是吃过苦的，难得想出来玩一次，都得拼命地哄着师父高兴。

东辰逸无奈地摇摇头，好似在青衫面前，他说什么都不对一般。做好糖人的老师傅，顺手将糖人递给锦宝，笑得慈眉善目的：“孩子，糖人做好了，拿好啊。”

“谢谢老人家！”锦宝欢快地接过糖人，笑得甚是开心。

身后跟上来的成右，顺手付了钱，一旁的云之看着开心也顺手抽了一根糖人：“成右啊，把这个钱也付了。”

“云之先生，自己的钱自己付，成右没带那么多银子。”云之先生太有趣了，想着法子占主子的便宜，绝不能让他得逞了。说完，成右跟上东辰逸的步子，顺手抱过东辰逸怀里的锦宝。

云之气得咬牙切齿。一个糖人怎么了，还得他付银子，这天下人谁不知道平王府最不缺的就是银子。可生气归生气，云之想想还是算了，一个糖人要五个铜板，他还不要了。云之顺手将糖人插了回去。

卖糖人的师傅见此，瞪眼喊道：“公子，您这都拿走了，哪里还能放回来，我这怎么卖得出去呢？都是小本买卖，也是很不容易的，这位公子，看着穿着奢华，也不像没钱的，一个糖人而已，再说了糖人虽然贵了点，可卖的是手艺，卖的是乐子，看个把戏也不止给这么点钱啊。”

“老人家，我这还没有吃呢，哪里卖不出去？”云之“啪”的一声打开折扇，一脸的谦逊姿态。

青衫看着云之，顺手付了银子，拿走糖人，递给云之：“吃吧，你们主子挺苛刻你的吗？五个铜板的东西都吃不起？不说这平王府挺有钱的，对待属下这么苛刻啊？”

“那可不是，动辄一个月俸禄都没有了。”云之接过糖人，感激地看着青衫，“房价涨了，吃的贵了，俸禄低了，哎，能不可怜吗？娶媳妇儿，都是个事儿，现如今，没个房子，没有稳定的俸禄，哪户人家敢把闺女嫁给你？”

“在王府生活也这么可怜啊？”青衫万分同情，看来，给权贵人家做事也没有江湖上传言的那么好嘛。

不等云之接话，前边东辰逸顿住步子，转过头看着云之，不冷不热地回了句：“云之啊，喜欢吃糖人是吗？”

顿了顿，东辰逸对着成右吩咐：“成右，将那些糖人都买了，让云之一次吃个够。”都把他刻画成这么穷凶极恶的主子，那他必须得符合一下这形象才是。

“是，主子！”成右憋笑，转而去买了糖人。

云之一脸苦闷，看着青衫，就说要离这姑娘远些，怎么就不长记性？

没有再多说话，东辰逸领着众人继续前行。青衫同情地看了云之一眼，遇到这么个主子，确实挺可怜的，有出路的话，赶紧离开吧。

几人四处逛着，径自往东城走去。云之抱着糖人，很痛苦，所有的英明形象全毁了。

到了东城一家酒馆，东辰逸顿住步子，其他人也跟着停下，青衫看着酒馆上挂着的匾额：“洛神赋”！不免有些惊讶，这酒馆好大的气派，居然取了这么个名字？文雅，却带着一股子朦胧美。

“它叫洛神赋，难不成酒馆里头，有美人吗？”青衫忍不住对着东辰逸问道，若是没有，取这个，不免哗众取宠了些。

东辰逸看了青衫一眼，浅笑：“这里有一道菜，做得十分精巧，香味儿很浓，卖相很好，一如美人一般，所以，取名洛神赋。”

青衫了然地点点头：“那这开酒馆的，想必也是知书达理的。”

“那是自然。”东辰逸很认真地应了一声，率先进了酒馆。跟在身后的云之不免郁闷，主子不带这么夸自个儿的吧？洛神赋又不是主子写的。杜撰别人的名字，还这么得意。

没有多想，几人进了酒馆。青衫看着满屋子的客人，琢磨着，这店许是真的不错，一脸的期待。

见几人进来，伙计立刻恭敬迎了出来。见是东辰逸等人，二话没说，恭敬行礼：“王爷，这边请。”

东辰逸来得不多，但这店里的伙计和掌柜的，自是认识的，东辰逸的尊贵身份，他们自是不敢怠慢。

小二领着东辰逸一路往贵宾厢而去，几人坐下。不等东辰逸开口，锦宝已经率先喊道：“我要吃碎碎花蒸饺，还有洛神赋，还有五花皮蛋……”小家伙如数家珍地点着，惹得一旁坐着的青衫不免轻笑起来，这么小就懂得如此多了。

“是，是，几位稍等，菜马上就好。”小二连忙退了出去，没一会儿，外面便送了上好的茶进来。

成右立刻上前为东辰逸和青衫斟茶，锦宝看着青衫，扑闪着眼睛：“娘亲啊，你喜欢不喜欢这里，锦宝很喜欢这里哦，一会儿尝尝碎碎花蒸饺，以前娘亲很喜欢吃呢。”锦宝很小的时候，记得娘亲说了碎碎花蒸饺是娘亲最喜欢吃的。

“锦宝真乖，这个都记得呢。”青衫宠溺地看着锦宝。她没记错的话，奶娘说锦宝那时候只有一岁多，那么小的孩子，能记得些什么呢？若不是真心在乎娘亲，哪里会记得这个？不免对锦宝又多了几分心疼。

青衫握着青瓷茶杯，刚要送到嘴边，一股清香飘来，青衫微微蹙眉，连忙对着东辰逸喊道：“别喝！茶里有毒。”

东辰逸一惊，放下手里的杯子，不可置信地看着青衫，也顺手拿了锦宝手里的杯子。青衫说有毒，那必然就是没错了。

青衫看着手里的杯子，杯子里茶的颜色过于透亮，看着好看，实则诡异不已。

她喜欢研医，更喜欢研毒，但凡是有毒的，她都能轻易地察觉出来，尤其是这杯里的茶不该有的香味。茶香是淡淡的，而这茶香太浓，不懂的人许是觉得这是正常的，可是懂毒的人一闻便知道有蹊跷。

“怎么了？这茶里是什么毒？”东辰逸开口的时候，一旁的成右给站在旁边的几个侍卫不动声色地递了个眼色。几个侍卫立刻退至各个角度把守。

一看便知训练有素，不过，想来也是，东辰逸能带在身边，必然是信得过的。

青衫端着杯子，看着东辰逸，从发间取下那支翠玉簪子，放进茶里，重新拿出来的时候，沾水的那一截变得黑透不已。

东辰逸等人均大惊，不可置信地看着这簪子，便听见青衫清冷地说道："这毒，我不知道是什么毒，但是必然是很厉害的，我这簪子能测出天下任何不能测的毒。"

这看似普通的簪子，实则是师父给她的。小时候，她不懂得为何师父成日不让她戴别的首饰，只一支翠玉簪子便打发她了。长大之后，听了大师兄说的，才知道这簪子的珍贵，才知道老家伙对她是真心宠爱。

东辰逸听了青衫的话，微眯着眼，手里握着的杯子，"啪"的一声碎裂，水顺着指缝流了出去，一旁的成右立刻拿出帕子上前替东辰逸擦拭。却被东辰逸摆摆手，示意不必了。看着这清透的绿色茶水，东辰逸紧抿着唇，他知道越是厉害的毒越是珍贵。说句难听的，贫苦人家，能买得起砒霜就不错了，如何能买得起这种名贵的毒药？东辰月实在可笑，他已经够容忍这小子了，没想到，还能来耍把戏？到时候，别怪他不顾念皇家亲情。

小锦宝瞪着萌萌的眼睛，看着青衫，不由得诧异："娘亲，咱们不能喝茶吗？爹爹好像也很生气呢，这茶怎么了？"

"锦宝乖，这茶里有脏东西，咱们不能喝。"对于毒的概念，孩子太小，还是不能理解的，青衫顺手抱过锦宝，搂在怀里，"锦宝啊，以后要乖一点，不能随便吃东西，更不能吃别人给的，吃什么要跟娘亲说一声，娘亲准了之后才可以吃，知道吗？"她不知道这毒是谁下的，但是她也不蠢，锦宝在府里就被下了毒，出来吃个蒸饺，茶里又有毒，不是冲着锦宝来的，又是冲着谁呢？

"锦宝吃栗子糕，也要告诉娘亲吗？"锦宝不解地抓抓头。锦宝很喜欢吃栗子糕呢，想吃的时候，一口就吃掉了，万一忘记告诉娘亲了怎么办？

青衫很认真地点点头："对的，锦宝吃栗子糕也要告诉娘亲，娘亲准了才可以吃，不然娘亲要生气的，娘亲生气就会偷偷离开王府，锦宝再也见不到娘亲了哦。"

孩子防备心差，本就是件棘手的事，还好这孩子很听她的话，不然，真是麻烦了。有的毒也不是那么轻易能解的，即使找到了法子，怕是药还没有寻到，孩子就没了。想到这儿，青衫不由得搂紧锦宝，似乎很怕失去他一般。

“不要啊，娘亲不要偷偷走，锦宝一定不乱吃东西，一定会先告诉娘亲，再吃栗子糕。”小锦宝搂着青衫的脖子，不住地摇头。“锦宝会乖的，听娘亲的话，不让娘亲生气。”

“锦宝真乖。”青衫伸手摸着锦宝的头，女人一旦萌发了母性，有时候，真的会无法自控的，锦宝也渐渐地让青衫更加喜欢了。

东辰逸转过头，感激地看了青衫一眼。没想到，不大的姑娘，却这么心细，锦宝太小什么都不懂，自己不会保护自己，他们是要防备些才是。

没等东辰逸说话，沏茶的小二已经被带了进来。侍卫拖着小二，小二一路哆哆嗦嗦的，原本就是一介草民，王爷为何要传唤他，自是吓得不轻的。

一进厢阁，话还没说，小二便“扑通”一声跪在地上，喊道：“小的见、见过王爷！”

掌柜的说他茶没沏好，惹得王爷大怒，若是再不好好认错，可是要诛九族的，连家人也跟着遭殃。

“这茶是你沏的？”东辰逸拿着锦帕擦着手，沉冷地问道。

小二头也不敢抬，颤抖的声音回道：“回、回王爷，是小的沏的，但是小的真的很用心沏了，王爷饶命啊。”

以往来的客人，都是这么沏茶的，从没出现过差错，他不明白今日怎么就惹得平王不高兴了。

“这茶，可还有其他人碰过？”东辰逸微眯着眼，看着跪在地上的小二。必须要揪出幕后的人，否则，锦宝在王府里也是不得安生的。

小二依旧没有抬头，颤抖的声音回道：“小的不知道，这种粗活一直是小的在办的。只是，那会儿小的，小的去拿了壶进来，没有半点的耽搁，马上就回来了，请王爷明察。”

东辰逸了然地点点头，就是转身的工夫，那有心之人，也有足够的时间下毒。

“没你什么事了，下去吧。”东辰逸摆了摆手。青衫看着东辰逸，眼里多了几分赞赏，穷苦百姓，又如何用得起那些贵重的东西，即使是毒。东辰逸不伤及无辜百姓，将这封地治理得这般好，也算得上是百姓之福，是个好王爷。

小二连连拜谢，对着东辰逸喊道：“谢王爷饶命，谢王爷饶命。”

说完，小二便退了下去，东辰逸看着小二连滚带爬出了厢阁，他伸手招了成右过来，成右上前，便听见东辰逸压低声音：“派人跟着这小二，务必查出背后之人是谁。”

方才那小二，分明就不怕他，若是害怕，进屋的时候，脸色都会惨白，说话也没办法那么流利。装出来的害怕和发自内心的害怕完全是两种概念。那小二，演得实在有些过了，让他不得不怀疑了。原本想着这酒楼是他开的，店里的伙计也是用了多年，以前斟茶的伙计，虽说见得不多，但也见过。一贯的憨笑，不似今天这么怕他，这其中定是有蹊跷。

“是，主子！”成右走至一侍卫身边，说了几句，侍卫立刻闪身离开，那速度让青衫都讶然，没想到连东辰逸的侍卫武功都这般高强。怨不得那些人只敢动这种小人心机，不敢动武了。

云之倒是挺悠闲地看着青瓷杯子，嘴角挂着笑：“主子，是时候该动手了，就算您真的不在意，也该为小世子和天下的百姓想一想。”

这天下的江山社稷、皇位帝座，本就是不断地杀戮夺来的，可那是开国皇帝。一个圣主不能心存仁性，不能大度宽容，又怎么配管着天下。

“他不会得逞的。”东辰逸冷冷地看着云之，“这盘棋才刚刚开始，他已经急不可耐，未免有些操之过急了。”

云之听了东辰逸的话，心中一喜：“王爷的意思是……”

他知道东辰逸有才能、有本事治理这天下，比宫里的几个皇子都有资格。若是有心，一呼百应不是问题。

“放肆！”东辰逸对着云之厉声喝道，“本王不会放任不理，但也不会卑鄙无耻！”太后将他养大，皇兄悉心教导他，对他的好，不比宫里的皇子差，他怎可忘恩负义，背信皇兄和太后的恩德。他要做的，不是争这天下的帝位，而是好好地辅佐有智有德的皇子，为这天下百姓操心。

“可是主子……”云之还想再说什么。却被东辰逸开口打断：“云之，你跟了本王有些年了，本王留你在身边，做了幕僚，知你智慧，知你有志向，愿意心系天下，可你还不了解本王吗？”云之见他的时候，便说了，他有帝王之相。他只觉得好笑，再后来，云之就跟着他，说了多次，但无心就是无心，他没有想过的事，更不会去做的。

“我知主子重情重义，罢了，这天下真有不争不抢江山的，唯有主子，云之忠心辅佐主子便是。”云之知道劝不动了，一番苦笑，他有鸿鹄之志，却偏生主子淡然权势。

青衫看着云之，抱着锦宝，朦胧中也能听出些端倪，看着云之浅笑：“云之先生，东辰逸是个好人，也是个好王爷。若是每个人都争，可怜的不只是锦宝，还有这百姓，他们颠沛流离，是你想看的吗？”顿了顿，青衫看着窗外，嘴角挂起冷笑，“那些打着幌子，为了天下百姓而战，为了国富民强而争，不是可笑吗？流离失所，妻离子散，这样的天下于他们而言，又有什么意义？青衫以为，百姓是不管这天下的皇帝是谁，谁给他们饭吃谁就是好皇帝。”

战争四起的时候，伤的不是别人，都是些无辜的百姓，东辰逸不贪恋帝位，愿意为百姓着想，让青衫不免多了几分赏识。二师兄说迩来父子争天下，不信人间又让王。东辰逸不就算一个特例？二师兄常常感叹。她只觉得好笑。这天下之事，他操心得多了，让他去考功名，他偏又不去，怕那份约束。在谷里没事，她也会翻些师父和师兄的书看看，看得多了，也就看得透了。

青衫伸手摸着锦宝的脸，宠溺地笑道：“锦宝，你以后也要像你爹爹一样，做个好人，做个好王爷，爱护百姓，知道吗？”

“锦宝知道了，娘亲，锦宝会做个好人，爱护百姓。”锦宝甜甜地应道，娘亲说什么，锦宝都会乖乖听的。

东辰逸看着两人，嘴角也跟着挂起笑，没想到，一个女人也有这番见解，实在难得，不免对青衫多了几分兴趣，更好奇这女子是在什么地方长大的，连这国家大事也能多几分透彻地分析。

云之更是吃惊，随即，“啪”地打开折扇：“敢问青衫姑娘，家住哪里，父母是谁？”他一直就好奇这个，只是不好多问罢了，如今，真就起了兴趣，寻常人家的子女会些琴棋书画，已是了得。

“江湖女子，随处为家，云之先生不用多问。”青衫淡然一笑，恢复起初那股子轻灵淡雅的气质，“成了，回府吧，锦宝，还是府里的东西好吃。”

说完青衫抱着锦宝率先起身离开，东辰逸和云之等人也跟上。云之总算是明白，为何主子总是能这么容忍这姑娘了，她身上必然是有吸引人的气质。她可以时而像孩子般童真，又可以像刚才那样，有才能，有思想，又可以像现在这样，轻灵淡然，一如幽兰。

“云之先生。”成右上前一步，压低声音，“主子很喜欢青衫姑娘。”

成右果然是好人，云之先生这么看青衫姑娘，满满的都是欣赏之意，要是让主子看到了，云之先生这个月俸禄怕是又没有了。

“你想多了！”云之对着成右瞪了回去。这个成右看着挺闷的，没想到心眼倒是挺深的，再说了，欣赏和喜欢还是有一定差距的。

成右了然地点点头，没有多说什么，跟上东辰逸的步子。看来成右果然想多了，云之先生反应这么大，肯定是喜欢主子的，摸了摸脸，成右还是要离云之先生远些才好。失恋的人，总是容易移情别恋的，长得这般英俊真是伤脑筋。

没有多做停留，青衫几人回了王府，到了府里，东辰逸看着锦宝，对着成右吩咐："成右，将锦宝送到奶娘那里去。"

"是，主子！"成右恭敬上前一步，抱起锦宝便离开了。这一次，难得小东西没有闹着不愿意跟青衫分开，锦宝一走，云之等人也随即退了出去。

东辰逸看着青衫，嘴边挂着浅笑。倒是青衫，四处打量着东辰逸的书房，脸上那双轻灵的大眼睛里，可以看得出很喜欢，很欣赏。

走到一幅字画前，青衫看着整幅画，画的是一座竹子做的屋子，在整片的花林里头，显得别具一格，宅院里种满红色的桃花。一女子一袭白色锦衣，坐在院落中央，伸手抚琴，那种投入，好似让人能听到里头的旋律一般。许是微风刮过，画中血红色的桃花随风起舞，零零飘落，好一个世外桃源的景象，美得让人心动，眼光落在落款处的时候，青衫怔了怔。

"你很喜欢这画？"东辰逸开口打破沉寂。青衫转过头看着东辰逸，点点头："很美的画，里头的姑娘更美。"

青衫原本还在猜测，能将人儿画得这般栩栩如生，从神态到动作，到眉眼，都是那么细致精巧，这姑娘许是这王爷的意中人。她正想着，便听到东辰逸再次开口："那是我母妃，可惜命薄，生下我不多久，便去了。"

母妃十六岁入宫，比宫里最大的公主还要小上几岁。那些过往他不知，只知道，母妃入宫不久便去了，他被过继到皇后身边，被皇后养大，也就是如今的太后。

青衫微微一愣，没想到他也是苦命，自小没了娘亲，还以为生在皇家的人，没什么人间疾苦呢。

"人各有命，看开些才好。"青衫浅浅一笑，绕开话题，"想不到你还会字画。"

目光落在不远处一柄琴上的时候，青衫似乎被吸引一般，走了过去，手指抚上琴弦，一串流水的声音飘了出来。师父通音律，她除了喜欢研医，最大的兴趣就是弹琴。食指在琴弦上飞舞了起来，一如泉水的声音响起，音律的最高境界，就是让人陶醉其中，外行人听不懂，只觉得好听便是。

东辰逸看着青衫眼波里满是陶醉，似乎能感觉到，青衫整个人置若那片花林里一般，增之一分则太长，减之一分则太短；施朱则太红，着粉则太白。

就在东辰逸几乎看痴了的时候，琴声戛然而止，东辰逸嘴角的笑意更深了，忍不住轻轻鼓起掌来："你当真是个谜，本王好奇了。"

懂医术，有见识，如今还懂字画和琴艺，实在是了得。都说女子无才便是德，可在南幽国却不是这样，男人大都喜欢女子有德有才。

"好奇什么呀，我饿了。"青衫微微有些孩子气，那会儿在酒馆没吃，这会儿回来半天了，就光顾着欣赏字画，弹琴去了，当真是有些饿了。

东辰逸被青衫的模样逗笑，对着外头高声喊道："传膳！"

"是，王爷！"外头高应一声，东辰逸便拉着青衫去了自己的外间。

没一会儿的工夫，满桌子的菜摆在青衫眼前，东辰逸伸手拿起筷子递给青衫。青衫就开始大快朵颐起来，尤其是碰到鱼，那就是停不下口的。

东辰逸看着吃着的青衫，忽然开了口："跟本王去都城吧。"

"啊？"青衫猛然抬起头，有些吃惊地看着东辰逸，"去都城干什么，我不要去。"

她就是来找个医书罢了，去什么都城啊，实在好笑？这王爷当真是拿她当这平王府的人了？

"过几日，本王就要去都城了，宫里有赏花节，本王也该回去拜见一下皇兄，也看看太后她老人家。"原本是不想回去的，打算年节再回去看看太后。可如今遇上这事儿，也不得不回去了。

青衫微微皱眉，不悦地看着东辰逸：“那是你的家事，跟我有什么关系？我不去。还有，你得让人务必快点帮我找到医书才是。”

她想早些离开王府，回去看看湘儿，有些日子不见，很想念那丫头。

“你不去，怎么找医书呢？”东辰逸反倒笑了起来，“宫里有书库，什么书都有，你跟着本王去，本王让人翻看一下，许是那医书真的在宫里呢？”

“胡说，若是在宫里，江湖上自然有传言。半点没有，怎么可能在宫里？”青衫瞥了东辰逸一眼，明摆着就是想诓骗自己跟他进宫去。

江湖上根本就藏不住事儿，若是有医书的消息，不早就传得沸沸扬扬！她也用不着这么费心思地去四处寻找。

“那可不一定，宫里书多，有没有江湖上也不一定有人知道。”东辰逸把玩着手里的茶杯，继续道，“若是有心之人放了起来，谁也不知道，怎么可能会传到江湖上去？”

青衫看着东辰逸，期望能从他的表情里探出话里的真假，可东辰逸从头到尾都是那股子绵里藏针的劲儿，高深莫测得让人读不出心思。二师兄说过，这种人，若是不动心思还好，若是动了心思，可就要小心了。

“那你让人寻了，派人送到王府里给我就成了。”不管话真话假，不往套里钻便是。一句话，东辰逸哑然了，这姑娘，倒是学聪明了。

深吸一口气，东辰逸一脸地忧心：“其实，本王想让你跟着，也是有私心的，锦宝一直遭人暗里下毒，一个不防备就有可能送命，这一路去宫里，长途跋涉的，本王很担心，不知青衫姑娘……”

听见锦宝，青衫停住手里的筷子，脸上露了难色，小家伙是挺可怜的。这几日的情况，她也看到了，只不过去酒楼吃个饭，也能遭人暗算。

“你将锦宝留在府里，我替你照顾，可好？”那都城什么的，她当真是不想去，一来，太远；二来，皇家之事掺和得越少越不会惹祸上身。

东辰逸倒是没想到青衫这么讲，随即轻笑了起来：“太后想念锦宝，让本王务必带锦宝进宫，我南幽国以孝为先。”

青衫再次抬起头，看着东辰逸，良久，清幽地飘了声："好，我同你去。"

说完低下头，继续吃饭，不为别的，锦宝唤她娘亲她也没有忍心否决。师父说很多事冥冥之中自有定数，若是那孩子当真与她有缘，上天安排锦宝和她相遇，就是帮那孩子度过劫难，她也没有什么好说的。

"本王敬你一杯。"东辰逸以为青衫还想再拒绝什么，没想到这丫头这般爽快地就答应了，人心若面美。

青衫看着东辰逸，跟着笑了起来，伸手拿起杯子："我不会喝酒，只抿一口，你随意就好。"

一旁伺候的侍婢也是惊魂未定，平王敬酒，这是莫大的荣幸，这姑娘当真是讨了主子喜欢。

东辰逸点点头，一口饮尽，青衫浅抿一口，便低下头继续吃饭。东辰逸也只是静静地在一旁自斟自饮，没有多余的话，如此，已经觉得十分舒心。

王府的日子，对青衫而言，除了少了些自由，其他也是十分惬意的。今日一早，暖暖的阳光洒遍整个王府，将王府映衬得愈发奢华。

青衫醒来之时，小锦宝便已经起来了，出了院落，就看见奶娘在给锦宝穿着衣服，小家伙一脸的不情愿，看见青衫的时候，立刻喜笑颜开："娘亲，早啊！"

"小东西，起得当真早呢。"青衫也跟着笑了起来，这小家伙每次都这么勤快，日后定能成就大事。

小锦宝一听，脸上的笑容立刻垮了下来："锦宝今天起，要去书房跟着先生读书，好不开心呢。"

"先生一点都不可爱，每次都是那么严肃，那么一大把年纪的老人家，成日里板着脸，除了之乎者也，就是浮云伏羲，锦宝十分不喜欢。"

青衫脸上的笑意更深了，湘儿跟着二师兄读书的时候，也是这个表情。随即走了过去，摸着锦宝胖乎乎的小脸：“要听话，读书才能知道得多，往后才能造福百姓。”

锦宝重重地点点头，“嗯”了一声：“是，锦宝知道了。娘亲，你送锦宝去上课，好不好？”

“世子，要跟着成左去噢，娘亲很忙呢，小世子……”奶娘怕青衫不高兴，率先开了口。没等奶娘说完，青衫便接了话：“好哇，娘亲送你去读书，也顺便看看我们锦宝都学些什么功课。”

对青衫而言，闲着也闲着，刚吃过饭，在这王府里，也不知道做些什么，倒不如陪着锦宝去读书，也看看书房里有没有自己喜欢的书。

“太好了，娘亲，咱们走吧。”原本还十分不乐意的小家伙，顿时就开心了起来，伸手拉着青衫，一蹦一跳地往书房走去。

青衫看着孩子欢乐的劲儿，整个人也跟着心情大好，听着锦宝哼小曲儿。

成左抱着剑，静静地跟在后面，成右说府里不久就会出现女主人了。王爷对青衫姑娘很喜欢，看来，成右当真是没骗他。小世子也喜欢青衫姑娘，王爷也喜欢青衫姑娘，如此，也是美事一桩。

“成左，你回去吧，我带着锦宝去书房就成了。”青衫忽然顿住步子，对着成左开口。送孩子去读书，身后跟着几个抱着剑的侍卫，总觉得不大合适，更何况，是在自己的王府里，一个教书先生，又不能对孩子怎么样。

“王爷有令，要属下等人，尽心尽力保护世子安危。”成左等人有些为难。倒不是别的，小世子被下了毒，府里上上下下十分重视，若是出了差错，谁也担待不起。

青衫不由得一笑，手里的短剑挽了个剑花，背在身后：“那当真是好笑了，若是真有心下毒，你们也是没办法的事，还是回去吧。孩子这么小就成日里跟着这些人，总归是不合适，杀气太重了。”习武之人，杀气本就重，更何况跟着这些武功高强的人。在她心里，孩子就该是充满童真的，如此，真的不喜。

没有多做停留，青衫拉着锦宝离开了，两人径自往书房走去。到了书房门口，锦宝放开青衫的手，整了整自己的衣服，随即背着手走了进去。

这模样逗得青衫轻笑不已。跟着锦宝进去，便看见教书先生，一身黑色绣花的锦衣，站在那里，很大的年纪，看着一幅博才多学的模样，甚是有趣。

更让青衫没想的是东辰逸也来了，坐在一侧，喝着茶。见到青衫的时候，也是微愣一下，随即露出淡然的笑容。

“先生早，爹爹早！”锦宝稚嫩的声音响起。这几日，小家伙生病，有些日子没来读书了，今日是第一天，东辰逸便也过来，看看小家伙的功课。

锦宝倒是没想到东辰逸也来了，小脸净是纠结。

先生有些苍老的声音开口，十分缓慢：“小世子请坐！”

锦宝挪回桌子边坐下。青衫也走到东辰逸一旁坐下，随即为自己斟了杯茶，甚是好奇地看着锦宝。

“前些日子，世子生病，有些日子没来上课了，今日，我们不学新的功课，只回顾一下功课，下面请世子背背老夫曾经教过的功课。”

有东辰逸在场，老先生也比往日里多了几分正模正样，要知道，王府这份儿差事也是不好寻的。就教一个四岁奶娃读书，不累，俸禄也高得很，教好了随时都有赏钱，他可不想轻易丢了这份儿美差。

锦宝看着教书先生，有些为难，锦宝生病了，很多功课都忘记了怎么办。他大大的眼睛，斜着瞟了东辰逸一眼，东辰逸依旧是那副姿态，目光里带着几分严肃。

呜呜，爹爹好可怕，这样看着锦宝，要背不出来了，锦宝好可怜。

“怎么不背？”东辰逸放下手里的青瓷茶杯，冷然地看着锦宝。这小东西不会是过分贪玩，将这些日子学的东西，全忘记了吧？

青衫一脸地幸灾乐祸，悠然地看着锦宝，虽然知道这样太伤孩子心了，可还是没忍住。

“会，锦宝会背。”锦宝连忙应声，爹爹太可怕了，不背的话，锦宝就要关暗房了吧？

深吸一口气，小家伙闭上眼睛，开始摇头晃脑地背了起来：“人之初，性本善。性相近，习相远。苟不教，性乃迁。教之道，贵以专。昔孟母，择邻处。子不学，断机杼。窦燕山，有义方。教五子，名俱扬。养不教，父之过。教不严，师之惰。子不学，非所宜。幼不学，老何为？玉不琢，不成器。人不学，不知义。”

还没背完，就听见砰的一声，东辰逸伸手重重地拍在桌子上。一旁的青衫也吓了一跳，转过头，就看见东辰逸冷沉的目光，厉声开口：“子不学，非所宜。幼不学，老何为？玉不琢，不成器。人不学，不知义。”顿了顿，继续喝道：“你倒也知道，四岁了，才只会背《三字经》吗？宫里的小皇子，四岁便能作诗作对，会些基本的拳脚功夫，你倒好，本王没管，就只会些《三字经》吗？”

一旁的夫子一听，“砰”的一声，跪在地上，颤颤巍巍地开口：“王爷息怒，王爷息怒，老夫教了《诗经》，教了《孟子》的，不只是《三字经》。”小世子这不是想害死他这把老骨头吗？平日里，学得挺认真的，学起来也快，怎么今日就只背了《三字经》，作孽呀！

青衫讶然地看着东辰逸，湘儿这个年纪也就只会《三字经》而已，皇家的孩子，当真是可怜，想要说什么，但终究是忍住了。每个人都有自己的教法，孩子这事儿，她还是不要多事才好。

“爹爹不要生气，锦宝，锦宝再背《诗经》便是。”这下死定了，死定了，小家伙满脸的痛苦，看了夫子一眼，闭上眼再次背了起来，“关关雎鸠，在河之洲。窈窕淑女，君子好逑。参差荇菜，左右流之。窈窕淑女，寤寐求之。求之，求之不得，求之不得……”

一旁的夫子，心都跟着颤抖，这小祖宗可千万别求之不出来了，不然，他可真就掉脑袋了。

青衫看着小家伙，也是着急得很，挤了挤眼，对了口型："求之不得，瘩痳思服。"

锦宝瞪着大大的眼睛，看着青衫。虽然很想知道青衫说什么，可光看口型，实在为难，嘟着小嘴，鼓足勇气大喊了句："锦宝还小啦，窈窕淑女，求之不得，长大了再求嘛！"

"噗……"青衫一时没忍住，笑了出来，捂着肚子，彻底不顾形象地笑了起来，东辰逸稳重这么多年，头一次失了分寸，也笑了出来。

这都是谁教的？这小东西，求之不得，长大再求，准是要气活这原著吧？

锦宝看着笑得不轻的青衫，一脸不高兴。锦宝都要死定了，娘亲还笑得那么开心，转而，瞪着大大的眼睛，看着东辰逸，祈求东辰逸能心软一回，跪在地上的夫子，更是笑得不轻。

"怎的，怎的连《诗经》都背不好，还学这些混账话？"想板着脸教训锦宝，却已经笑得不轻。锦宝低着头，揪着自己的小衣服，一副可怜兮兮的模样。

哪里混账话了？锦宝说得很有道理啊，锦宝太小了，窈窕淑女是求不到的。

"他，他没说错，说得挺有道理了。"青衫勉强能正常说话了，看着东辰逸，还是时不时能笑出声，"小东西，学是一定要好好学的。"

青衫起身走到锦宝跟前，轻灵的眼睛看着锦宝，静静地背了首《桃夭》："桃之夭夭，灼灼其华。之子于归，宜其室家。桃之夭夭，有蕡其实。之子于归，宜其家室。桃之夭夭，其叶蓁蓁。之子于归，宜其家人。"

锦宝瞪着大大的眼睛，一脸崇拜地看着青衫，忍不住拍手欢呼："娘亲，你好厉害，像唱歌一样，锦宝好喜欢，锦宝要跟着娘亲学功课。"

跟着先生学功课总是想睡觉，先生声音慢得很，娘亲的声音好好听，宛若银雀，轻灵不已。教个书也是不容易的。

倒是跪在地上的老先生差点哭了，这姑娘分明是跟他抢生意呀？他都这把年纪了。

东辰逸也赞赏地看着青衫，“桃之夭夭，灼灼其华。之子于归，宜其室家。”说得甚美，这女子娶回家，确实能宜其家室。

“胡闹，娘亲可教不了你什么，好好跟着先生学功课吧。”青衫拿起书卷，敲了小锦宝额头一下，便转身离开书房。这小东西当真是有趣，不过有趣归有趣，生在皇家，总是不能荒废了课业才是。

见青衫离开，东辰逸也跟着起身了，冷眼看了锦宝一眼：“后天便要回宫里，太后若是问你功课，还是连《诗经》都背不会，本王便留你在宫里，与皇子们一起到上书房读书。”

锦宝万分委屈地看着东辰逸，弱弱的声音问道：“那锦宝会跟娘亲分开吗？”

若是在宫里，有娘亲陪着，不回王府也好。爹爹太可怕了，娘亲都会很好的。

“会一辈子都见不到你娘亲。”东辰逸一甩衣袖，大步离开，你娘亲自然是跟本王一起回王府，难道还陪着你在宫里读书不成？这小子未免也太天真了。

锦宝看着东辰逸远去的背影，小手挥舞着，爹爹太坏了，锦宝不喜欢。

东辰逸大步出了书房，没走几步，远远地就见青衫坐在亭中的扶栏上，一只手里拿着箫。这箫是大师兄送的，一直带在身边，平日里也就是当把短剑用着，实则是一支箫。

东辰逸走了过去，耳边响着轻灵的旋律，和着鸟雀儿的叫声，甚是好听。

东辰逸看着青衫，兀自吹着箫，丝毫不因他的到来而受影响。湖边的柳枝随风摇曳，东辰逸走到亭子的石桌边，摆了摆衣袖，坐了下来。

一曲罢，青衫收起箫，看着东辰逸，便听见东辰逸轻声开口："也会吹箫？这世上当真是有这么奇特的姑娘吗？"

"有什么奇特的？江湖上奇特的姑娘才多了去。"青衫一个跃身，从扶栏上下来，兀自拿起东辰逸倒的茶，一口饮尽。要说江湖上，那么多有门派的、无门派的，什么样才华、漂亮的女子，比比皆是，她也觉得自己算不得什么。

东辰逸点点头："若是我没猜错的话，你是鬼谷子先生的徒弟。"

"你怎的知道？"青衫对东辰逸顿时来了兴趣，她无名无姓的，只有青衫二字，东辰逸就是想派人查她，也根本无从下手。

居然能猜出她的师父是鬼谷子，有些本事。

东辰逸目光落在那支短箫上："上好的玲珑翠，这世上只有一把，也就是鬼谷子先生珍爱的短剑。"

玲珑翠，是上好的寒玉制成的一把短箫。后来鬼谷子先生得了，便将其改成短剑，一箫一剑，合二为一，即使有类似的剑，也巧合不成这样。

若不是鬼谷子心爱的徒弟，谁又能得了这支箫？原本以为这丫头的来历再厉害也不过是哪个门派的，没想到居然是鬼谷子的徒弟，那也就难怪了。

"不错，鬼谷子是我师父，我自幼被他养大的。"青衫点点头，这箫是师父送给大师兄的，她实在喜欢，就和大师兄打了赌，大师兄故意输给她了。

东辰逸还未开口，云之晃着折扇便走了过来，一派的悠然惬意："鬼谷之人，难怪姑娘如此与众不同了。"

鬼谷子，这世上怕是没几个人不知道这名讳了，鬼谷子原本的名姓，很多人不记得了，因其住在鬼谷，江湖人便称之为鬼谷子。

鬼谷子上知天文，下知地理，精通音律，善于医术，但是早已隐退多年，如今，只有几个徒弟活跃在江湖上，也是江湖上赫赫有名的几位。青衫懂得这么多，如今看来也就不奇怪了。

“有什么不同的，老家伙的徒弟就不同了吗？”青衫只觉得好笑。老家伙也不过是名气大点，也是凡人，不明白他有什么不同的，唯一的不同就是为老不尊，越发不讲道理了。

云之点点头，不同便是不同，各人的看法不一样，青衫见得多了才会觉得不是那么遥远罢了。

东辰逸看着青衫，嘴角隐隐的笑意：“那是你师父，怎的这样说话？”这丫头，这话叫旁人听了，还以为怎样的没有德行呢？其实也是随性之人罢了。

“我又没有说错，要不是他逼着我们出来找医书，这会儿我还能潇洒地四处巡游去。”青衫嘟着嘴，别人怎样崇拜师父，那是旁人的事儿，反正她是不高兴老家伙蛮不讲理的德行。

东辰逸摇摇头，没有再多说什么，看着云之：“有事吗？”

“回主子，回宫的事宜已经全部安排妥了，咱们后日出发吗？”云之觉得，越快出发越好，他们在封地，宫里到底什么情况，也只能靠影卫传回来的消息。而且，有些事儿，影卫不一定能全部打探得到，主子还是亲自回宫一趟比较好。

东辰逸看着前面的柳枝，微眯着眼：“不，咱们明日就出发，传令下去，从下城出发。”

回宫的事儿，怕是宫里已经传开了，这一路长途跋涉的，他不敢保证顺风无阻地回去，但也该保证锦宝的安全才是。既然安排妥当了，那及早出发更好。

“云之遵命。”云之恭敬回了句，转身离开了。

看着云之离开，青衫这才抬起头看着东辰逸，猛地伸出手抓住东辰逸握着杯子的手，特别诚挚的目光：“东辰逸，我不知道你们皇家会发生什么，我也不想知道，但是我知道你是个好王爷。”青衫抿了抿唇。迎上东辰逸讶然的目光，继续道：“请你，请你保护好这天下的百姓，不只是封地的子民，他们要一个好皇帝，不要战争。”

她小的时候，跟着师父在边城开过义诊。那些百姓大多是老弱病残，边城常年被外族滋扰生事，民不聊生，家里的男人都被抓了壮丁，十分可怜。这几年才平定了下来，她不想再看到那些。没有别的本事，眼下，她只能求着东辰逸了。

东辰逸就这么静静地看着青衫，没有开口接话，青衫亦是没有松开手，咬着唇：“我会帮你护锦宝周全的，成吗？”

依旧没有说话，东辰逸伸手将青衫散下来的头发撩到耳后，这才轻声开了口：“你不用求我，我是皇家人，那些都是本王该做的，这天下百姓的安危，亦是本王的责任。”看着眼前美得不像话的女人，东辰逸带着几分痴迷，会护锦宝周全，可愿护锦宝一世周全？

“我信你！”青衫笑了起来，眼波里满是开心，连眼角都微微弯下。

这才放开东辰逸的手，没有丝毫的矫揉造作，她自幼便是被师父和师兄同等对待，心目中男人可以做的事，女人亦是可以做到。

“可有喜欢的人吗？”东辰逸忽然开了口。青衫微微一愣，难得露出几分窘迫，这才轻声开口：“不告诉你。”

有没有喜欢的人，与这王爷何干，再说了，江湖上的女子，哪里会讲那么多，遇到喜欢的，早就跟着去了。

东辰逸笑了笑，没有再多问，姑娘家说到底还是害羞的，问多了，也有失礼节。

“成了，你在这儿坐吧，本王去办事了，明日咱们就出发，有什么需要的，只管跟奶娘和成左吩咐就成。”东辰逸对着青衫嘱咐道，没带过女人出远门，也不知道该备些什么东西。

青衫点点头：“你去吧，我不需要准备什么，江湖女子轻简惯了。”也不是大户人家的小姐，哪里用得上什么东西，带起来也是麻烦的。

“也好，本王走了。”没有再停留，东辰逸便起身离开了。

青衫一直坐在亭子里，复又拿起手上的箫，吹了起来，声音宛转悠扬，连不远处的鸟雀也忍不住在栏杆上驻足下来，静静地聆听着。

等到锦宝下了学，青衫才又和锦宝一起离开。锦宝没想到青衫在这里等自己，很开心，更高兴的是，娘亲说话算话，说好了陪着锦宝一起读书，就真的在这里等着锦宝。

“娘亲啊，锦宝今天会背《桃夭》了。”娘亲背得很好听，今天老先生便教了锦宝，锦宝学得很快呢。

青衫“噢”了一声，浅笑道：“那你背给娘亲听听。”

“好！”稚嫩的声音，锦宝摇头晃脑地背了起来。背过之后，青衫满意地点点头，伸手捏了捏锦宝的脸：“背得不错，锦宝很聪明呢。”

“是呀，是呀，锦宝是很聪明。”小家伙一点谦虚的意思都没有，继续嚷道，“只是老先生太无趣了，爹爹又太凶了，所以，锦宝才没有认真学呢。”

青衫一时没忍住轻笑了起来，一把抱起锦宝，陪着小家伙闲聊着，这一日，就这么跟小东西在一起，东辰逸也一直未曾出现过。

第五章 布下天罗地网

第二天，天色尚早，王府里已经热闹得不行，上上下下都在忙碌着，今儿是王爷带着小世子回宫的日子，所有人都在忙着打理行装。青衫坐在栏杆上，看着这劲儿，只觉得富贵人家出门当真是麻烦。

不像他们，去再远的地方，也就一人一包袱，哪里有那么多的事情。

别的不说，单单小锦宝的东西，就已经不少了。什么吃的用的穿的，足足装了十几箱子，实在让青衫吓得不轻。

湘儿的衣服已经够多了，也就一两箱子，这小东西，一个男孩儿，居然有这么多东西。

好不容易全部打点妥当之后，东辰逸和青衫带着锦宝，出了王府。

王府门口，侍卫侍婢和马车已经在等候了。一排排整整齐齐地站在那里，穿着盔甲的侍卫手里举着平王的旗子，迎风轻舞，很是气派！

这一次，东辰逸是光明正大地回宫，也就没有藏掖，直接带着部下出行，说招摇过市也不假，倒是青衫，不大喜欢这样出门。

明明知道，长途跋涉不大安全，还弄这么大动静，这明摆着是告诉那些暗地的人，他们在这儿，来杀他们。

东辰逸站在青衫旁边，似是看出青衫的心思："本王这次回宫，朝里上上下下都知道了，若是不体面些，会丢了本王的脸，让人看了笑话。"

皇家自有皇家的活法，有时候自己也觉得麻烦，可生在皇家，身不由己。

"不碍事。"每个人有每个人的活法，她不喜欢，但不能阻拦别人的事。东辰逸说得对，他若是不体面了，丢的也是皇家的脸面，让百姓和那些大臣看了笑话。

东辰逸看着一行人马，继续道："这次回宫，路途遥远，奶娘就不跟着了，锦宝就交给你照顾了。"

"成。"青衫宠溺地看着怀里的锦宝，早上起得太早，这会儿小家伙趴在青衫怀里，睡得很香。

随即，一旁的侍婢和奴才，便将青衫和锦宝安顿进马车里，顺手放下马车帘子。

一旁的云之挥着手里的折扇，虽然不热，但显然已经成了习惯，嘴角挂着淡淡的笑意："主子，咱们可以动身了吗？"

想到终于要等到这一天了，云之显得很激动。大丈夫有所为，有所不为，他饱读诗书，就是希望有朝一日能为这天下百姓做些什么，如今终于来了。

"再检查一下，便出发吧。"东辰逸沉声道，冷沉的目光看着远方。这一次回宫，会发生什么他不知道，只是既然已经开了棋局，那这盘棋，他必须赢。否则，便会害了太多人，也会牵连更多的百姓，包括他封地的子民。

片刻检查之后，成右走到东辰逸的跟前，恭敬回禀：“主子，全部检查过了，可以动身了。”

“出发！”没有多余的话，东辰逸冷声下了命令，转身，也上了马车。

一行队伍立刻开始动身，毕竟不全部都是精兵侍卫，也有随行的侍婢和奴才，整个队伍不紧不慢地赶着。青衫坐在马车里，打开车帘，静静地看着外面的风景。

走的是官道，四处的风景也算漂亮，封地很富饶，光是这大片的田园，便看得出东辰逸将这里治理得很好。以前她没在意过，如今，倒是觉得这王爷很了不起。

东辰逸抱着熟睡的锦宝，抬眼看着青衫，状似闲聊地问道：“青衫，可去过都城？”

青衫转过头，笑着点点头：“跟二师兄去过，很热闹呢。”

那是元宵节去的，当时，二师兄去都城做些买卖，她非要缠着去了，那热闹的景象，到现在都忘不掉。只是再后来，义诊多了，也就没什么机会去了。

“本王十一岁便来了封地，也是极少回去。”祖制规定，新帝一登基，他就必须前往封地。那时说大也不大，说小也不小，跟着舅舅去的封地，学着治理，每每都被逼着读书，听那些大臣们讲解。再剩下的时间，便是跟着师父学武功，日复一日，年复一年。

其他兄弟，在他还在太后身边的时候，便是疯的疯，死的死，如今也就只剩下他和皇兄了。没有母妃陪着，那时候他比锦宝更可怜。

舅舅很严厉，若是不学好，便会到母妃牌位前跪着，直到自己知错改了为止。

青衫一时间不知道该说什么，自己虽然是孤儿，可好歹还有师父疼着爱着，有几个师兄宠着，有师姑娇惯着，也不比谁家孩子可怜。前些日子，还总觉得东辰逸出生在皇家，住着气派的王府，整日里享受度日，想不到权贵主儿也有这么心酸的日子。

“一切都会好起来的。”青衫似是对东辰逸说的，也似是对自己说的，东辰逸刚要说话，怀里的小锦宝揉了揉眼睛，睁开眼看着青衫，低低地唤了声：“娘亲，抱抱。”

逗得青衫不由得笑了起来，伸手接过锦宝，抱进怀里，一个四岁的孩子，本就是喜欢撒娇的年纪。

东辰逸难得没有说些严厉的话，任由着青衫惯着这孩子，他太小了，总归是腻着娘亲的。小家伙一醒，就开始活蹦乱跳起来，总觉得回宫的日子特别开心，起码不用跟着老先生读书了。又有娘亲一路伴着，也就没有别的要求，如此便是最幸福的事儿了。

就在马车缓缓前行的时候，一道人影闪了进来，一袭黑衣，恭敬地跪在东辰逸跟前：“成影参见主子！”

青衫一惊，便听见东辰逸沉声开口：“免了！”

成影起身，从怀里取出一封信，递到东辰逸跟前：“主子，消息探到了，请主子过目！”

东辰逸看了一眼成影，顺手接过信，翻了开来，原本阴沉着的脸，瞬间缓和了许多，嘴角勾起笑：“做得好！到时候，本王也可以和他们痛痛快快喝一杯了。”

成影看了一眼青衫，眼里带着些防备，东辰逸平静开口：“青衫不是外人，但说无妨。”

“是，主子！”成影恭敬回道，走到东辰逸身边，说了都城的情况，萧将军如今掌管的人马，又多了一旗，如此下去，不多久，也不亚于逝去的平南王了。尤其是萧将军特殊的带兵方式，让边城外族不敢再轻易挑衅南幽国。

东辰逸听了这话，不由得微微皱眉，功高震主，终究不是好事。当初，大哥之所以能受皇兄重用，不被怀疑，也不过是每次回宫，第一件事，便是交了兵权。

可即使如此，也不能让皇兄完全放心，毕竟，平南王亲自带的兵，这些人只有对他臣服，即使没有兵符，也照样能调动三军。若是平南王不被刺杀，眼下也会被皇兄分了兵权，皇家就是这样，皇位更是如此，高处不胜寒，也是这个道理。

萧将军到底是轻浮了些，皇兄留他在边城，想必也是这个意思，若是不知收敛，怕是会坏了大事。不过，眼下宫里还需要他，也顾不上许多了。

“皇兄可有准许他回宫？”东辰逸沉声问道。

成影恭敬回禀：“准了，快马加鞭去的，当日皇上就准奏了，太后也说叫他回来看看。”他和成潜一样，是东辰逸的影卫。前些日子，主子下了命令，要他去边城会见萧将军，也顺便有意地对萧将军透露了小世子也会回宫的消息。

萧将军二话没说，亲自上书给皇上，希望能回都城，亲自汇报边城的情况，其私心也是希望能再次拜见一下小世子，毕竟他们是平南王曾经的部下。曾经都鞍前马后跟在平南王身边，受了平南王不少恩惠，如今平南王唯一的世子还活着，他们欠平南王的恩情，也该回报给这孩子。

这也在主子预料之中，此次回宫，不知道会发生什么，若是宫变，那么有萧将军在的话，他们就赢了一半，更何况，宫里还有平南王的另一个部下，手中掌管都城三十万人马。

主子向来不打没把握的仗，每一步都算得精准，走得精细，成影不免多了几分佩服。主子自幼便是能忍之人，他们跟着主子的时候，老尚书便说了，主子日后能成大事，你们要做的是保护他，一切听从他的安排。

“他知道小世子要回宫，可说了什么？”东辰逸再次开口问道，声音很低，马车外的人，根本无法听到。

“萧将军说，请王爷务必守护好小世子，他三军人马，以及韩将军的人，一定会感激王爷的。”成影如实汇报道，只是没想到，萧将军跟驻守南边的韩将军也有联系。

韩将军曾经也是平南王的部下，只是跟随的时间不久便被派去驻守南边，一直留在边城，未曾回过宫，只平南王去世的时候回去参拜过一次。

东辰逸微眯着眼，眼里闪过一丝冷然：“本王知道了。”

给成影递了个眼色，成影立刻至东辰逸身边，只听见东辰逸压低声音：“告诉萧将军，花开极致，荼靡有时！萧家军世代忠良，都是不易，要他务必保住萧家军！”

东辰逸知道，萧将军世代忠于东辰皇族，从未出过叛心。可朝里上上下下那些老狐狸不一定会这么认为，若是有心人嘴碎几句，难免皇兄会受了蒙蔽。倒不是皇兄愚蠢，归根到底，还是功高震主，如这花开是一个道理，你若是散漫，倒也不会惹人注意，你若开得极致，便是凋谢的前兆。花开极致，荼靡有时，不是没有道理的。

“成影遵命！”话音落下的时候，成影一个闪身离开马车，东辰逸也恢复之前的姿态，教人摸不清情绪。

青衫抱着锦宝，抱得很紧，她不知道以后会发生什么，对于自己莫名卷入皇家斗争，也不知道该怎么去面对。

没有多余的话，青衫逗弄着锦宝，东辰逸在一旁静静地看着。锦宝看着青衫，甜甜地露出笑：“娘亲啊，锦宝很喜欢坐马车呢。锦宝好喜欢出远门啊，一出门就是好多天，可以不用学功课了。”

青衫只觉得好笑，忍不住问道：“舟车劳顿的，吃不好，还特别累，有什么好喜欢的？”孩子说到底还是小，一切只觉得有趣罢了，湘儿也是，谷里的蓝书出去采购，不管多远，湘儿都要跟着一块儿去。

“唉，这个中滋味，娘亲是不会懂的。”锦宝叹了口气，虽然累，但是很开心啊。

东辰逸看着锦宝人小鬼大的模样，沉声开了口：“几日后，便要入宫了，锦宝，你的课业可不要疏忽了，闲了就背背功课。若是比宫里的小皇子、小世子差，给本王丢脸了，便不会轻饶了你。”

这小东西心底打的什么算盘，他哪里会不知道？那几日病了，不能读书便罢了，这好端端的，绝不能惯着这小东西才是，尤其是青衫在，这小东西仗着青衫疼着，越来越浑了。

“爹爹，锦宝不会忘记啦。”锦宝嘟着嘴，委屈地看着东辰逸。爹爹好没趣儿啊，太后问锦宝功课，锦宝就可以背三字经啊，锦宝以前不会背，现在全部都会了，太后一定会很高兴的。再说了，背不出来，要是爹爹罚锦宝的话，锦宝就和娘亲一起离家出走。

东辰逸冷沉地笑了笑：“那就好！”到时候，小东西若是背不出来，就算青衫护着他也没用。

青衫伸手摸着锦宝的头，对着东辰逸开口：“孩子还小，不要逼得太紧，会适得其反的。”

一个四岁的孩子，本就是贪玩的时候，哪里能学得了那么多东西，大一点，懂事了，不用教，便会主动去学，这和强扭的瓜不甜是一个道理。

锦宝有些崇拜地看着青衫，重重地点点头：“娘亲好厉害啊，会适得其反的，逼着锦宝读书，锦宝会生病的，会生不喜欢读书的病，那种病是治不好的。”

“你不要护着这小东西，他会被宠坏的。”人小鬼大着呢，他虽然只带了锦宝两年，也知道这小子不是个省油的灯。

青衫笑了笑，搂着锦宝：“我是他娘亲啊，偶尔宠一下，也没事的，再说了，锦宝很乖巧。”湘儿也是个古灵精怪的丫头，可比锦宝难管多了，常常气得老家伙吹胡子瞪眼的。

一句话，让东辰逸怔了怔，随即嘴角勾起淡淡的笑：“言之有理！”

高深莫测的劲儿，让青衫有些摸不着头脑，也懒得再想，继续逗弄着锦宝，听着小家伙唱歌。

一行人赶着路，也不过一日左右的工夫，便进入了卞城境内。卞城也是东辰逸的封地，是来往商人必经之路，也算是富饶。

马车在官道上继续行驶着。天色渐渐黑了，一天的赶路，行进的速度也缓了下来。

外头传来成右恭敬的声音：“启禀主子，已经进入卞城境内，再往前面，便是驿站了。”

“天色不早了，今晚就在驿站休息。”东辰逸微微打开帘子，之前便算了下时间，一日的工夫，正好可以赶上卞城的驿站。

成右恭敬回道：“是，主子。”

“还有，让成左传话给卞城官员，本王赶路累了，让他们不必过来请安了。”东辰逸再次开口嘱咐。本就是路过卞城，这些官员得了消息，一个个都过来奉承。

这一次是回宫办事，他倒是没有时间与这些人周旋，更没心思去吃宴席。

成右再次应声：“属下遵命！”

说完，便驾马离开，东辰逸也随即放下帘子。

成右驾马在成左耳边低语几句，成左加快马速率先离开了。云之看着成左远去的背影，手里晃着折扇，嘴角挂着玩味儿的笑：“如何，主子又是不见那帮大臣吗？”

成右“嗯”了一声，说起来，那帮大臣也是烦人的。主子之前第一次回宫，这帮大臣便跑来巴结，又是设宴，又是找美人伺候，殊不知主子本就不喜欢这些。

当下便查处了一些大臣，也奏明了圣上。再后来，这帮大臣再遇上主子寻访，便开始装清廉，家里值钱的东西，都搬到别处，主子去了，只给些清淡的宴。有的大臣甚至穿着满是补丁的衣服，实在是丢了南幽国的脸，殊不知越是如此越是此地无银三百两，主子立刻调了人去查，再次整顿之后，也比之前好了许多。

只是，平王毕竟是平王，身份尊贵，身为臣子，他们迎接主子，也是应该的。

“主子是被那些美人吓怕了吧？”云之看着远处，压低声音调侃着。每次到下城寻访，或多或少，他们都会找些美人伺候，遇上飞上枝头变凤凰的机会，哪家姑娘会不争取的？的确也是让主子烦心透了的事，从那以后，只在衙门里见见那些官员，主子当天便回了驿站。

成右转过头，很是认真地看着云之：“云之先生，这话让青衫姑娘听见了，主子定会让那些美人伺候你的。”

调侃的话，成右却说得一本正经，不过也是心里的实话。云之先生胆子也太大了，敢这么说主子，没看见主子现在眼里只有青衫姑娘吗？跟了主子这么多年，哪里见过他对别的姑娘这样？

“成右，我告诉你，你要是敢跟主子告状，我就挑唆主子，给你找个我表妹那样的媳妇儿。”云之“啪”地收起折扇，瞪眼看着成右，这成右成日里总是跟他作对，实在过分，他不过是随口打趣一下罢了。这种事，犯得着让主子知道吗？

“……”一句话，让成右噤声了，不敢再继续多说。

不是他成右胆儿小，云之先生的表妹是个富甲员外的女儿，名廖如，自幼当男人来养的。旁人不知道，他可再清楚不过了，那脾气比宫里的公主还要泼辣，说话也是不着调的。

成右记得很清楚，也就是半年前，得知云之先生在王爷府里当差，那表妹便来了府里寻云之先生。当时，云之得知那表妹来府里，立刻下令，让府里侍卫不许给那姑娘开门。他还纳闷，既然亲戚来了，为何不让进府，王爷也不是小气的人，就算在府里住上几天也没事，可云之先生连面都不愿意见，实在让人匪夷所思。

府里侍卫告诉云之先生的表妹廖如，先生随着王爷出游了，不在府里，没有让那廖如姑娘进府，廖如姑娘也没矫情，二话没说，转身就离开了。

侍卫如实告诉云之先生，廖如姑娘已经离开了，当时先生还纳闷，那丫头怎么忽然这么好说话了。

“你确定她走了？”云之有些不可置信地看着侍卫，再次开口确认。

侍卫恭敬回道：“回先生，属下亲眼看见那姑娘离开的，往南边走了。”

“甚好，走了甚好！”云之总算是松了一口气。也不算是近亲的表妹，说白了就是八竿子打不着的亲戚，只是廖如的爹爹与自己的父亲有些交情，生意上也有些往来。而且，两家一个住在东街头，一个住在东街尾，就隔着一条巷子，走路也不远，所以那丫头没事的时候，也会去自己家里串门。说是陪陪自家娘亲，如此也就算了，云之最多见了面打声招呼，对廖如，称不上喜欢，更甚者，是有些忌惮的。

那丫头是暴脾气，回回惹是生非，不是跟这家公子打了起来，就是打了西街调戏姑娘的混混。你说一个大家闺秀，路见不平拔刀相助的事儿有衙门，有义士，轮得着你吗？可那姑娘根本不听劝，打完了，就是她爹爹去赔钱，去收拾烂摊子。没办法，家里就这么一个宝贝闺女，舍不得打，舍不得骂的，使劲儿往里头砸钱。

就是这脾气，都到了及笄的年纪，也没个敢上门提亲的，就算家里有钱也没用，谁敢娶回去啊，那就是等着挨揍。

云之实在看不惯，看不惯归一码子，他也不敢管，万一那姑娘打他怎么办？他一堂堂男子，又不好还手的。而他离开家云游，也是因为这姑娘忽然发了疯，跟自己爹娘说要嫁给他，吓得云之当日便收拾了包袱，留了家书，说是要成就抱负，离开家乡。

这才在路上遇上东辰逸，跟着东辰逸回了王府。也告诉家里，自己跟在王爷身边，只是没想到，这疯丫头追到王府来了，实在太可怕了。

他云之再不济，也要娶个贤良淑德的女子。那么泼辣，大街上都能跟男人动手的女子，他可不敢娶进门。

还好，这王府守卫森严，廖如进不来，也就知难而退，乖乖回去了。可让云之想不到的是，这小姑奶奶根本就没回去。

到夜里的时候，衙门里来人说廖如在洛城酒楼吃白饭不给钱，还砸了店里不少东西，被掌柜的送到衙门，衙门本来是要审讯的，可那姑娘口里喊着，自己的表哥云之是王爷身边的红人，谁敢抓她，就是不怕死。

说别人，兴许这衙门里还不一定听说，说云之先生，这洛城，谁人不知道，王爷的幕僚，在王爷跟前说话极有分量，一时间，也没敢轻易得罪，便派人到了府里询问云之。

云之当时一听，险些气晕过去，对着衙差喊道："公事公办，按规矩来，砸多少赔多少，她家不缺银子。"这死丫头，敢跟他来这么一招，还顺带着毁了他的名声，没钱吃饭，还砸了店，真是翻了天了，这死丫头片子。

衙差一听，有些纳闷了，可也不敢多话，刚要回去，东辰逸开了口，要过去看看。无奈之下，云之也只好跟着去了，一路上实在气不过，就不停地跟成右抱怨自个儿这表妹种种行径。

一开始，成右还没觉得什么，那廖如姑娘长得也不错，可听了云之的话，成右当时也怕了。一块儿去了衙门，见了那姑娘。

廖如姑娘看见云之先生开口的第一句话便是："云之，我告诉你，天涯海角我赖定你了，敢不娶我，我就杀了你！"

一句话，把在场的几个男人都给镇住了，云之差点没哭了，廖如说得出，还真就能做得出来。

再后来，总不能真让这姑娘一直留在王府，东辰逸便派了人，寻了廖如的家人，来把她接走了。

本也是闹着不愿意回去的，直到云之先生保证，绝对不会娶别的女子，那姑娘又忌惮王爷，也就跟着家里人一块儿回去了。

而不光是成右怕了云之先生的表妹，就连成左都是心有余悸的。

"云之先生，你会娶你表妹吗？"成右冷不丁问了句。不娶的话，云之先生应该会死得挺惨的。

云之转过头瞪着眼，咬牙切齿："不提别人痛处，你会死吗？"

"成右倒是有个法子，可以让云之先生不娶你表妹。"成右很好心地看着云之。云之微微蹙眉："噢？倒是说说你能有什么法子？"他不信这闷木头能想出个什么法子来。

“回了宫，到时候，让皇上赐婚，君要臣死，臣不得不死，圣上让你娶哪家姑娘，你表妹自然也不敢多说什么。”成右觉得这个法子十分好。

成右越来越聪明了，连自己都佩服自己，而且，还是以德报怨，云之先生对成右这么恶劣，成右还想着帮他脱困。

“那不如让皇上赐我死好了。”云之一脸的挫败！

这个成右真是有意思，让皇上赐婚，不说别的，就那些贵女们，若是娇贵的，不一定会比廖如好到哪里去。再说了，就算娶个公主，驸马爷也不好当啊，贵圈多乱啊！

成右没想到这么好的法子被否定了，转而，不温不火地再次开口：“如此也不错，死了便可一了百了！”人终究是一死，活着不过是图个期盼和抱负，云之先生如此痛苦，不如归去！

“……”云之没想到成右会说出这么泯灭人性的话，连幼童都知道，“人之初，性本善。”自己与成右好歹共事这么多年了，不求相互关照，也没必要盼着他死吧？

“成右，你这人注定是要孤独一世的！”云之咬牙切齿，冷哼一声。成右没想到云之先生会反应这么大，微微一愣：“成右有说错话吗？先生不是说过，大丈夫应将生死置之度外！”

“你不作死会死吗？太狠心了，大家好歹一起跟在王爷身边这么久了，我……”云之气得眼眶都有些发红了，没想到成右会拿自己说过的话来堵自己。

可不等云之说完，成右立刻出声打断：“先生不要这样！成右虽然不会笑话你，但是成右也无法接受，先生，还是需要理智一些才是。”

太可怕了，先生这副模样，莫不是真的移情别恋了，幸好成右阻止了。他是堂堂七尺男儿，日后更要传宗接代的，怎可胡来。先生虽然读的书比成右多，可成右就算是粗人，也知道不该让做爹娘的失望才是。

听着成右乱七八糟的话，又是一副无法接受的样子看着自己，云之更加抑郁了。

可刚要说话，已经到了驿站门口，一行穿着盔甲的侍卫齐齐跪地，高声喊道：“属下恭迎平王，平王千岁千岁千千岁！”

那声音震破整个夜空，原本驿站便靠近郊外，树上的鸟雀也因这叫声惊醒，飞了起来，叽叽喳喳胡乱叫着，东辰逸伸手，微微挑起帘子，用内音高声喊道：“平身！”

一行侍卫立刻站了起来，退至两边，让出一条道路。东辰逸顺着看了过去，果然不见那些烦人的大臣过来，成左办事效率是不错。

紧接着，东辰逸一行人，往驿站里头走了进去，到了院子里，成右立刻跳下马，迎了过去，扶着东辰逸下了马车，又接过锦宝。

青衫正欲下车，便见东辰逸站在跟前，依旧是那种平稳的声音：“手给本王！”

青衫看着东辰逸，微微有些迟疑，不等反应，便被东辰逸抱了个满怀，将青衫整个人抱下马车。放下的那一刻，也随即退了开来，似是什么都不曾发生过一般。

成右暗自道，王爷果然对青衫姑娘情深义重，怨不得云之先生会那般失控伤心了，唉，问世间情为何物，直教人生死相许，实在罪过了。

“发什么愣？”东辰逸冷眼看着发呆的成右，成日闷得很，方才倒是能跟云之聊得火热，说什么，他没听清，但是也挺意外的。

成右脸色一沉，慌忙恭敬回道：“成右该死！”一时间，差点犯了主子的忌讳。

东辰逸不作声，不代表他就是个会惯着属下的主子，他教出来的人，还是懂得分寸的。没有再说话，东辰逸大步走了过去。

一旁驿站的主官，恭敬相随着：“王爷，老臣已经准备妥当，依旧是王爷住惯的景奕阁！”

东辰逸每次出访，住在此处驿站，都有自己的生活习惯。这些人巴结惯了，自是随着东辰逸的喜好，特别布置了一套卧房专供东辰逸住。

“知道了。”东辰逸冷冷地开口。

除了身边几个亲信，东辰逸是不会对任何人露出什么表情的，总是叫人摸不出心思，如此也让这帮大臣不知道如何拍马屁。若是拍错了，惹得王爷大怒，岂不是得不偿失，所以行事起来也更加谨慎了。

驿站主官不敢再多言，青衫跟在东辰逸身边，伸手拉着锦宝，四处看着，此处灯火通明，这驿站造得够豪华的。

驿站是古代供传递官府文书和军事情报的人或来往官员途中食宿、换马的场所。虽然懂得不多，但是她也听二师兄说起过。

南幽国财政对馆驿支出安排费用有限，但其每日来往人数众多，实际耗费巨大。为保证正常运转，南幽开国皇帝便下了命令驿站一般由当地大臣指定一些当地富户主持，并任命其为驿将或捉驿。专门负责对驿丁的管理、馆舍的修缮、接待和通信工作及其月报的报送，并出资弥补驿站的亏损。

青衫以为如此更好，只要不是克扣百姓便可。那些商户那般有钱，为国为民，做些好事也是应当的。

就在青衫四处打量的时候，一旁的小锦宝揉着眼睛，觉得娘亲说得好有道理啊，长途跋涉的，真是辛苦呢，又累又饿的。

小东西软绵绵的声音：“娘亲啊，锦宝好累啊，好困啊，今晚锦宝跟着娘亲一起睡吗？”

青衫刚要说话，一旁的东辰逸沉声开口：“你不能跟娘亲睡，今日跟着成左、成右一起睡！”这小东西，真的是让青衫给惯坏了。

“为什么啊，爹爹？”锦宝大大的眼睛，满是惊恐地看着东辰逸，“奶娘不在这里，锦宝当然要娘亲照顾了！”难道要锦宝自己睡，自己照顾自己吗？锦宝只有四岁啊，好可怜的，爹爹太坏了，锦宝不高兴。

“哪有那么多为什么？本王说了，你照做便是，奶娘不在，你可见宫里哪个世子是娘亲照顾的？”东辰不想再与这小东西废话，说得越多，小东西这小算盘也会打得越精明。

说来说去，无非就是想博取青衫的同情，真当他爹爹这些年还没摸透他的想法吗？

“……”每次都是宫里的小世子如何如何，锦宝是宫外的又不是宫里的，当然这话小东西只敢在心里埋怨，若是说出来，一定会被关禁闭的。

青衫宠溺地看着锦宝，倒是不介意和这小东西睡，可皇家的孩子，她不懂，也不能乱教。毕竟以后锦宝的前途是不可估量的，若是教坏了，她可就罪过了。

“锦宝乖，跟着成左、成右一块儿去休息吧。”青衫宠溺地捏了捏锦宝的小脸儿，锦宝委屈地点点头，就被一旁的成右抱走了。

第六章 平王的狠辣

驿站主官挺讶然的，从不曾听过王爷娶亲，却不承想，王爷已经有了家室。没敢过多揣测，他领着东辰逸往景奕阁走了过去。

青衫静静地跟在一旁，到了景奕阁，一干侍婢和奴才，立刻为两人备了饭菜。东辰逸遣走驿站主官，只留了一旁伺候的侍婢。

青衫看着一桌子的菜，才意识到自己真的是饿得不轻。

一旁的东辰逸，看着青衫津津有味地吃着，流转的目光里，微微带着些不一样的感觉。他伸手给青衫夹了些菜，放在青衫跟前的碟子里。

青衫微微一愣，东辰逸对她很客气，可从没给她布过菜，她低声开口：“我自己来就好，你快吃吧。”

东辰逸笑而不语，把玩着手里的酒杯，没有接话，这丫头固执起来会倔强，娇羞起来又这般可爱，实在有趣。

一旁伺候的奴婢，均是吃惊不已，旁的不说，这可是平王。平日里，只有别人给他布菜的份儿，哪有他给别人布菜？更何况，这至高无上的王爷，身份和地位都不允他做这些事。

青衫低着头吃着，心里也是郁闷，这王爷不饿吗？不过是吃个饭，盯着自己看个不停，弄得她实在不自在，不知道“非礼勿视，非礼勿听”吗？

吃过饭，待所有人退下，东辰逸看着青衫，忽然说道：“今晚，跟本王住在这里。”

“什么？你不可胡说八道！”青衫顿时不淡定了，没想到东辰逸会这么说，这王爷一定是疯了吧？

东辰逸看着青衫这反应，倒是有些微微不悦：“怎么？本王就招你这么厌烦？”说不清为什么，就是觉得心里头挺不舒坦的。

青衫强压住掐死东辰逸的冲动，嘴角微微扯起：“男女有别，麻烦王爷自重点。”

“你可信本王？”有些话不能说透，布置这么些天，就是等今夜了。

青衫想要说什么，迎上东辰逸沉冷的目光。那种眼神好似在告诉她，有些事不能说，但是不会伤害她，微微蹙眉：“你要做什么吗？”

“你聪慧，有些事，本王不必点透，梳洗完，早些休息吧！”东辰逸说罢便起身离开，青衫有些纳闷，虽然不情愿，可外面伺候的侍婢已经进来了。

梳洗过后，青衫还是有些迟疑，看着床榻，一时间不知道该如何说。这里房间只有一个，东辰逸好像有什么难言之隐，若是她冲动，只会坏事。

懒得多想，青衫走向床榻，缩进被子里，江湖儿女也没那么多矫情的事，同榻便同榻吧，若是东辰逸敢对她胡来，她一定毒死这王爷。

青衫一直睁着眼，等待着东辰逸回来，就在昏昏欲睡的时候，外面传来了脚步声。青衫猛地惊醒，慌忙闭上眼睛，假装已经睡了，整个心跳几乎都停止了。她总觉得这样的自己实在可笑。

东辰逸走进屋里，便见青衫已经躺在床榻上，向来沉冷的脸上，微微缓和一些。走了过去，看着青衫的脸，他的嘴角不由得勾起，也不知道母后会不会喜欢她。会喜欢的吧，这么纯真通透的姑娘，不含一丝的世故，没有那些女子的矫情与做作。

退下外衫，东辰逸和着衣服在青衫旁边躺了下来。躺下的那一刻，青衫觉得整个呼吸堵住一般，不由得往里头挪了挪。再怎么江湖女子，也是个姑娘，难免还是有些不自在的。

“可是醒了？”东辰逸转过头，看着青衫。

如此青衫也不好再装睡了，只是闭着眼“嗯”了一声：“没有，没醒！”看破不要点破啊，本来就挺尴尬的。这王爷倒是无所谓，她好歹也是一姑娘，未曾嫁人的，这事若是传到江湖上，让老家伙知道了，可不得跟东辰逸拼命了，再说了，也损坏她在江湖的名气，虽然自个儿这名气不大。

东辰逸倒是没有多余的话，伸手给青衫拉了拉被子：“记住，不管发生什么，都有本王在。”

青衫不明所以，转过头，看着东辰逸微微一愣：“你说什么？”那模样甚是可爱。

东辰逸静静地看着青衫，隐约的灯光映射下，这女人美得不可方物，尤其是那双眼睛，带着蛊惑一般。东辰逸第一次觉得心在微微发抖，不由得喃喃开口：“没什么，本王说喜欢你。”

说出口的时候，连自己都震住了，可确实喜欢上这丫头了。喜欢她的脾气，喜欢她对锦宝的宠爱，喜欢她高兴了笑，不高兴的时候便会生气。

青衫更是瞪大眼睛，看着东辰逸，满眼的失措，张口结舌：“你，你大半夜的发什么疯啊？喜欢我做什么？”这王爷是刚刚出去喝了酒吗？回来满口胡说八道，真是太好笑了，青衫揪着手里的被子，长这么大，从来没听人这么跟自己说过。

她还不大的时候，大抵二师兄和大师兄就不许别的男人亲近她。纵然是来谷里求医的，或者他们的挚友，老家伙都不许那些人去她住的院落，若有误闯，便会将人赶了出去。

“你有喜欢的人了？”见了青衫的反应，东辰逸声音冷沉了很多，他问过青衫，可这丫头没有回答。

还不及青衫反应，东辰逸大手一伸，青衫整个儿人腾空而起，紧接着一阵头晕，就压在东辰逸身上。她从没想过，这男人可以下手这么快。快到她连闪躲的时间都没有，青衫瞪眼看着东辰逸，挣扎着：“东辰逸，你不要发疯了，快点放手！”

整个人被东辰逸铁臂箍住，动弹不得，只能用手撑着，勉强保持着两人的距离，可还是能感觉到东辰逸的呼吸喷在脸上。青衫别过脸，不想看东辰逸那种似是要吃了她一样的目光。

“这世上，除了太后，和皇上，谁敢直呼本王名讳，只你一人有此特权。”东辰逸的声音柔了很多，平王这一句话，便是万千的宠爱。

皇家姓氏本就忌讳，若不是他宠着青衫，这丫头怎能这般直接喊着他的名字。

可此刻青衫没时间管那么多，她不悦地喊道：“我不要什么特权的，东辰逸，我警告你，你要是胡来，我可对你不客气了啊？”她打不过东辰逸，不代表她没办法脱困。

就在青衫挣扎的时候，几道人影从窗外闪了过去，东辰逸嘴角勾起笑，这帮人总算是来了，这一次一定要清理干净，否则这一路上，都不会安生了。

一个翻身将青衫压在身下，青衫大惊，就听见东辰逸伏在自己耳边，压低声音：“本王不是无耻之人，别动了，外面有人监视！”话音落下的那一刻，东辰逸转身躺下，顺势搂着青衫，就这么光明正大地宣示自己的主权。

青衫一脸郁闷，有人监视也不必如此占她便宜吧，想要挣脱，就听见东辰逸不温不火的声音："别像锦宝一样胡闹了，不然本王真的会胡来的。"

一句话，立马让青衫不敢再动了，人在屋檐下，不得不低头，这会儿手无寸铁，毒药还不在身上。

没多久的工夫，一阵迷药的香味儿飘了进来，东辰逸掩住呼吸，也将手里的小青瓷瓶子递到青衫面前。青衫看着东辰逸，才知道这男人今夜是有行动的。

就在薰香味儿愈发浓烈之后，门被轻声推开，紧接着。几个穿着黑衣的男人闪了进来，悄悄走到东辰逸床边，握着手里的剑就要对着床榻上的两人砍过去。

东辰逸顺手将青衫一搂，一个闪身躲开，手里银光一闪，一把软剑握在手中。几个黑衣人没想到东辰逸心机如此深沉，居然躲过了上好的迷香。

"平王果然厉害，我等小看了。"男人粗犷的声音开口，凌厉的眼睛看着东辰逸。都说平王不容易对付，年纪轻轻便有一番作为，而且料事如神。没想到他们不动声色地进了驿站还是被他察觉了，更或者早就料到了，不然也不会在这里等着他们自投罗网。

东辰逸顺手捞过一旁的长衫，几个回绕，罩在青衫身上，冷笑着看着几人："你们主子愚蠢至极，本王若是连他都赢不了，那这平王的名讳，岂不是玷污了？"

他出发之前，就猜到这帮人知道他回宫一定会阻拦的。陷害锦宝的事败露，他虽然没声张出去，可就凭东辰月那不达目的不罢休的性格，又怎么会让锦宝安然回了宫，更不会让他轻易回了宫。

所以，事先就派了成左带人在此处布置了一番，出行时，那般高调行事，也不是为了张扬身份，他东辰逸从不是那种徒有其表的人。不过就是为了吸引这帮人动手罢了，而且，知道这帮人只会在驿站下黑手。

青衫听了东辰逸的话，才明白这男人为何突然让她跟着他睡。如此也不过是为了分散这帮来刺杀的黑衣人。锦宝跟着成左和成右睡，他们武功高强，保护锦宝绝不是问题。而自己跟着东辰逸，如此也能减轻东辰逸的负担。不过，这男人倒是有自信，他一个人便能敌了这些刺客，还带着一个不怎么会武功的她。

“既然，王爷知道我等的身份，那就更不能留您了，我等得罪了。”为首的黑衣人冷声回道，说话的同时手里的剑已经刺了出去。

若是可以，他根本不想要东辰逸的命，这王爷勤政爱民，将封地治理得很好。这一段时间在洛城，他们也是亲眼看到的，百姓过得也很好。只是各为其主，他跟了三皇子，也是死士，更是立下重誓，要守卫主子，若是违背，也是不仁不义，在死士的眼里，只有为主子死，没有别的想法。

东辰逸一个侧身闪开，手里的软剑顺手刺了出去，一时间刀光剑影，剑花相碰发出刺耳的声音。青衫退至一边，她没办法帮东辰逸，也不能成为这男人的负担。

几个死士倒是没想到东辰逸的武功这般好，几个人同时攻击都没办法轻易地靠近他半步。东辰逸将青衫护在身后，手里的剑也是很快。软剑如灵蛇一般，旋转着，剑花飞了出去，看不清到底是什么招数，只知道，这剑气十分猛烈。

“王爷，好剑法！”为首的黑衣人忍不住惊叹了一声。他做了死士这么多年，从没见过任何人可以将软剑用到如此出神入化的地步。

东辰逸微眯着眼，手里的剑猛地刺了出去：“废话少说！”

手里的剑越来越快，越来越猛，外头想必已经打起来了，他必须快速解决这里，也好去看看锦宝的安危。虽说成右、成左都是他亲手调教出来的，保护锦宝应该不成问题，可是不亲眼看见锦宝安然无恙，他无法放下心来。

几个黑衣人更是被东辰逸逼得步步后退，屋里的桌椅也被剑气震碎。他们没想到东辰逸起了杀念，可死士，只有战死，即使不战死，一旦暴露身份，也只能自缢。

眼下所有人，几乎都是拼了命的。几个黑衣人攻打着东辰逸，本就是死士，武功也是不弱的，纵然东辰逸武功再高，还要护着青衫，这会儿僵持下去，倒是有些吃力的。

为首的黑衣人见东辰逸死命地护住身后的青衫，想必这姑娘，就是王府里传言的救过小世子的神医，面罩下微微勾起嘴角，后退几步，趁着东辰逸分心的时候，握在手里的剑，猛地朝着青衫刺了过去。银光特别迅猛，东辰逸大惊，同时眼里也闪现出狠厉，没想到这人会打青衫的主意。

可对方的剑太快了，一时间，没来得及多想，就伸胳膊挡了过去，一阵刺痛传来，东辰逸闷哼一声，手里的剑没有停下，对着黑衣人刺了过去。

“东辰逸！”青衫大惊，看着东辰逸被血染红的胳膊。东辰逸低沉地回了句：“无妨，不必惊慌！”

黑衣人也中了一剑，其他人更是拼命了。就在这时，外头传来一阵嘶喊声，东辰逸知道，鱼儿估摸着应该全部落网了，手里的软剑一抽，对着一旁的字画挑了过去，字画落下的一刻，一张大网随之盖了下来，几个黑衣人大惊，没想到此处会有埋伏，为首的黑衣人慌忙喊道：“有埋伏，快闪！”

几人想要闪身躲开的时候，已经来不及了，网子将几人全部罩了进去。

见几人落入埋伏，青衫也快步走到东辰逸跟前，眼里微微带着些惊慌，看了伤口上的黑血，不可置信道：“剑上喂了毒。”她没想到这帮死士当真是对东辰逸赶尽杀绝，果然是帝王家的无情。

“不用担心，本王无事。”东辰逸拿着剑的手捂住流血的胳膊，眼里的杀气未减，声音也很冷沉，看着这帮罩在网子里想要挣脱的死士。

青衫也没多说，转而，去拿自己的包袱，记得自己出门的时候，带了百花丸的。

拿了百花丸，青衫快步跑过来，倒了手里的药丸，放在东辰逸手里："快，把这些百花丸吃了，能抑制住毒。"

这百花丸是师父研制的，用来救急的，通常都是极其珍贵的药，万金难求。但是老家伙心疼她，每每都会为她备上满满一瓶，还好派上用场了。虽不能解百毒，起死回生，但是一般的毒都能控制得住。东辰逸的毒，她看了一下，还好是普通的凌蓝，百花丸完全能解了，若是剧毒，可就真不知道该怎么办了。

东辰逸伸手接过药，想也没想，一把倒进嘴里。青衫也拿着药帮着东辰逸包扎伤口，手指微微颤抖着，青衫的声音很低："会很疼，忍一忍。"

刚才那一幕，她不是没看到，若不是东辰逸挡下这一剑，那此刻，这一剑就是刺在她身上的。他是王爷，没必要去挡这一剑的，更何况，也不知道这剑上是什么毒，若是剧毒，送了命，岂不是得不偿失了。

东辰逸没有接话，任由着青衫包扎着，依旧是冷沉的目光看着这帮死士，眼里的杀气散了许多："你们不用挣扎了，这网子上面全是尖刀片，动一下，就会刺得你们全身都是洞。"

早些日子，他就安排景林在这驿站布了机关，就凭东辰月手里的几个人也想打他东辰逸的主意，真当是这声皇叔白喊了吗？脑子都是稻草，也敢对他耍起心机。

话音落下的一刻，成右和云之拿着剑，领着一帮侍卫推开门，冲了进来。看青衫正在为东辰逸包着伤口，吃惊不已，全部齐齐跪下："属下该死，救驾来迟，请主子赐死！"

知道这是主子布的局，也知道主子武功高强，只是没想到主子会受伤。带着一个不会武功的青衫姑娘，到底是吃力的，还是他们低估了这帮黑衣人。

东辰逸回转过头，看着跪在地上的一行人，冷声问道："全部拿下了吗？"

"报告主子，全部拿下了，留了几个活口。"成右恭敬回禀道。

东辰逸点点头，冷峻的脸上勾出一抹笑："如此就好，他不仁，也不能怪本王不义了！"

云之还是忧心地看着东辰逸，眼下也比往日正经了许多："主子的伤……"

从这帮人暗算小世子的那天起，主子就已经开始布局了，但到底是自家亲戚，还是念着旧情的。若是主子能安全回宫，东辰月也就此罢手，主子也不会这么赶尽杀绝，只是没想到，还是让主子猜对了，他们会在驿站动手，绝不会让主子和小世子安然回宫。所以，就在驿站设了机关，由主子和小世子引诱这些人前来刺杀，再将这帮人一网打尽，一路上，也就安生了。

困在网子里的死士算是明白为何东辰逸身边的几个侍卫那么好搞定，几下就被他们给杀了，当时，还笑话平王也不过是徒有虚名，原来这一切都是东辰逸的手段，就是为了引他们出来。

"反正是死，我们死士根本就不怕死。"为首的黑衣人冷笑着，"你们不可能拿我们威胁我们主子的，不过，今日能和平王过手，死而无憾了。"

这帮人刚要自尽，就听见东辰逸来自地狱般的声音："你们要是敢死，本王就是凿地三尺，也要挖出你们的祖坟，你们不要以为在本王面前一死了之，本王就不能奈何你们？"

人都是有根的，纵然这帮人是死士，也是有亲人，有朋友，有牵挂的人的。东辰逸就是这样，要么不狠，要么铁石心肠，毒辣至极。这也是这么多年，宫里大臣们忌惮平王的原因，更是东辰月想尽办法削他羽翼，动尽杀机的原因。

一句话，让所有的死士愣在了那里。

他们没想到东辰逸会这么狠，为首的黑衣人倒是无所顾忌，冷笑着回道："王爷太高看我们死士了，我们自幼便是孤儿，被收养长大，做了死士，哪里来的祖坟？"

拿这法子威胁别人，倒也好说，拿来威胁他们，这平王爷未免太可笑了，纵然人固然是有根的，可连根在哪里都不知道，如何来的祖坟，如何来的根？

"是吗？但是本王不信人都是从石头缝里蹦出来的。"东辰逸看着这帮人，嘴角的笑意更深，可浑身散发的冷冽也愈发强烈，就连青衫都感觉到了，不由得伸手握着东辰逸的手。

东辰逸低头看了青衫一眼，继续道："你们死士多少人，本王不知道，但是为首的络青、缔月、卿萧，你们当真以为自己是孤儿吗？当真以为东辰月是你们的恩人？认贼作父，愚蠢之极！"

被点到名字的络青和缔月，同时抬头，吃惊地看着东辰逸。

一旁的云之，顺手打开手里的折扇，晃着折扇，虽然是一副悠闲的姿态，说的话却震惊了全部的人："皇后的生父虽然是宫里的要臣，可皇后入宫之前，大家都知道他不过是江湖中人，结了不少仇家，一时间无处躲藏。但固有满腹才学，便考了功名，从此也算是洗白了。可你们呢，却将仇人当成生父一样对待。"

云之从没想过，国舅会为东辰月养了这么多死士。直到前些日子，影卫传了信，主子才知道这些死士的存在，觉得事态严重。按宫廷规矩、皇家祖制来讲，一个皇子绝不允许私下训练大批死士，最多不许过三百名。

于是，主子便命人去查了，得到的消息连他都震惊了。

当初，国舅将一些仇人留下的孤儿，都养在一起，造就一批死士，专门为东辰月卖命，替东辰月谋权。

"你胡说八道！"络青红着眼喊道，也顺手扯了面罩，他不信主公会那么对他们，从小教他们武功，给他们吃好的、住好的、用好的，命人教他们识字，待若亲生，怎么可能是自己的仇人？

东辰逸冷笑："信不信是你的事，本王只说一遍，要死便死！"

说完，东辰逸抬手一挥，大网随之飞了起来，一帮人跌坐在地上，原本这网子上便全是尖刀，有些人黑色的衣服已经被血给染红了，尖刀上喂了毒——茯苓散。这茯苓散虽不致命，却能在短时间内让人暂时丧失武功，全身无力，也算是一种极毒了。

其他侍卫立刻起身，上前一步，抽出手里的剑，将所有的黑衣人统统围住。

成右也是几步上前，顺手点了络青的穴，从络青手中翻出一道密令，展开羊皮纸卷，整个人都气红了眼："将东辰逸和小世子一并杀了，决不能留活口！"

眼里带着浓浓的杀气，低下头看着络青，手里的剑猛地飞出，抵住络青的脖子，咬牙切齿："你们当真是狠毒，做杀手，做刺客，也该有杀手的德行，一个四岁的孩子，你们都不放过，他是平南王唯一的遗孤，你们这样对得起天下的百姓，对得起赫赫战功的平南王吗？"

云之拿过成右手里的羊皮纸卷，也是恨恨地看着这帮黑衣人。

平南王那是百姓心目中的英雄，坊间有一段佳话流传，连稚童都会背的"南幽有了平南王，外族不敢来侵犯，好花好酒好故乡，膝下儿孙绕满堂，生男送他随军去，生女要嫁平南王"。

可见在百姓眼里，平南王有多受爱戴，又是怎么样的英雄。

空气若死寂一般，所有人怔怔地坐在那里没有说话，他们知道平南王的功绩。

青衫扶着东辰逸，冷冷地看着这帮人。别的她不懂，看到成右这么愤怒，也猜得出那羊皮纸卷里的意思，大抵是要锦宝的命。

这些人一生也是可悲的，被仇家利用，又去杀害好人，如今心里比万箭穿心还要痛吧？不想再过多地去看这些东西，她不喜欢，真的不喜欢。

挽着东辰逸的胳膊，青衫轻声开口："东辰逸，咱们去看看锦宝吧？”

东辰逸的伤还好，可是也不知道这小东西是不是吓坏了，会不会哭？

“好。”眼里满是宠溺，这时的东辰逸已没有了杀气，亦是往日里那沉稳内敛的男人，不似刚才那般可怕。

两人出了屋子，院子里，榆树的影子落在地上，斑斑驳驳的，还有那边立着的旗杆被月亮拖长的影子。青衫伸手替东辰逸拉了拉衣服，扶着他往锦宝的屋里走过去。

门口的侍卫一见东辰逸和青衫立刻恭敬行礼。进了屋，东辰逸和青衫却没看见锦宝，屋里满是打斗的痕迹。和刀剑劈过的碎片，东辰逸不免诧异：“小世子呢？”

“回禀王爷，方才屋里打斗厉害，景林抱着小世子躲出去了。”那是王爷的命，若是有个闪失，所有人都得跟着陪葬，谁敢有半点疏忽？

东辰逸点点头，清冷地吩咐：“命景林抱回来吧！”

“是，主子！”侍卫恭敬回禀闪身离去。

没一会儿工夫，在外头的锦宝被景林抱了进来，看见青衫，甜甜的声音喊道：“娘亲，有坏人来了，你有没有受伤？锦宝好担心娘亲啊。刚才那些黑衣人叔叔冲进来，要杀锦宝，还好锦宝没事，就是好担心娘亲啊，娘亲不会武功，可是成右和成左不让锦宝去见娘亲。”

青衫看着锦宝，眼里柔和了许多，伸手接过锦宝抱在怀里，总觉得与这小东西好久不见一样：“娘亲没事，锦宝不必挂念，不过你爹爹受伤了。”

对此，青衫也是有些过意不去的，若不是她拖累，凭东辰逸的武功，拿下这帮黑衣人是绝对不成问题的。

“真的吗？”锦宝有些吃惊地看着东辰逸，目光落在东辰染血的胳膊上，大大的眼睛里顿时溢满泪水：“爹爹，你流了好多血，疼吗？”

东辰逸看着锦宝，带锦宝两年多来，才知道这孩子虽然小，但是已经这般懂事了，平日严肃的目光里，此刻多了几分柔和：“锦宝乖，爹爹没事。”

“真的没事吗？”锦宝大大的眼睛里满是心疼，伸手拉过东辰逸的胳膊：“爹爹，锦宝给你呼呼就不疼了。”

爹爹好可怜，锦宝好心疼啊，说完小家伙对着流血的地方轻轻吹着。青衫也是心疼不已，原来这孩子是这般在意自己的爹爹，也难怪东辰逸这么维护他了。

东辰逸伸手摸了摸锦宝的头，轻声说道：“锦宝乖，和娘亲去休息吧，爹爹还有事。”

青衫看着东辰逸，就听见锦宝乖巧地应声：“好，爹爹也早些休息，奶娘告诉锦宝，生病了要多睡觉才能好得快。”

“好，爹爹知道了，去吧，早些休息。”东辰逸似是对锦宝说的，也似是对青衫说的。青衫将锦宝递给景林，淡然地开口：“你受着伤，我不放心，还是我守在这儿吧。”

“不必了，有他们在呢，你下去歇息吧。”东辰逸想也没想就拒绝了。他中的毒是凌蓝，但极少有人知道，凌蓝发作的时候，会蚀骨般地痛，他不想让青衫看见。

一旁的景林也跟着开口：“姑娘与小世子去歇息吧，景林守在这里就好，不会有事的。”

王府里突然出现的谪仙般的姑娘，招了小世子喜欢，也讨了王爷喜欢，王府也比往日里有生机，而且，姑娘不似那些攀龙附凤的人，不会摆架子，对任何人都和善，府里上上下下对她也是极喜欢的。

“那，有事叫我。”青衫也不好再多说什么，更何况这小东西情绪也不好，她也要哄着才是，只是东辰逸中的凌蓝，只希望自个儿的药能抑制住毒性，不发作才好。

景林恭敬回道：“景林遵命。”

没有再多停留，青衫抱着锦宝就离开了，锦宝对着东辰逸乖巧地挥了挥手。就在青衫刚要踏出门槛的那一刻，东辰逸一个不支，手边的桌子应声而倒，桌子上的花瓷瓶也跟着碎裂。

青衫回转过头，就看见眼前这一幕，不可置信地喊道："东辰逸！"

顺手将锦宝放下，青衫几步跑了过去，扶着东辰逸。东辰逸压住胳膊的疼痛，有些干涸的嘴唇扯出笑："本王没事，不必、不必惊慌，带锦宝去休息。"

"你是疯了，还是傻了？在我面前这要的是的哪门子的脸面？撑给谁看的？"青衫声音有些沙哑了，她不明白这男人此刻还要较真给谁看。

青衫没有管东辰逸的意思，和景林扶着东辰逸往内室走了过去。小锦宝哭着，嘴里不停地喊着，爹爹不要死，爹爹不要死，跟在几人后面。

随后来的云之和成左也是惊慌不已，原本以为青衫医术高明，王爷不会有事，没想到毒还是发作了。

扶着东辰逸躺下，青衫冷声对着一行人吩咐道："成左，帮我去把包袱取过来；景林，命人给我找把剪刀，弄些温热的水过来；云之，带着锦宝下去休息！"

"是，姑娘！"一行人应声之后，便各自忙了起来，一屋子人顿时慌乱了起来，这是平王，若是出了事，谁都要跟着掉脑袋的。

锦宝被云之抱在怀里，不停地挣扎着，稚嫩未脱的声音喊道："娘亲，不要，锦宝不要出去，锦宝要守着爹爹。"

那哭声实在叫人心疼，昏睡中的东辰逸口中也是喃喃唤着锦宝的名字，因为疼痛的缘故，额前满是细汗。

云之耐着性子哄着，孩子还是不愿意走，在锦宝心里，爹爹是很重要的，锦宝不要离开，直到青衫开口说了句："让他留下吧。"

那是他的爹爹，锦宝虽然小，但是也该懂得一些世故。

没一会儿的工夫，青衫要的东西已经拿了过来。一旁的侍婢拿着毛巾给东辰逸擦着汗，青衫则拿着剪刀把衣服剪开。先前包过的纱布，此刻已经被血染红了。

青衫强压住心里的疼痛，帮着东辰逸清理伤口，遂又将一堆的药瓶子倒在床边，翻找着药，将药粉倒在伤口上，重新帮东辰逸包扎起来。

复又从包袱里取出一根银针，对着东辰逸的手指，轻轻扎了一下，血顺着手指一滴滴滴落，在地上晕开一朵花儿。

直到血又变成红色的时候，青衫这才松了一口气，东辰逸脸色也瞬间好了很多，许是没有那么疼了。一旁的云之忍不住询问道：“姑娘，主子没事了吗？”

“没事了，方才是余毒未清，现下已经没事了。”都怪她对自己的医术过于自信了，以为用百花丸便可抑制住毒，殊不知，凌蓝是带着活性的，没那么容易清除。

云之也松了一口气，对着锦宝轻声哄着，屋子里重新恢复宁静。青衫拿帕子帮东辰逸擦着脸，又给东辰逸盖好被子，静静地守在床边。

所有人都不动声色地退了出去，小家伙毕竟还小，也是哭累了，听了云之说自己爹爹没事了，就趴在云之怀里睡着了。看了主子一眼，云之也抱着锦宝离开屋里。

直到所有人都退了下去，内室的帘子放下，青衫这才轻声开口：“你这样，让我如何还你的情？”

她不喜欢欠别人的，可如今却欠了东辰逸的，难道是冥冥之中，凡事自有注定吗？

就这么静静地看了东辰逸一会儿，青衫起身想要将水换掉，手却被东辰逸死死握着，口中呢喃着：“不要走。”

他听得见青衫的话，可是太累了，眼都睁不开，但是固执地不想让青衫离开，离开这里半步。从小到大，他不缺什么，最缺的便是亲情，生在皇家，就算再得宠，也没有寻常人家那种实实在在的亲情。尤其是在皇上和太后面前，他们宠的是你的才华，是你的优秀，而并非单纯的因为宠你而去对你好。

第七章 本王说喜欢你

青衫看着东辰逸，有些心疼：“我不走，我去换下水，好不好？”

那股子劲儿，一如哄着锦宝一般，东辰逸也似孩子模样，微微摇摇头，就是不松手。青衫一时间也没了辙，反手握住东辰逸的手。

“那好，你安心睡觉，我不走便是。”她不知道一个男人，也有这般脆弱的时候，更没想过，高高在上的王爷，在生病的时候也会这般孩子气。

青衫就这么静静地守着东辰逸，实在抵不过困意，就在一旁趴着睡了一宿。天际泛白，便有晨曦的余光透过窗户打了进来，转眼之间，便使整个屋子亮得通透。

东辰逸睁开眼便看见青衫趴在自己床边，精巧的脸上卷长的睫毛很是好看。他记得昨夜，自己固执地不让这丫头走，没想到，这傻姑娘真的就这里守了一宿。

刚要挪动身子，青衫立刻惊醒，看见东辰逸醒来，很欣喜："你醒了，伤有没有好一点，还疼不疼？"

东辰逸就这么静静地看着青衫，满是浓烈的目光："我没事，苦了你了。"

一旁站着的成右，一早就过来守在这里，也是静静地，没有出声。主子大概只有在姑娘面前才会这般温润吧？姑娘对主子也是有心的，才会在这里守了一夜。

"说的这是什么话？"青衫抽出微微有些酸痛的手，随即扶了东辰逸起来，靠坐在床上。成右对候着的侍婢递了个眼色，几人立刻上前服侍东辰逸梳洗。

青衫也在一旁用盐漱了口，抹了把脸，随即理了理微乱的头发。一切妥当，青衫这才开口道："成右，命人将药拿过来。"

"是，姑娘。"成右恭敬离去，不消片刻，便端了药碗过来。青衫拿起药碗，青瓷碗里略带些墨黑的药，刚要端到东辰逸跟前，一股浓烈的苦味扑鼻而来，东辰逸不由得别过脸。

"本王无事，不用喝药。"他自小到大，就不喜欢苦药，为了不喝药，也极少生病。

青衫微微一愣，随即佯怒："那怎么行？凌蓝的毒本就入侵极快，体内的余毒不清，日后可就麻烦大了。"这男人是孩子吗？还这般任性。

"本王、本王喝不得苦药，你不要勉强我。"东辰逸有些尴尬地移开眼，不看青衫。本不想把这么丢脸的事儿让青衫得知，可这丫头脾气倔，若不说出个子丑寅卯，她是不会罢休的。

青衫瞪眼看着东辰逸，随即一个没忍住轻笑了起来："你怎么这么有趣，锦宝那孩子，喝苦药都没什么的，你这么大的人了，还不能喝苦药？”

笑话归笑话，青衫还是固执地将药碗递到东辰逸唇边：“要么乖乖喝了，要么我就直接灌你。”

成右不可置信地看着青衫，主子真将青衫姑娘给惯得无法无天了，这下也只能自己受着了。

“你倒是挺厉害的。”东辰逸没想到这小丫头敢威胁自己。抬眼便迎上青衫挑衅的目光，好似在告诉他，本王是认真的，不是在开玩笑。

气也不得，怪也不得，僵持了一会儿，东辰逸还是端了药碗仰头喝下，满嘴里都是苦味，让东辰逸不住地摇头：“下次，再逼本王喝这么苦的药，我会生气的。”他是真的会生气的。

“下次再说吧。”青衫这才露出满意的笑，将药碗搁置一旁，“行了，你伤口也不严重，毒清了，便没事了，我去休息了，你也休息一下。”

这一宿，可算是累死她了，青衫刚要起身离开，东辰逸慌忙开口：“你等一下，本王有话要说。”

青衫微微一愣，就见东辰逸，对着成右和一行伺候的侍婢摆了摆手。一行人立刻恭敬地退了下去。

青衫坐回原处，不解地看着东辰逸。

“本王昨夜说的话，你可有考虑过？”他都说了喜欢，这丫头却好似什么都没发生过一般，当真是对他一点儿感情没有吗？东辰逸有些受伤。

青衫微微窘迫，装疯卖傻地开口：“考虑什么，昨夜发生什么，我都不记得了。”她一姑娘家，从没遇到这种事，要怎么回答？

东辰逸不由得笑了起来：“不记得？那本王再说一次，本王、本王今年，二十有四，未曾定过亲，想娶你。你呢，愿意嫁我吗？”

如此，青衫想再装傻也装不下去了，抬眼看着东辰逸，很认真地开口：“江湖儿女，没那么多矫情，我不知道该如何回你，也从没想过会嫁给一个王爷，我的良人，必须是：一生一世一双人，一花一叶一追寻。

你能做得到吗？”

她知道男人三妻四妾是常有的事。暂不说这王爷了，就是平常的富甲商人、平民大户都会纳妾，可她只要自己喜欢的那个人一世只娶她一个，相依相守，白首不离。

“一生一世一双人，一花一叶一追寻。”东辰逸喃喃地重复着，他从没想过，一个女子不求荣华富贵，只求一生从一而终，白首不离。

看着东辰逸沉思，青衫轻笑了起来：“青衫不会勉强，王爷也不要勉强青衫，我累了，去休息了。”

说完，青衫便起身离开，不知道为什么，心里却有股子失落。东辰逸是个好男人，长得好看，武功又好，待她也不错，又很疼锦宝，不过再怎么说，他也是个王爷，这样的耳濡目染，这样的身份地位，怎么会允许他只娶她一个？自己也不过是闹了个笑话罢了，实在有些丢脸。

出了东辰逸的屋子，呼吸着新鲜的空气，这一次，陪着他们回了都城，确保锦宝没事，她也可安心地离开回鬼谷去。虽然没找到医书，可消失这么久，老家伙应该舍不得骂她了吧？

青衫看了眼屋子，桌子上燃着蜡烛，微微的摇曳着。她没想到，自己这一睡便睡了一天。从床上坐了起来，青衫掀开被子，下了床，伸手拍了拍锦宝的小脸。

“锦宝饿了吧？都怪娘亲不好，让你等了这么久。”说着青衫一把抱起锦宝，到了外室。小家伙说等了一下午，想必也是没有吃东西的，真是个傻孩子，叫人疼到心坎里头。

青衫一手抱着锦宝，一手打开帘子，便见东辰逸坐在外厅，喝着茶，一旁的成右和云之似是在商讨什么。看见青衫出来的时候，几人顿了下来。

也是没想到东辰逸等在这里，青衫觉得有些尴尬。抱着锦宝，刚要径自离开，就听见东辰逸轻声喊道：“要去哪里？刚醒来，一天没吃，饿了吧？”

转而，不等青衫说话，东辰逸对着外头吩咐道：“景林，命人传膳！”

青衫看了东辰逸一眼，此刻算是进也不是，退也不是，只得在一旁的桌子边坐下。没一会儿的工夫，饭菜上来了，整个饭间，青衫都是默默地吃着东西，偶尔给锦宝夹菜，一如初见那般。

直到吃完饭，东辰逸便跟着成右和云之出去了。青衫则是哄着小家伙睡觉，可自个儿睡了一天，此时，却没了睡意，命了景林和成左守着锦宝。

青衫拿上短箫，一个跃身，上了屋顶。她小的时候，心情不好，就会坐在屋顶对着月亮吹箫。

东辰逸为了处理这些死士，拿到东辰月谋反的证据，也是忙了一天。回来的时候，便听见熟悉的箫声，抬眼看过去就见青衫一袭月牙白的衣服坐在那里。几个飞身，东辰逸也上了屋顶，坐在青衫旁边。

箫声断，青衫转过头，就看见东辰逸坐在自己旁边，微微一愣，没想到东辰逸会过来。没有多余的话，青衫复拿起箫，刚要吹，就见东辰逸开口：“心情不好吗？一个人坐在这里。”

“没有。”青衫想也不想地回道，这王爷真是好笑，在这里吹吹曲子就是心情不好吗？

东辰逸闻言，不由得轻笑：“那是心情很好喽？”

“对呀，心情好。”青衫拿着手里的箫，这王爷很好笑嘛，自己坐在这里，心情好不好，跟他有何关系？

东辰逸一脸的高深莫测，“噢”了一声：“是吗？可是你刚才吹的曲子《枉凝眉》，若说没奇缘，今生偏又遇着他；若说有奇缘，如何心事终虚化？”

青衫没想到东辰逸居然还懂音律，听得出这曲子，还能知道曲子的意思，顿时觉得丢脸不已。他还出言调侃她，青衫微微蹙眉负气喊道：“与你何干？王爷未免想得太多了，一个曲子而已。”自己没事吹这个干吗，真是疯了。

“曲子而已？”东辰逸不由得轻笑起来，“本王还以为伤了某人的心，某人心情不好，独自吹箫解闷呢？”

“我说你这人太乐了，王爷，我伤心什么？为你吗？敢问王爷，你这么自信，你家里人知道吗？”青衫顿时一股挫败感，这男人都是这般自恋吗？跟二师兄一样，常常对着镜子感慨自己长得太好看，实在有趣。青衫一脸不屑，暗自嘀咕着，那模样甚是可爱。

见青衫这般可爱的模样，东辰逸嘴角的笑意更深了，顺手一捞，青衫一个不稳，整个人跌在东辰逸怀里，瞪着大大的眼睛看着东辰逸。

“你要做什么？放开我。”青衫挣扎着就要起身，这王爷是无赖吗？堂堂王爷，做事这么不知轻重、检点，比江湖人还随性？

东辰逸搂着青衫的铁臂没有松手，反而箍得更紧：“不要动，跌下去了，我可不负责。”

“那你就放手啊，你个下流坯子。”一时心急，青衫也顾不得许多，骂着粗话，手抵着东辰逸的心口，更怕闻到他身上特有的桃木香味。

东辰逸放开一手，轻抚青衫的脸，指间触碰的时候，青衫微微发抖，就听见东辰逸好听的声音，很柔：“我没喜欢过别的姑娘，也不会娶任何人的，我想遇到你，我就更不会喜欢什么姑娘了。”

他不知道什么时候喜欢上青衫的，很短的日子，可有些缘分就像注定的一样。从见青衫第一眼起，他就讶然，这世上会有如此特别的女子。轻灵淡雅，无拘无束，无争无求，起初，他以为自己是因为锦宝喜欢青衫的缘故，才不讨厌这个女人的。可渐渐地，才明白，他在青衫身边，不需要那么多顾虑，不需要那么多拘谨，什么身份地位，什么皇家重任，统统都可以抛开，只要快乐便已足够。

“你不要再说这种疯话了，跟我有关系吗？”青衫猛地推开东辰逸，一个旋转，重新坐在东辰逸身边，一脸的挑衅。

东辰逸微微一愣，有些不明所以：“你不说，要的是一生一世一双人，相依相守，白首不离吗？本王答应你，你可愿意嫁我？若是可以，这一次回宫，便可举行大婚之礼，太后和皇兄都在，也可以放心了。”

“你怎么这么有趣？”青衫嗤之以鼻，“我说要的是一生一世一双人，相依相守，白首不离，可我有说要嫁给王爷你吗？平王是不是过于自信了？”

早上的时候，她问了他，东辰逸没有回答，这会儿再说什么愿意做到，考虑那么久的人，必然不可信。

“为什么？”东辰逸更不解了，“一早，你这样问我，此刻，我答应了，为何不嫁我？还是你有喜欢的人了？”他实在摸不透这丫头了，要这样，他便答应了，这会儿反倒是她又反悔了。

“我什么时候问过了？你不要胡说八道。”青衫想也不想地回道，索性要起无赖，反正也没证据。

“你怎可耍无赖？”以前没觉得这丫头会是这种性格。青衫懒得再理东辰逸，刚要跃身下去，就被东辰逸伸手拉住。

“那你要怎么样，才肯答应嫁给本王？”东辰逸有些挫败了，到底真是自己将她给惯坏了。青衫冷笑一声：“要我嫁，除非当今圣上，亲自做媒，王爷八抬大轿迎娶我过门，否则免谈。”

话音落下的时候，只听见一声巨响，旁边的榆树上，一黑衣男人飘忽着下来，一脸的淡定，跪在地上恭敬开口：“成影参见王爷！”

青衫没想到居然会有人偷听，这次可真是丢脸了，一个飞身离开了。

见青衫一走，东辰逸也没了方才的温润，冷沉开口：“来了多久？”

“姑娘上屋顶的时候，成影就在了。”原本是躲在密叶里，等着主子回来，没想到，主子一回来，就上了屋顶。方才主子和姑娘聊天的话，他原原本本都听见了。

姑娘那一句让皇上做媒，一时间，一个没忍住，让他从树上跌了下来，皇上做媒？别人那不好说，自家主子，肯定不是难事儿的，那姑娘一定是不明真相。

东辰逸冷哼一声："下次再敢偷听，本王绝不轻饶。"这个成影，早不出现，晚不出现，这会儿出现，明儿一到，青衫又赖账了。

"成影遵命。"成影恭敬回道，"主子，一路上都差不多安排妥当了，只是您的伤？"

"本王没事，办妥就好，你去告诉成左、成右，明日本王会和整个队伍分开，让景林带着一行人，径自从下城走，咱们带人，快马加鞭从林山走。"东辰逸眼中闪过一丝凌厉。

这一次，他这么大张旗鼓地回宫，就是为了引来死士，好得了证据。眼下，从络青手里拿到东辰月下密令谋杀他的证据，也可一层一层拨开这小子的狼子野心。

"是，主子！"成影恭敬应道，一个飞身离开。他是最早跟在主子身边的，从十二岁起他就被送到主子身边，主公告诉他，这是他用命保护的人，告诉他，他是主子的影子。他才明白，一个影卫的意义，也渐渐地看着主子长大，从一个吵闹的孩子，到如今威震天下的平王，动则整个江山为之一颤，静则整个天下为之胆寒。

东辰逸一个飞身落下，这一次，成则天下太平，败则百姓之祸，他绝不能让这帮人得逞，只是不知道国舅收买了多少朝中大臣，到时候，肯站出来的，又有多少。

懒得再想许多，东辰逸回了屋。

晨曦总是在不经意之间降临，连反应的余地都没有，它便已经洒遍任何角落。

天不亮的时候，成右和成左已经整理好一些战马，候在外头。青衫给锦宝整理妥当，出来的时候便见东辰逸一身盔甲站在外头。

那是与往日不一样的男人，不再是一身月牙白的衣衫，绣着零零散散的松竹，衬得如玉般的公子，而是宛若天神般的男人，在盔甲的映衬下，那双眼睛愈发凌厉。

就在青衫微愣的时候，锦宝已经开心地喊了句："爹爹穿战甲了，真好看。”小家伙印象中，爹爹常是穿着战甲的，只是搬了家之后，爹爹就不穿了。

其实小东西到底还是没有将东辰逸与生父分开。不过，在东辰逸眼里，这已经不重要了，锦宝就是他平王的儿子，一如亲生。

“走吧，咱们要出发了。”东辰逸冷沉地开口，一个跃身上了战马。成右也立刻上前，抱了锦宝，一个飞身上了马。青衫刚欲寻战马，就见东辰逸冲着自己伸手一搂，整个人就被带上了马。青衫微微一愣：“咱们不去都城了吗？”

“去，快马加鞭走！”说完，手里的缰绳一扯，马儿嘶鸣一声，载着两人飞奔出去，身后一行人马，也随即跟了上去。霎时间，尘土滚滚包围了整个队伍。

曾经平南王遇难的时候，他也亲自带兵打过仗。只是怕宫里说了闲话，战事一平，交了兵权，便回了封地。可事到如今，宫里上上下下仍记得当年平王英勇的一面，一身盔甲，只二十万大军，就破了敌人百万大军。让联合的三个外族，两年不敢再踏入边城半步，而平王的名声也是从那时起威震天下的。

青衫被东辰逸搂着，总是摸不清这男人，似是有很多故事，心思深沉到你根本猜不出他下一步棋是如何走的。若他是帝王也是百姓之福，只是他不贪恋帝位罢了。

“你只管跟着本王就好，其他的不用想，本王会保护锦宝，保护你的。”似是看透青衫的猜测，东辰逸伏在青衫耳边轻声开口。

青衫转过头，看着东辰逸，扬起笑：“我也会保护你的，保护锦宝。”

只庆幸自己学了医，别的不敢保证，但是她一定能护锦宝周全。

“可会保护一世？”心思深沉的男人，是绝不会放过任何机会的。青衫小脸顿时垮了下来：“不会的，送你们到了都城，我还要回鬼谷呢。”

别以为就是他聪明，别人都是不过脑子的，她也读过不少书的。

“为何要走？本王不许！”东辰逸搂着青衫的手臂不由得收紧，

似是这丫头马上就要离开一般。青衫看着前方的路，几人已经进入山林，轻声开了口：“那里有师父，有湘儿，更何况，师父不会同意的。”

那是她长大的地方。师父一直的心愿，便是让她嫁给二师兄，一辈子快快乐乐地活在谷里，但在她的记忆里，二师兄只是哥哥，亲生的一般。

而且，昨夜想了一晚上，她不知道什么叫喜欢，但是觉得跟东辰逸在一起，会很开心，喜欢他的温润，抑或是面对敌人的时候，那股子霸气。她也很喜欢锦宝，可是江湖女子和权贵王爷，说起来，当真就觉得似是做梦一般。

“这里有我，还有锦宝。”东辰逸冷沉开口，他不知道青衫顾虑什么，可这女人，他是不会放手的。

青衫还想再说什么，但是终究没有开口，一路上，快马加鞭地赶着。从林山走，一来是不容易被发现，十分隐蔽的山林地带；二来是地要险阻，林山宛若一道屏障，易守难攻，在那里，也有东辰逸的兵力。但凡是没有他的命令，任何人都无法进入林山。

几天几夜赶路，一路上只是短暂的休息，毕竟是日行千里的战马，而东辰逸养的都是上等的战马，速度很快，就算是再险峻的路，也不会影响很大。

而此刻，东辰逸带着众人便到了都城，到了都城盛京的时候，已是午时，阳光甚好，远远地就看见城墙上赫然刻着黑字“盛京”，城门口一行侍卫守在两边。来来往往的百姓和商人，赶着马车，带着行李，陆陆续续进出着。

一到都城入口的时候，东辰逸等人的速度就慢了下来，一旁的成右驾马上前恭敬询问道：“主子，已经到了都城了，直接回宫吗？”

“本王先回宫，你带着青衫姑娘和他们先回平王府。”东辰逸冷沉地命令着。他是封地王爷，一举一动，都在宫里那些老狐狸的关注中，皇兄倒是不会介意他回去换身衣裳。可若是那帮老狐狸就此挑事儿可就麻烦了。

成右恭敬地回应道：“是，主子！”

一行人驾着马径自往都城而去，到城门口的时候，守城侍卫认出东辰逸，立刻就要行礼，被一旁的成左开口制止：“王爷有令，不要扰民！”

平王地位尊贵，若是这帮侍卫行了礼，一路上，百姓都得跪着，主子不愿意这样。

“臣等遵命！”守城侍卫立刻退至一边。

一进城，东辰逸等人的速度再次快了起来。锦宝只觉得兴奋不已，一路欢呼着能回都城真好啊，锦宝好久没有回来这里了。

东辰逸带着青衫，到了西城平王府门口，停住马，抱着青衫，一个跃身下了马，成右等一行人也跟着下了马。

“本王需先回宫里一趟，拜见皇上和太后，你先回府里等我，好好休息一番。”东辰逸对着青衫叮嘱着，原本想带着青衫一起去的，可是终究是不想让这丫头过早地暴露在东辰月跟前。

青衫乖巧地点点头：“好，去吧。”

东辰逸没有多说，驾着马领着云之一行人离开了。青衫拉着锦宝，也跟着成右进了王府。

这王府不比东辰逸在洛城的王府差，里头也是一片奢华，所到之处，楼宇回廊之间习习风中带着沁人凉意，甚是宜人。

宅院内水榭歌台，画栋雕梁；楼阁重重，回廊道道。可谓气象非凡。

锦宝一蹦一跳地走着，到了一处院落。看着那一盆一椅，不是华美异常的，就是有些来历，青衫估摸着可考可察。别的不说，单单就那数方假石，若是她没猜错的话，是产自南海水底，暂且不说这假石本身价值千金，仅是千山万水地运到这盛京，所有的花费已然不菲。

给东辰逸造这么气派的王府，仅是一个封地的王爷而已，青衫可以看得出，当今的圣上有多看重这个弟弟，也瞬间明白东辰逸为何如此为天下百姓、为那个皇兄了。

皇家难得有这般的兄弟情，实属不易，她也为东辰逸高兴。

“娘亲啊，咱们王府漂亮吗？”稚嫩未脱的声音兴奋不已地喊道。

青衫点点头，柔声回道：“很漂亮。”

几日赶路，虽然辛苦，可小家伙却是一路都开心的，孩子到底是孩子。

在这甚好的阳光映射下，成右觉得眼前这一幕，说不出的和谐。看来今年南幽国，一场灾难之后，便会迎来举国欢庆的大喜日子。是该让下人将府里提早布置一下，准备准备才是。

领着青衫到了若怀阁，跟总管和下人交代了一番，成右便离开了。青衫就独自照顾着锦宝吃了饭，跟着锦宝一起躺下休息，原本就累了几天，躺在舒坦的被褥里，没一会儿就睡着了。

直到天黑的时候，小东西醒了，青衫也跟着醒了，却不见东辰逸回来。领着小东西吃过晚饭，青衫就开始让小东西背起《诗经》，她听东辰逸说了，太后会考锦宝功课，若是过不了关，就会挨罚。

“娘亲啊，锦宝好累哦。”锦宝嘟着嘴，委屈地看着青衫。娘亲怎么可以和爹爹一样呢，逼着锦宝背功课，更何况，赶了几天的路，小锦宝好累啊。

青衫板着脸，佯装严肃：“刚睡醒起来，又吃过饭，哪里会累？”这小东西，当真是个小奇葩。

“可是长途跋涉，真的很累，那个战马啊，娘亲，”小锦宝瞪大眼睛，绘声绘色地开口，“战马知道吗？它跑起来好快的，然后，锦宝太小了，会受不了的。”

哎，娘亲真的是不懂呢，好苦恼啊！

“……”青衫没明白小家伙的意思，这战马跑得快，与这小东西何干，“那咱们出去玩儿，好不好？”

“好哇，娘亲，锦宝告诉你，盛京的集市很热闹的，好多人，还有跟锦宝一样大的孩子。”小家伙一听出去玩儿，瞬间就来了精神，拍着小手欢呼着。

青衫点点头，果然是得了不爱背功课的病。她拿着手里的书卷，对着锦宝的额头敲了一下：“你这小东西，越来越精明了，想要出去玩儿可以，先背了功课。”

“……”锦宝抚着被敲痛的额头，嘟着嘴，“娘亲，你跟着爹爹学坏了，锦宝好可怜啊！”

娘亲怎么可以这样呢？锦宝好不容易这么崇拜娘亲，居然跟着爹爹学坏了，算计小锦宝，太没有爱心了。

青衫强忍着笑，依旧板着脸：“那是因为娘亲平日里太惯着你了，若是你学坏了，以后娘亲可就是罪魁祸首了。”

东辰逸这般看重锦宝，她纵然宠爱，也不能太骄纵了他，毕竟不是江湖儿女，随便养。

“一定要背吗？”小家伙做着最后的挣扎。

青衫肯定地点点头：“一定要背！”

锦宝委屈地看了青衫一眼，后退几步，小手背在身后，开始摇头晃脑地背了起来：“《桃夭》，桃之夭夭，灼灼其华。之子于归，宜其室家。……”

“这个已经背过了，娘亲知道你会背。”青衫很不给面子地打断，“《淇奥》背这个！”也没客气，青衫直接点了一首，免得小家伙糊弄过关。

“娘亲……”锦宝只觉得心痛不已，《淇奥》好难背的，每次念这个，锦宝都会打瞌睡，但是锦宝不听话的话，娘亲又要离开了，小家伙闭上眼，又开始摇头晃脑起来，“瞻彼淇奥，绿竹猗猗。有匪君子，如切如磋，如琢如磨。瑟兮僩兮，赫兮咺兮，有匪君子，终不可谖兮！瞻彼淇奥，绿竹青青。有匪君子，充耳琇莹，充耳琇莹……”

“充耳琇莹，如何？”她知道难背，可是也不能轻易让小家伙过关，有了第一次，终归越学越坏。就在锦宝纠结的时候，外头传来一道清幽的男音：“瞻彼淇奥，绿竹青青，有匪君子，充耳琇莹，会弁如星，瑟兮僩兮，赫兮咺兮……”

“洛哥哥的声音，洛哥哥来了。”小锦宝率先欢呼着，似是听出这声音的由来。

此时，外头男人爽朗地笑了起来，声音很大：“哈哈，小东西，可还记得洛哥哥！洛哥哥过来看看你娘亲。”

话音落下的同时，青衫和锦宝同时转过头，就见一个男人穿着蓝色锦衣走了进来，一派优雅豁达。青衫目光落在男子脸上的时候，整个人顿住，男子看见青衫的时候，也跟着顿住。

小锦宝跑了过去，几步到了男人跟前，抓着男人的衣服，激动不已，男人目光未曾从青衫脸上移开，转而，声音冷了许多：“青衫，你怎么在这儿？”

过几日便是宫里的赏花节，听说小皇叔回宫，他便也回宫看看。又得云之说，府里来了小皇叔心尖儿上的人，与小皇叔交情还算好，他过来看看，没想到居然是青衫。

“二师兄，你为何在这儿？”青衫比洛风更加诧异，锦宝唤他洛哥哥，他是皇家人？可从来没说过，师父只说，二师兄是富贵人家的，送来鬼谷学艺的。

一旁跟着进来的成右，也是吃惊不已，怎么也想不到，洛皇子居然是青衫姑娘的二师兄。他所知道的，洛皇子本该是三皇子，因为养在宫外，便没有封号，也没有排名。

为了恭敬，下人只尊称一声洛皇子，洛皇子的母妃乃是一民间女子，却深受圣上宠爱。可惜红颜薄命，才入宫没多久便过世了，而洛皇子自出生之时，也一直生病。一名江湖女子揭了皇榜，为洛皇子医病，只说这孩子不宜长在宫里，需要送到宫外去养。

之后，皇上虽然不舍，可孩子的命更重要，而洛皇子便被那女子带走，长到十四岁之时，才开始每年回宫一次。可谁也不知道，那女子是何人，住在何处。

主子也说了，查不到下落更好，如此也免了皇家纷争，落得自在，可成右没想到，他居然就是鬼谷子老先生的徒弟。

洛风一把抱起锦宝，此刻已经恢复淡然："这事儿，以后再说，你先告诉我，你怎么在这儿？"

"这事儿也是说来话长，我救了锦宝，之后，为了找医书，便跟了东辰逸过来。"青衫如实地回道，只是目光有些飘忽。洛风凌厉的目光看着青衫，不由得冷声问道："你叫平王什么？"

"东辰逸啊。"青衫微微蹙眉，他不是叫这个名字吗？一直这男人都是这么告诉她的。

"放肆！那名字可是你叫的。"洛风声音猛地提高，他不知道青衫跟小皇叔什么关系，只是小皇叔的名讳，连宫里的妃子和他们这些皇子，都不敢直接喊，青衫一个小丫头片子，敢这么喊？

青衫有些吃惊地看着洛风，一旁的成右随即上前，刚要开口，就听见外头传来冷沉的声音："放肆的是你吧，洛风！"

听见声音，青衫转过头便见东辰逸走了进来。他已经换下战甲，依旧是月牙白的衣裳，只是绣着红梅，淡雅如风，却掩不住身上那股子帝王气息。

"小皇叔！"洛风站了起来，"洛风见过小皇叔。"

"本王这府里，守卫越来越松了，随随便便，就让人进来的吗？"东辰逸冷沉地质问着。一旁的成左立刻上前跪下："属下该死，这就加派人手。"

说完，成左起身离开，青衫有些诧异地看着东辰逸。

"小皇叔莫要生气，皇家本就有皇家的规矩，小师妹不懂事，洛风自当好好管教。"不明白东辰逸为何生气，可是他是皇叔，自个儿就算生在江湖，也是皇家之人，怎么着也得对东辰逸客客气气的。

东辰逸冷哼一声：“本王以为你到我府里教育人，是不把本王放在眼里呢。”

“皇叔说的这是哪里话，洛风此次回宫，就是得知皇叔回宫，这才回来看看的。”这话不假，他敬佩东辰逸，也愿与这皇叔交好。

“罢了，你也看了，如此，天色不早了，早些回宫吧。”东辰逸脸色依旧不是很好看，“皇兄那般疼爱你，你该多陪陪他才是。”

他没想到，这一回来，才知道皇兄病加重了，成影说的没有夸张。

洛风也没客气，略带些恭敬：“那洛风就先告退了。”转而，洛风对着青衫开口：“小师妹，跟我走！”

第八章 男人也会吃醋

他要离开，也得带着青衫走，不能再由着这丫头卷入皇家，她那么随性自由，他不希望青衫被束缚起来。几步上前，洛风一把拉过青衫，就要离开。

“你当真是觉得本王对你太客气了吗？”不等青衫回话，东辰逸的声音顿时冷了很多，本不讨厌这小子的，如今倒好，跟他抢女人。

令东辰逸更不能接受的，就是青衫曾经不止一次在他面前提过自己的二师兄。说他是世间少有的豁达之人，眼神里掩不住地敬佩，那种崇拜之情，让东辰逸很不舒坦。

洛风倒也没退却，迎上东辰逸沉冷的目光，淡然一笑：“小皇叔何须动怒，这里是王府，师妹是个待嫁女子，不方便一直留在这里。更何况小师妹出来这么久，自当是要早些回鬼谷，免得师父挂念。”

能不动手，他也不想动手，父皇本就病重，此刻，他若是和小皇叔闹翻了，宫里怕是更乱了，对父皇也是不利的。

青衫看着东辰逸，眼里满是惊讶，到现在，还是无法相信，二师兄管东辰逸叫皇叔。一旁的小锦宝被成右抱着，对着青衫不停地喊着："娘亲，你不要跟洛哥哥走。"

洛哥哥是坏人，要带娘亲离开，锦宝不喜欢洛哥哥了。

"本王没工夫跟你废话，本王的女人，不可能让你带走，既然你不走，那就别怪本王不客气了。"

他不想把洛风怎么样，可是这小子执意要带走青衫，他也不可能置之不理，必须让这小子明白，这平王府不是那么容易来的。

东辰逸懒得再废话了，银光一闪，软剑握在手中，东辰逸举剑刺了出去。

青衫大惊，见东辰逸起了杀念，一时心急，挡在洛风跟前，瞪眼看着东辰逸："东辰逸，你不许伤害我二师兄，我会跟你拼命的。"

她是二师兄宠大的，怎么能看着二师兄为她受伤？更不希望看到东辰逸和二师兄动手。东辰逸的武功深不可测，二师兄的武功也不弱，两人打起来，必然是一场恶战，伤了哪一方，她都不愿意看到。

东辰逸手里的剑在刺到青衫的时候，猛地收住，整个脸色也跟着变了起来，冷冽问道："你说什么？你为了他跟本王拼命？"

他的青衫纵然任性，可也不会说出这话，握剑的手，捏得"啪啪"作响。

"让我们走吧，东辰逸。"青衫抿了抿唇，轻声开口，东辰逸心思深沉，二师兄又固执，看似豁达，但是对她看得很重，不希望她留在这里，就是拼了命也会带她走。只有她跟着二师兄一起走，二师兄才会离开，东辰逸也伤不到他。

东辰逸微眯着眼："是本王太惯着你了吗？我说过你是我东辰逸看中的女人，你不记得了？"

"小皇叔，你放过青衫吧？皇家的生活不适合她，她自幼长在山里，无拘无束惯了，她当不了笼中的金丝雀。"洛风有些控制不住地对着东辰逸喊着，第一次觉得自己这般无礼失控。一个是自己心爱的师妹，一个是自己的皇叔。

"你给本王闭嘴！"东辰逸冷眼扫了过去，转而走到青衫跟前，看着青衫，"你真的要跟他走？就没有一点儿喜欢本王吗？"

他这会儿，要不是看在洛风是皇兄宠爱的皇子，他一定杀了洛风。

"让，让我们走吧，我不喜欢你。"青衫不自然地别开眼，看着东辰逸这样，自己也心痛，可是她必须先让二师兄离开这里。

东辰逸大手一伸，箍住青衫的下巴，咬牙切齿地问道："看着本王的眼睛，再说一遍，说你不喜欢我。"

"你不是问我有没有喜欢的人吗？我喜欢二师兄。"青衫话音落下的时候，不光东辰逸震惊不已，就连云之和成右都无法接受。

青衫姑娘和王爷在王府里，怎么看怎么觉得是一对璧人，如今，青衫姑娘却说自己喜欢洛皇子。

东辰逸忍不住笑了起来，放开手，笑得愈发地狠："果然是本王自作多情，走，现在，马上就走！成右命所有人放行！让他们离开！"

他转过身背对着青衫，只觉得心被人捅了几刀一样痛。他从没想过，自己可以如此爱着一个女人，却不承想，这女人根本不爱自己的。若不是今天，他也难以想象，青衫在他心里，已经根深蒂固了。

青衫微闭着眼，不敢再看东辰逸，他痛，她亦是心痛，转而，伸手拉着洛风大步离开。锦宝见青衫一走，稚嫩的声音哭喊了出来："娘亲，娘亲，你不要走！"

小家伙不停地伸着手，死命地要挣脱成右的怀抱，嘴里喊着："娘亲，带着锦宝一起走，娘亲！"锦宝好不容易有了娘亲，不要娘亲离开。

锦宝心里好痛，好难受啊。

“她不是你的娘亲，你的娘亲早就死了。”东辰逸声音有些沙哑。早知道，就该纠正锦宝的习惯，暗自地默允，给锦宝织了一个梦，也给自己织了一个梦，终究是破碎了。

青衫听见东辰逸的喊声，顿住步子，眼泪一时没忍住落了下来。旋即带着洛风快步离开，因为东辰逸下了命令，一路走来，王府无一人敢拦。

洛风更是没想到，青衫是喜欢自己的，愿意放弃富贵荣华，跟着自己离开，他定不会辜负这女子的。

两人到了门口，洛风的马车已经等在那里，青衫和洛风上了马车。进入马车，洛风立刻对着随行的护卫命令：“连夜出城。”

“是，主子！”话音一落，马车飞快奔了出去，“嗒嗒”的马蹄声，在这静夜里，显得愈发焦急了。

他看得出皇叔很喜欢青衫，若是突然反悔，必定会追上来。他不想跟东辰逸为敌，起码现在不行，宫里很需要他，父皇也很需要皇叔的协助。只能先带着青衫到鬼谷避上一避，起码那里隐蔽，想要找到并进入鬼谷深处也不是那么容易的事情。

马车一路往城门口飞奔而去，到了城门口，守城的侍卫拦住马车，洛风亮了手里的金牌，厉声高喊道：“本皇子要出城，谁敢阻拦？”

一见是洛皇子的令牌，守城侍卫二话没说，立刻退让开来，马车飞奔出去。

青衫似是有些不认识洛风一样，就这么愣愣地看着，曾经豁达的二师兄，笑得爽朗，抑或是，从谷外带了些有趣儿的玩意儿回来，轻声喊着：“衫儿出来，二师兄回来了。”每逢此时，青衫都会从树上一跃而下，被洛风稳稳地接住，然后，递上自己的礼物，看着青衫若孩童般开心。

“衫儿，跟师兄回了鬼谷，以后，不要随便出来了，世道乱，你一个女孩子家，不安全。”洛风看着痴痴看着自己的青衫，开口嘱咐着。

青衫浅浅一笑，眼里也满是笑容：“来不及了，二师兄。”

转而，青衫对着外头，洛风的手下高进喊着：“停下马车，快点停下！”喊声落下的时候，高进也将马车停了下来。

“衫儿，你要做什么？”洛风有些不解地看着青衫。

青衫抿了抿唇，没敢看洛风的眼睛：“二师兄，我喜欢东辰逸，我真的喜欢他，我不能跟你走。”

“你胡说什么？你疯了吗？”洛风几乎不敢相信自己所听见的，“你知道他是谁吗，衫儿？他是平王，当今世上，一人之下万人之上，连我都得敬重他，你跟着他不会有好结果的。”

“不，师兄，他说了，他这一世只会娶我一个人。”青衫红着眼睛不停地摇头，“我跟你走，说喜欢你，就是不希望看到你们动手，你是我最敬佩的二师兄，他是我心爱的男人，伤了哪一个，我都不愿意看到。”

所以，她才出此下策，引洛风先出城再说。

“只娶你一人？也未免太可笑了，这话你也信吗，衫儿？”洛风忍不住轻笑了起来，“当年，父皇对我母妃说，这一生一世，只爱她一个人，可是母妃去后，父皇还不是左一个妃子、右一个贵人地纳进宫里。”

生在皇家、长在皇家的人，大抵是如此的。东辰逸根本改变不了什么，也做不到一生一世一双人的境界，他不信，绝对不信的。

“没有法子了，我已经赌下全部，没有退路了。”青衫的眼泪一滴滴滴落，哽咽地继续道，“师兄，盛京不安全，你早些回鬼谷吧，我先走一步！”

话音落下的时候，青衫一个飞身，直接从马车的窗户飞了出去。

洛风看着青衫远去的背影，高声喊道：“衫儿！”这丫头终究是这么傻，对东辰逸动心，那他呢？宠了这么多年，都抵不上这丫头跟东辰逸相处这数月吗？

青衫没有管许多，只一路用着轻功，飞快地往王府赶了回去，东辰逸一定很恨她吧？锦宝会不会讨厌她这个娘亲了，以后都不想再看见她？

东辰逸那一句，她不是你娘亲，你的娘亲已经死了，到现在想想，青衫还是觉得心痛不已。

青衫的轻功不弱，一路飞回王府，倒也算快，到了王府门口，青衫站定步子，深吸一口气，大步往王府走了过去，守门的侍卫见是青衫，均吃惊不已。

“你不能进去！”一侍卫大着胆子，对着青衫喊道，毕竟，这是王爷宠上心尖儿的女人。

青衫很平静地看着这守门侍卫，声音很轻：“我要见东辰逸，让我进去。”

“没有主子的命令，这平王府，谁也不能擅闯，恕我等无礼了，不能让姑娘进去。”主子让他们离开的，这会儿这姑娘又突然回来了，他们当真是难做了。

青衫看着这帮侍卫，无视他们手里的剑，径自往里头走着。这帮人又不敢真的伤了青衫，只得一步步后退，一侍卫立刻转身跑去找了成右和云之。

成右、成影和云之得了消息出来的时候，就看到眼前这种情形。

“姑娘既然走了，又为何回来？”云之的语气有些不善，主子这般宠爱的人，居然对主子说了那么狠的话，这姑娘实在不讨喜。

青衫看着云之，眼里多了几分失落：“让我见他，我要见他，我去跟他解释。”

“不行，我们不能让你进去。”成影上前伸手拦住青衫，自古红颜多祸水，他本以为，有了这姑娘，主子会开心，小世子会开心，可是今夜看来，他错了。女人注定是祸水，主子伤成这般，从此也有了弱点，一个霸主本就不该有弱点，否则如何能够成就大事？

青衫无所畏惧地看着成影，声音很轻却震惊所有人："要么你杀了我，要么放我进去，否则谁也拦不住我。"

迈着大步子，青衫往王府走了进去，成影也是一步步后退着。当一个人无所畏惧的时候，他就会真的可怕了，青衫此刻正是这样。

云之手里的扇子一挥，打偏成影手里的剑，不温不火地开口："让她进去吧，我们拦不住的，若是伤了她，咱们上上下下都得死。"

他不知道青衫为何又突然回来，她要见主子，终归是有理由的。

青衫感激地看了一眼云之，大步往东辰逸住的地方走了过去，云之开了口，有人担了这责任，这帮侍卫自然也不再阻拦青衫。

到了拢翠阁，青衫大步走了进去，门口的成左看见青衫，眼睛瞪得老大："青衫姑娘？"

"他，他在里面吗？"青衫握着手里的短剑，手都在颤抖，她冒死进来，却不知道东辰逸肯不肯见她？

成左略带些恭敬地回道："主子在里头，要了很多酒，不许任何人进去打扰。"

"让我进去吧。"青衫有些恳求地看着成左，成左叹了口气，退至一边。青衫迈着步子推开门，顺势走了进去，就听见东辰逸盛怒地喊道："本王允你进来了吗？滚出去！"

青衫顿了顿，心也跟着一紧，往里阁走了进去，就见东辰逸背对着自己，靠在雕花凭栏上，席地而坐，身边摆满了一坛坛的酒。

深吸一口气，青衫往东辰逸身边走了过去，在东辰逸身边蹲下。

东辰逸跟着回转过头，看着青衫的那一刻，几乎以为自己喝醉了，看花了眼。微眯着眼，东辰逸沉冷地问道："既然走了，还回来做什么？看本王笑话吗？"

他这狼狈样，居然落在青衫眼里，实在丢脸。

青衫没想到东辰逸会说出这么冷的话，心里更疼了，她自己都成了笑话，还来看东辰逸的笑话吗？

“你不要坐在地上，地上凉。”青衫心疼地看着东辰逸，就着袖子替东辰逸擦着嘴角，“怎的弄得这样脏？不像你。”

她记忆中，东辰逸虽为男人，平素里却是极在意穿着打扮的，就那些衣着上细密的刺绣，光是那梅花，就知道十分考究，可眼下却这么狼狈，让青衫心疼不已。

“你不要管我，你是回来拿东西吧？成左已经收拾好了，你只管去跟他要便是。”东辰逸别过脸，此刻少了几分帝王之气，却多了几分孩子气。然而更多的是心疼，那一句，我喜欢的是我二师兄，让他觉得就似青衫手里的玲珑翠，直直刺入自己心口一样疼。除了回来拿东西，他不知道青衫又回来做什么。

青衫也跟着跌坐一旁，眼前蒙起一层雾：“你终究是不信我的。又何来的一生一世，相守相依？”

若是这男人心细，该知道她的东西全在这里，她若是真心要走，又怎么会空手离开？若是信她，又怎么会一句话，东辰逸便随意当了真？

东辰逸抬眼看着青衫，薄唇抿紧，看不清心里想些什么，良久声音有些粗哑：“不信你？你亲口告诉我，你喜欢的是洛风，要本王信你什么？你听见锦宝哭着喊着让你不要走，你还是狠心离开，你要本王信你什么？”

她没答应他，没有允诺他，却亲口说了喜欢别人，要他怎么信？小家伙哭得那么可怜，要他信什么？东辰逸闭着眼，靠着凭栏，脸上净是隐忍的疼痛。

青衫不知道该说些什么，她知道自己伤了东辰逸，也伤了锦宝，整个眼眶溢满泪水。

东辰逸猛地睁开眼，声音多了几分疏远："本王乏了，你快些走吧。"

转而，东辰逸对着外头高喊一声："成左，送她离开。"

若是锦宝看见了，免不了又是一场哭闹。

"你就这么恨我？"青衫不可置信地对着东辰逸喊道，她没想到自己回来了，东辰逸还是不信她，此刻却要赶她走。

她是江湖儿女不假，她待锦宝的好，对这男人的默许，就看不出自己是喜欢他的？非要亲口说出来？

东辰逸嘴角挂着苦笑，顺手捞起一坛酒，仰头喝下几口，没有接话。

他喜欢青衫，不希望她不快乐。若是拦着，只要他一声令下，洛风连这拢翠阁都出不去，更别说王府大门了，既然喜欢，又何来的恨？

"你说话啊，东辰逸！"青衫哭着，顺手拿过东辰逸手里的酒坛，扔了出去，酒坛应声而裂，酒也洒得满地都是，青衫哽咽地问道，"你骗我的，对不对？你说喜欢我，是诓骗我的？"

若是喜欢，她走的时候，为什么不拦着？此刻，看见她回来，却又如此厌恶的态度？

"诓骗你？"东辰逸忍不住轻笑了起来，"你去问你二师兄，当今天下，除了圣上和太后，谁敢直呼本王名讳？旁的不说，当今天下，敢砸本王酒坛的，只你一人。"

他太宠着她了，太惯着她，作践成这样，也是自己活该。

青衫红着眼睛，就这么猛地扑进东辰逸怀里，东辰逸一时没有招架，被青衫扑了个满怀，整个人被青衫压到地上。怀里传出青衫哽咽的声音："东辰逸，你不要赶我走，好不好？"

低低的哭声，也是惹得东辰逸心里拧得一般疼，就这任由青衫搂着："不要哭了，我怎么会赶你走？"留都来不及，又如何舍得赶她走？

"东辰逸，你不要这样疏远我。"青衫抬起头，迷蒙着眼睛看着东辰逸。

东辰逸看着青衫，伸手替青衫抹去泪水："若这是梦，我不想醒了，怎么办？”他几乎不相信眼前这一切，莫不是喝多了，虚幻出来的。

“二师兄脾气倔，我若不想法子，让他离开，他一定死也不走，我不想你们打起来，伤了谁，我都接受不了。”青衫没有理会东辰逸的傻话，径自开口解释着。

东辰逸就这么怔怔地看着青衫，他以为青衫真的喜欢洛风，毕竟自幼一起长大，青梅竹马的，只是没想到这丫头是这心思。到底是傻，洛风再怎么样，也是他侄儿，就算打起来，也不会伤了洛风的。

“那你就忍心伤了本王吗？”东辰逸声音多了几分冷沉，搂着青衫的手臂也不由得收紧。在洛风和锦宝还有他面前，青衫选择的还是洛风。

青衫连连摇头：“我没想那么多，我只想让师兄离开。”

她到底是在谷里长大，很多事都想得过于简单了一些，想着让师兄离开，自己再回来，可没想到，差一点就失去了东辰逸。

“那你当真不喜欢洛风？”东辰逸微眯着眼，看着青衫。青衫“嗯”了一声：“他是哥哥，跟大师兄一样，我若喜欢，也不会等到今日。”

她和二师兄在谷里长大，一起读书，一起练剑，一起上山采药，一起受罚挨骂。师兄总是替她受罚，维护她，可只是和哥哥一样，没有男女之情，她也不想破坏那份兄妹之情。更何况，师父早有这心思。若是真喜欢二师兄，也就不会跟着东辰逸来盛京。

“我不信。”东辰逸凉悠悠地扔下一句，眼里满是挑衅。青衫一愣，顿时急了：“为什么不信？我是真的不喜欢他，我喜欢你。”

害怕东辰逸像方才那样疏远，青衫也顾不上女子该有的矜持，对着东辰逸如实说道。本就是无拘无束的姑娘，说出来自己也好受些。

“还是不信。”东辰逸斩钉截铁，摇摇头，故意逗着青衫，可搂在青衫腰间的手未曾松开过，绝不能就这么轻易原谅了她，不然，下次再做出什么傻事儿，怎么办？

还好，她回来了，这是东辰逸唯一欣慰的事。青衫若走，他既然不拦着，就断然不会去找她，那是他唯一的骄傲，也是不想逼她。

“你要怎么样才信？你不要赶我走。”青衫揪着东辰逸胸前的衣襟，死死地攥在手里，大大的眼睛里多了几分惊慌。东辰逸抬手摸着青衫的脸，嘴角挂起邪妄的笑：“那你证明给本王看。”

东辰逸一手搂着青衫，一个翻身将青衫压在身下，低头吻了下去，青衫瞪着眼看着东辰逸，眼里满是惊愕，温润凉薄的唇整个地密封过来。

让青衫微微有一丝颤抖，闭上眼，任由着东辰逸吻着自己，那股子青麻的劲儿，让青衫忍不住闷哼一声。青衫生在谷里，常年用药，身上自然而然地带着一些草药的香味儿，清新淡雅。这一吻，便让东辰逸痴迷了，尤其是这丫头，淡淡地回应，让这男人几近失控。

这看似温润的男人，可骨子里却满是蛮横劲儿。

霸道的不留余地的吻，让青衫几乎没了呼吸，小手攀着东辰逸的脖子，承受着这狂风骤雨般的吻，一路从唇吻到下颚，轻轻密密地啃咬。东辰逸腾出一手，解开青衫领子的盘扣。

粗重的呼吸再次吻了上去。从未经历过男女情事，一股股如彻骨般地酥麻，让青衫险些招架不住，口里忍不住呢喃出声：“东辰逸……”

东辰逸迷蒙着眼，脸上净是隐忍，手指扣着青衫的手，死死地握着，身下尤物几乎让他丧失理智。直到自己有些失控的时候，东辰逸这才放开怀里的女人，粗重的呼吸，眼里也是欲望过后的那股狂野。

东辰逸伸手拨开青衫垂下来的头发，看着青衫微微酡红的小脸儿，粗哑地开口：“衫儿，你真美。”

就这么直直地看着青衫，他想要她，但现在不是时机，得了太后允诺，皇兄赐婚，他要给她一场空前盛大的婚礼。

“你，你快起来。”青衫红着脸，没敢看东辰逸，做了这么羞人的事情，真是该死，伸手不停地推着东辰逸。

东辰逸看见青衫这模样，爽朗的笑声传遍整个屋子，就这么顺手一带，抱着青衫一起站了起来，东辰逸也恢复以往的姿态：“本王去收拾一下，你早些休息，明儿小东西要吵死了，你还得随本王进宫一趟。”

“去宫里做什么？”青衫放开东辰逸，微微偏过一侧，整了整衣服的领子。

东辰逸也顺手帮青衫理着头发：“皇兄病了，我知你医术高明，比那些个没用的太医，不知要好上多少，你随本王去看看皇兄能不能治好？”

若是能够医好皇兄，这帮皇子也就不敢这般放肆争夺皇储之位了，多少会收敛一些。

“好，明日我随你进宫看看。”本不想去宫里，毕竟宫里不比东辰逸府里，东辰逸可以惯着她，可宫里规矩那么多，一点儿差池都不能有。若是犯了忌讳，也要连累许多人。多一事不如少一事，可东辰逸开口了，她就去看看。

东辰逸嘴角微微勾起笑，伸手摸着青衫的脸：“睡吧，本王走了。”若是留下，他怕这丫头不疯，他会疯了。

“东辰逸！”就在东辰逸转身离开的时候，青衫猛地唤了一句。东辰逸转过身，略带着询问的眼神看着青衫：“还有事跟我说吗？”

“这个给你！”青衫几步走到东辰逸跟前，伸手拉过东辰逸，将手里的一块儿玉佩放在东辰逸手中。

东辰逸低头一看，是一块血玉佩，蓝色的同心结上配着流穗儿，很漂亮。血玉是个罕见玩意儿，相传是女子将上好的玉含在嘴里，多年以后再出土，便成血玉，传言真假无人所知。可单是这玉的色泽，通透晶亮，一看便知其珍贵。

“这是做什么？”东辰逸有些不明所以。青衫灿烂一笑：“师父说，这玉佩打我出生起就跟着我，一直护我平安无事，你拿着它，也会逢凶化吉的。”

是真是假，她不知道，但是这些年，真就平平顺顺的。

“既是一直戴着的，就自个儿留着便好，给我做什么？”东辰逸将玉佩递了回去，既然是衫儿的福星，他自然不能要。

青衫微微嘟着嘴，带着几分俏皮：“莫不是嫌弃我送你的东西轻贱了些，配不上你？”

“当然不是，这玉佩值钱得很，你不要胡说八道。”根本不是论钱来计较的东西。

青衫将手背在身后，点点头：“那便好，收着做个念想。”说着拿着玉佩戴在东辰逸脖子上，它会替她守护这男人的。

东辰逸宠溺地看着青衫，刚才一定是脑子不够用了，怎么就让这丫头跟着洛风走了，得想法子，让洛风离青衫远远的才是。打定心思，东辰逸再次开口：“好，都听你的，本王走了。”

言罢，东辰逸转身带上门离开，青衫不由得伸手摸着自己的唇，转身回到里阁。躺在床上，脑子里满是东辰逸的模样，自己一定是中邪了。

第九章 伤了萌宝的心

盛京是个好地方，不冷不热的，一早院里的鸟儿就开始“叽叽喳喳”叫个不停。阳光遍洒整个王府，映衬着王府奢华得有些不真实。

“小世子，你怎么坐在这里？”一道轻灵的女声，讶然开口。

一婢女打扮的女子走了过去，是府里的管事丫头。她本打算进去服侍青衫姑娘的，只是没想到小世子坐在门口，也不说话，也不进去，那些个贱蹄子真是欠管教，连个孩子都看不好。

而不远处一穿着明黄色衣裳的小丫头慌慌张张地跑了过来，谨慎地看了眼这管事丫头，连连喊道：“小祖宗，奴婢这一转眼的工夫，你怎么就跑了？奴婢四处找您。”

今儿可真惨了，一早服侍小世子，这孩子转眼就没了人影，整个夕瑶阁都找遍了，没想到跑到王爷住处来了。

“连个孩子都看不好，在这嚷嚷什么？平日太纵着你们这些个小贱蹄子，越来越不懂规矩。”管事丫头对着这小丫头开口骂道。王府规矩多，这些管事丫头都是有些能耐能镇得住事儿的。

骂声落下的时候，青衫开了门出来，一脸的讶然：“出什么事儿了吗？”一早听见外头吵闹，还提到了孩子。

没等这管事丫头开口，青衫就见锦宝坐在门廊边上，小手撑着头。青衫手握着门框有些不知所措，这孩子来了，却不肯进来，定是怨恨她的吧。

深吸一口气，青衫走了过去，在锦宝跟前蹲下。一旁侍婢见此，也不动声色地退了下去。

青衫偏着头，看着锦宝，迟疑地开口问道：“来找娘亲，怎么不进去？”

“我没有娘亲！”锦宝偏过头，没看青衫，大大的眼眶却已经红了。青衫心里一紧，好似被人扎了一刀：“哪里没有娘亲，我不是吗？”

她没想到伤东辰逸那么深，也伤了锦宝。

“是娘亲不要锦宝的，不是锦宝不要娘亲的。”锦宝哽咽地指控，眼泪吧嗒吧嗒地掉着，娘亲怎么可以跟着洛哥哥离开，不带着锦宝一起走。

青衫跟着红了眼睛，一把将锦宝抱在怀里，伸手摸着锦宝的头：“娘亲错了，以后去哪里都会带着锦宝的。”除此，她不知道该跟一个孩子如何解释。本就单纯，没有大人那么些个世故，说多了，他也不懂。

“娘亲骗人。”小家伙低低地哭着，青衫也是心疼得要死。曾几何时，这小东西在自己心里的地位已经这般重了，好似自个儿身上掉下的骨肉一样。

“娘亲不骗你，娘亲发誓以后都不会离开，好不好？不要生气了。”青衫拍着锦宝的后背，小东西别的不懂，只有四岁，虽然比其他孩子聪明些。可到底是在意青衫的，就这么哭了一会儿，也没往心里去，不然，也不会一早听了成左说自己娘亲回来了，连饭都不吃，便在青衫屋门口守着。更多的，是怕青衫再次离开。

锦宝抬起头，眼睛红红的："娘亲，不要哭了，锦宝原谅你了，以后不要再骗我了。"

小家伙就着袖子，给青衫擦着眼泪，这般贴心，让青衫更是哭个不停，从来没这么失控过，可锦宝却能轻易触动她心底的那份最柔软的地方。

"好，娘亲以后都不会失言的。"从没想过这孩子这般贴心，自己真是该死，怎么就舍得不管他？也是自这以后，青衫走到哪都带着锦宝，不离不弃的，让东辰逸吃醋不少。

小锦宝吸了吸鼻子，稚嫩未脱的声音："娘亲，锦宝饿了。"

肚子好饿呀，昨晚上娘亲走了，锦宝心里好难过，都没有吃夜宵，早起也没有吃东西，真的好饿。

"好，咱们去吃东西。"青衫顺手抱起锦宝往里屋走了进去，对着丫头吩咐传膳。没一会儿，上了膳食，青衫给锦宝布着菜，喂小东西吃着。

"娘亲，你也吃这个，厨房做的糕点越来越好吃了。"小家伙夹起一块儿酥糕塞进青衫嘴里，青衫吃了，只觉得幸福是如此简单的事情。

锦宝平安快乐，东辰逸一切安好，如此便已足够。

"吃早膳也不等本王？"东辰逸爽朗的笑声传了进来。青衫看了过去，就见东辰逸一身蓝墨色的锦衣，绣着金莽，倒是比平日里的穿着多了几分严峻。

锦宝咽下嘴里的东西，乖巧地喊道："爹爹早啊。"

东辰逸走了过去，宠溺地看了锦宝一眼，一旁的侍婢立刻上前摆好碗筷。青衫看着东辰逸："怎的还没吃东西？不用上朝吗？"

即使出身平民，多少也知道，东辰逸理当一早去宫里上朝，给皇上和太后请安才是。

"无妨，皇兄病重，这些日子也没怎么上朝，吃过饭，你和锦宝同我一起入宫。”东辰逸拿起筷子，给锦宝夹了些菜，一早听说小家伙等在这里。这孩子让他心疼，自幼跟着他，一直严于管教，却忘记了多少也是个四岁的孩子、吃奶的娃娃罢了，自己没有快乐的童年，也不该剥夺了小东西的。

“进宫!?”锦宝一听，瞪着大大的眼睛，“呃……爹爹啊，锦宝今天可能不能进宫去了。”

进宫去，还和爹爹一起，太后问起功课，锦宝答不上来，会被打板子的。宫里的皇子背功课，背不上来，就要被太傅打板子，好可怜的。

“怎的？哪里不舒服吗？”东辰逸关切地看着锦宝，“你昨日就该去给太后请安的，今日不能再拖了。”

“让娘亲看看，是不是生病了。”青衫也是着急，拉过锦宝的手。小东西立马直摇头：“锦宝没有生病，只是感叹一下，人世间怎么这么多悲欢离合啊。”

到时候，那么多人，锦宝被打板子很丢人啊，唉，躲得过初一，躲不过十五。

“……”一句话，让青衫和东辰逸有些招架不住，这小东西成日都想些什么，去个宫里，都能想到人世间的悲欢离合。

东辰逸没有再理会，径自吃着东西：“没生病，就不要闹了，乖乖听话，皇后说太后常常挂念你，也是你的福气，一会儿入宫，多陪陪她。”

能让太后上心的人不多，这小东西倒是算得上一个，一直都被念叨着，更甚还得了太后亲笔书信。在皇家看来，是何等的荣耀，只是这孩子太小，还不懂得罢了。

三人吃过早膳，东辰逸便命人给锦宝和青衫换了衣服，收拾打扮一番。

待青衫出来的时候，东辰逸整个人愣在原地。这丫头平日里都是白色的衣衫，轻灵淡雅的，今日一袭蓝色锦衣，用金银线绣的芙蓉开得旺盛，更衬得肌肤白若赛雪，气质也比往日多了些端庄，美得让东辰逸移不开眼。

“此女只应天上有，人间哪得几回寻？”东辰逸的嘴角挂着淡淡的笑意。青衫有些不自然地低下头：“不是要入宫吗？快些走吧。”

“好。”东辰逸应了一声，便随着青衫出了屋，一路往王府门口走去，门口早已备好了马车，小锦宝已经在马车里候着了。

东辰逸扶着青衫上了马车，自己也跟着上了马车。

一进马车，青衫就见锦宝捧着一卷书，口里小声念着，不免觉得好笑：“平日里不读书，这会子倒是急了？”

“娘亲啊，不要打扰我记功课哦。”小锦宝哀怨地看了青衫一眼，马上就死定了，哪里还有心思跟娘亲聊天呀。

锦宝不再多说，低下头继续默念着，惹得东辰逸和青衫都不由得笑了起来。东辰逸开始低声跟青衫讲着宫里的规矩，毕竟青衫从没入过宫，有些礼节还是免不得。见了他可以不跪不行礼，可是太后、皇兄、皇后那里这般轻浮是断然不行的。

青衫顿时也有些紧张起来了，努力记着东辰逸的话。东辰逸讲完，也随意笑了笑：“大抵这些就够了，别的有我在，不用在意。”

马车一路快速往宫里而去，到了宫门口，守门侍卫见东辰逸前来，立刻行礼放行，马车迅速入宫，直到西侧宫门口的时候才停了下来。

按照规矩，所有入宫的马车都要在此处停下，进宫之人徒步进入宫内，即使是平王和皇子也不例外。

东辰逸和青衫在一行太监的搀扶下，下了马车。青衫抬眼打量一下，整个宫殿，气派恢宏，奢华得不像话，正如书里描绘的一般，五步一楼，十步一阁；廊腰缦回，檐牙高啄；各抱地势，钩心斗角，金碧辉煌。

皇宫大抵是肃穆庄严的，青衫和云之跟在东辰逸身后。锦宝一手拿着书，一手拉着青衫，一路走来，侍婢宫女纷纷躬身行礼，好不气派。

到了祥宁宫，随着太监一声通传：“平王殿下到！小世子到！”

几人进了祥宁宫，毕竟是太后的住处，整个宫殿装修得奢华而又含蕴，四处摆放的古玩玉器和花花草草，看得出，太后是个极喜爱调养心性之人。

“是小东西来了吗？”一道略带些威严的女声从内殿传了出来。青衫抬眼看过去，便见一穿着明黄色绣着龙凤舞锦衣的女子在太监的搀扶下，走了出来。许是保养得当，确看不出年龄，单是那容貌，也知道年轻时必是倾国倾城的。

东辰逸随即甩了甩衣袖，单膝跪地：“儿臣参见母后。”

“民女青衫参见太后娘娘，祝太后娘娘万福金安。”青衫也随即跪了下来。一旁的小锦宝放开青衫，也跟着跪了下来。

稚嫩未脱的声音高喊着：“锦宝见过太后，祝太后越来越美，比西施还美！”

东辰逸只觉得丢脸不已，这小东西都是跟谁学的，这拍马屁的功夫，倒是长进了，连西施都搬出来了。

“哎哟，这小嘴儿甜的，两年不见了，你爹爹都是这么教育你的？”太后被锦宝逗乐，一旁的太监宫女也跟着低笑起来，这小世子还是这么可爱。

“是八哥哥教的，八哥哥说蓝儿跟西施一样漂亮，太后在锦宝眼里比蓝儿漂亮，所以，太后比西施还美。”呼呼，好绕口啊，锦宝都这么夸太后了，一会儿太后不要查锦宝功课才好。

太后一听笑得更厉害了，倒是一旁的蓝儿吓得不轻，八皇子怎的不教孩子些好的。紧接着，便听见太后再次开口：“你这小东西，浑得很，过来，让哀家好好看看我的宝贝。”

锦宝立刻起身，往太后跟前跑去，一下扑进太后怀里。

“都起来吧！”太后接过锦宝，对着底下众人摆摆手。

“谢太后娘娘。”青衫和东辰逸站了起来，就见太后抱着锦宝，捏了捏小东西的脸：“越来越俊俏了，长大了不知道要迷死多少人呢？”

“是吗，锦宝也是这么认为的哦。”小锦宝略带些羞涩地开口，一句话，让底下再次笑得不轻，连东辰逸都忍不住笑了起来。接着便听见锦宝兴奋地喊道：“太后，我娘亲回来了哦。”

太后果然没有骗人呢，说娘亲等锦宝长大就回来，娘亲就真的回来了。

“你娘亲回来了？”太后微微一愣，是听说过有个姑娘很讨锦宝喜欢，这叫上娘亲，可是多少有些不合适的。

锦宝开心地喊道：“是呀，是呀，那就是我娘亲，很漂亮啊。”

小东西对着青衫喊着，太后顺着锦宝指的方向看了过去，这才注意到东辰逸身边的女子。青衫微微颔首，毕竟是太后，到底是有些气势的，青衫第一次觉得一个女人也可以这般有威严。

“母后，她叫青衫，就是昨儿个，儿臣跟您说起的女子。”从青衫救了锦宝，到自己动了心，他见过皇兄之后，便全部如实告诉了太后，也说了锦宝很喜欢她。

太后看了东辰逸一眼，对着青衫朗声开口：“把头抬起来，给哀家瞧瞧。”

青衫听了太后的话，微微抬起头，太后打量了青衫一会儿，这才开口：“模样倒是端庄，很是可人。”

与那逝去的平南王妃有些相像，不过比平南王妃生得俊俏些，也温和一些。

东辰逸闻言，眼里满是骄傲，嘴角挂着淡淡的笑意，他就知道，他的衫儿太后一定会喜欢。

顿了顿，太后继续问道：“听逸儿说你是江湖女子？”

“回太后，是的。”青衫略带些恭敬地开口，手心微微沁着冷汗。这上面坐着的是东辰逸的养母，一如亲生母妃，又是当今太后，她虽不在意那么多，可那是东辰逸的母后，她也希望太后能喜欢她。

太后了然地点点头：“哀家知道了。”

模样生得好，做侧妃倒也说得过去，更何况逸儿难得遇到中意的女子，可是正妃，这身份地位，怕是要叫朝中大臣取笑了。

“母后，衫儿医术高明，今日儿臣带衫儿进宫，就是想给皇兄看病。”东辰逸上前一步，对着太后禀告着，婚事这些，日后他会好好跟太后商量，此刻，给皇兄治病要紧。关乎天下百姓、宫中皇储一事儿，这才是真的重要。

太后闻言，抬眼看着东辰逸，眼中微微黯然：“好，去吧，哀家就不过去了，与小东西许久不见，让他好好陪陪哀家。”

她的皇儿一定会没事的，一生戎马，做了帝王，她都没去，他一定会安然无事的。

“是，母后，儿臣告退了。”东辰逸恭敬地回了句，转而，领着青衫出了祥宁宫，也不顾众人的眼光，就这么径自拉着青衫离开大殿。

看着两人远去的背影，太后顺手递了一块糕点给锦宝，轻声问道：“你爹爹很喜欢这个姑娘吗？”

鲜少见逸儿这般不顾身份，就这么当众拉着一女子离开。

“那是我娘亲啊，爹爹不喜欢，我们会离家出走的。”锦宝含着口里的糕点，很认真地对着太后喊道：“爹爹不喜欢娘亲的话，锦宝也不喜欢爹爹哦。”

一句话让太后和大殿的太监、宫女笑作一团，太后摇摇头笑骂着：“这小白眼狼，你爹爹白养你了不成？”

得亏她刚才没说什么，不然，这小家伙，是不是连她都要嫌弃了，儿贴母心，大抵是这样的。

东辰逸领着青衫和云之等人出了祥宁宫，径自往皇上住的龙麟宫而去。青衫一路沉默着，任由东辰逸拉着，良久，到了一处回廊的时候，和云之等人隔了一些距离，东辰逸这才低声开口：“怎么了？不高兴吗？”

“没有啊。”青衫微微扯了扯嘴角。

东辰逸再次压低声音：“你不用在意，母后人很好。”

皇兄也纳过平民女子为妃，母后也未曾过多干涉过，只说要皇兄不要沉迷女色，多关心些江山社稷。

青衫点点头："是比我想象中的温和多了。"

书里说太后威严，旁人见了太后，都是战战兢兢的，小心回话才是。可今日一见，确实不同，单是太后对锦宝的态度一如寻常百姓家一样，她就知道，太后人很好。

东辰逸跟着笑了起来，到了龙麟宫门口，东辰逸和青衫候在大殿之外，等着太监进入内殿通报。没一会儿的工夫，小太监一路小跑着回来，毕恭毕敬地站在东辰逸和青衫跟前："回平王爷，皇上允了。"

东辰逸点点头，领着青衫径自进了大殿，见了太后之后，青衫也少了刚进宫时紧张的态度。此刻，变得平淡许多，不多看，不多言，只管跟着东辰逸便好。

整个大殿，虽然是寝宫，却比刚才的祥宁宫还要奢华威严许多，单是大殿上几个金柱子，镶着金龙环绕，便知造价不菲。青衫暗自感叹，这皇帝住的地方，到底是不一样，怪不得人人都想当皇帝。住这么大的宫殿，这么多人伺候着，逢人见了，就得对他三拜九叩的，想想都威风。

"臣参见皇上，吾皇万岁万岁万万岁。"东辰逸一进入内殿，不及进到里头，便立刻跪了下来。

"民女青衫参见皇上，吾皇万岁万岁万万岁。"青衫也连忙跟着跪了下来，只觉得这宫里规矩实在是多，还没见着人，便要跪着。

没一会儿，便听见太监尖着嗓子喊道："皇上口谕，宣平王殿下和青衫进内殿。"

"谢皇上！"两人异口同声，站了起来，青衫便紧步跟在东辰逸后头，进了内殿。一进去，青衫便见硕大的龙床上躺着一个中年男人，身上盖着明黄色的绣着花纹的锦被，在太监的搀扶下，坐了起来，靠在床栏上。青衫猜得出，这就是当今圣上，模样与东辰逸有几分相似，就是年纪比东辰逸大了许多。

旁边站着三个穿着锦袍的男子，三人见了东辰逸，略带些恭敬地齐声开口行礼："参见小皇叔。"

东辰逸摆摆手，示意他们免礼，青衫暗地打量了三人，年龄均与东辰逸不相上下。怪不得东辰逸说，他的侄儿都比他大，眼下看来，确实不假了。

"逸儿，你来了？"皇帝东辰裕开口，声音微微有些虚弱，听得出是久病之人。

东辰逸拉着青衫上前几步，走至皇帝东辰裕跟前，这才恭敬地回道："皇兄，这是衫儿，医术高明，臣弟特意带进宫来，给您瞧瞧，许是能医好您的病。"

东辰裕"噢"了一声，这才抬眼看着青衫，上下打量了一番，有些苍白的唇微启："宫里的太医都医不好朕，这小丫头，比朕的祯儿都小，怎的医术高明？"

也不过二八年华的女子，医术再高明，怕也及不上宫里那些个太医吧？一旁东辰月和东辰锦也跟着笑了起来，倒是东辰暮未有任何表态，细细打量着青衫。

便听见东辰逸轻笑了起来："医术好不好，试一试便知，只是若是医好了，皇兄允我一事，可好？"

"噢？你对这丫头这般自信？"东辰逸难得露出清朗的笑容，不问何事，便欣然应允，"也好，你鲜少求朕，若她医好朕，朕准奏便是。"

逸儿是他最年幼的弟弟，一如自己的孩子一般养大，这些年看着过来的，东辰逸对他，对皇室皆是真心实意、忠心耿耿的。他虽然是皇帝，但也是顾念亲情的。

"我还没看呢，怎的就知道我医得好？"一旁青衫一怔，忍不住低声埋怨东辰逸。她虽然医术不差，可还没看过，又怎知能不能医好？

一时情急，青衫也没顾忌当今圣上就在一旁，便对东辰逸发了脾气。东辰暮一直静静地打量着青衫，他向来是沉默寡言的性子，又因着家世逊色，在宫里能不开口，绝不开口。

而东辰锦则嘴角挂着笑，果然传言不假，小皇叔终于遇上让他宠上心尖儿的女人了。

只是没等东辰逸开口，便听见那边东辰月率先开口："这位姑娘，我父皇已经开口，医好，医不好，暂且不说，你过来给我父皇瞧瞧便是。"

东辰月乃是皇后之子，舅舅范奕又是朝中重臣，平日里自是孤傲了些。东辰逸淡淡地瞥了东辰月一眼，脸上读不出什么心思，转而对着青衫催促："无妨，去吧，衫儿。"

"噢。"青衫往东辰裕身边走了过去，东辰锦立刻退让些距离，侍女也随即摆好脉诊，放好凳子。青衫坐下，手搭上东辰裕的脉。

东辰裕从头到尾，都是高深莫测地看着青衫。手探上脉的那一刻，青衫整个人一震，抬眼看着东辰裕。刚要开口，手腕就被东辰裕另一手抓住，轻笑道："如何啊，丫头？朕这病，不好治吧？"

青衫看着东辰裕的眼睛，脸色微微一变，良久，这才点点头，应声回道："回皇上，您这是，这是痼疾，长年累月积下来的，需要放宽心，好好调养才是。"

"朕就说了吧，太医是不会出错的，朕这把老骨头，怕是没几日活了。"东辰裕的眼神黯然下来，说着将死之人说的话。一旁的东辰锦立刻开口："父皇，您是万岁，怎么能说这些丧气话，让太后听见了，又要气得不轻。"

他自幼跟在父皇身边，从没想过，那般威武霸气的帝王，恍若天神，如今已是这般姿态，东辰锦不免心疼不已。

"是啊，是啊，父皇，您怎么能说这般丧气话？太不吉利了，您是真龙天子，自是与天地长存的，儿臣等人为您分忧解愁，您只需好好养着身子就好。"一旁的东辰月也跟着附和。

东辰逸听了，不免觉得好笑不已，东辰月不盼着自己父皇早死就不错了，还盼着自己的父皇与天地长存。

青衫起身退至东辰逸身边，低着头，不再开口说话。东辰逸转过头看着青衫，询问道："衫儿，皇兄的病，真的没什么法子吗？"

"痼疾本就难医，我也不敢轻易下定论。"青衫看着东辰逸的眼睛，整个人觉得很不好，"待我回去再查查医书，看一看吧。"

东辰逸点点头，也是忧心不已，便听见东辰裕命令道："罢了罢了，凡事冥冥之中早已注定，朕乏了，想休息了，你们都退下吧。"

"是，臣等告退。"众人齐声应道，纷纷退了下去。

待众人离开之时，青衫转过头看了东辰裕一眼，正欲跟着东辰逸离开，却听见东辰裕唤道："那丫头是叫衫儿吧？等一下，你给朕看了病，朕赏你一个小玩意儿。"

东辰逸和青衫同时顿住步子，青衫转了回去，到了东辰裕面前。就见东辰裕从身旁拿出一块令牌，递给青衫，嘴角挂着浅笑："这金牌令箭赏赐与你，拿着它，如朕亲临。"

不光青衫一愣，连东辰逸都有些震住了，这金牌令箭不比别的，除了当年平南王立下赫赫战功有一块以外，连他都没有。这金牌不光能自由出入宫里，更能调动军马。

他实在想不通，皇兄与衫儿初见，居然赏赐这般贵重的礼物。

"我不能要，这东西，我怎么能要？"纵然青衫再淡定，此刻，也没办法平静了。她就是跟着过来给皇帝看病，哪里能要这金牌？

东辰裕朗声一笑："这是圣旨，不得反抗，更何况，你也说了，会想法子帮朕调理。若是逸儿不在，你也可自由出入宫里，给朕看病，免得进进出出都得被盘查，着实麻烦了些。"

这丫头，能看出他的病，这金牌送得不亏，逸儿果然懂得识人。

青衫还要再说什么，一旁的东辰逸率先开口："衫儿，领旨谢恩。"

这不为别的，皇兄难得开了金口，赏赐金牌倒是衫儿的福气。

青衫看了东辰逸一眼，走了过去，跪在地上，接过东辰裕手里的金牌，恭敬回道："青衫谢过皇上赏赐，吾皇万岁万万岁。"

不想卷进来怕是也不行了，方才就该谨慎些，还是被看出来了，一切都是定数。

“免了，回去吧，朕休息了。”东辰裕摆摆手，没有再说什么，在太监的搀扶下，躺了下来。青衫也起身和东辰逸一起离开。

出了龙麟宫，云之和成右也跟着上前，云之对着东辰逸询问道：“主子，圣上的病如何？”

“衫儿也没法子。”东辰逸无奈地摇摇头，转而，对着成左压低声音，“萧将军可有回来？”

“回主子，已经快马加鞭地赶回来了，明日大军便会到达盛京。”成左恭敬回禀道，毕竟大军一起回来，就算日夜兼程，也要费些时间的。

东辰逸点点头，没有再多说什么，领着青衫、云之等人离开。绕着湖边的回廊走了一会儿，看了看四下无人路过，东辰逸这才低声对着青衫问道：“衫儿，你今日很反常，是有什么事吗？”

第十章 皇帝老谋深算

方才在龙麟宫里，他便看出来了，衫儿没有往日的淡然与镇定，好像一直在害怕什么，顾忌皇兄在，他便忍住没问。

青衫连连摇头，谨慎地往四周看了看：“东辰逸，回王府吧，咱们现在就回去。”

“好，回王府。”东辰逸一把搂过青衫，不知道她在害怕什么，但他看得出，这丫头一刻也不想待在这里，东辰逸转而对着成左吩咐道：“成左，去太后那里接小世子回府，我与青衫先回去。”

“是，主子！”成左恭敬应了一声，转身离开，云之若有所思地看了眼青衫，未多说话，跟着两人一起离开。

一路出了龙麟宫，青衫一直抓着东辰逸的手，没有松开过。上了马车，马车飞速离开皇宫，青衫才感觉那股子窒息感悄然散去，东辰逸也是忧心不已。

到了王府，东辰逸便径自抱着青衫下了马车，回了凌阁。

凌阁内，屏退所有的侍婢，东辰逸放下青衫的那一刻，还不及反应，便被青衫死死抓住衣服。

青衫有些急促地对着东辰逸开口："东辰逸，咱们走吧，带着锦宝一起走，去鬼谷，好不好？你不要当什么王爷了。"

想想方才的皇帝，青衫就觉得整个人都心绪不宁，一定有阴谋。

"出什么事了？你先不要慌，有本王在呢。"东辰逸搂着青衫的腰，试图让这丫头冷静下来，怎的就突然让他不要当王爷了？

青衫深吸一口气，瞪着眼看东辰逸，轻声回道："你知道吗？皇上没病，若我没猜错的话，他在服用六月雪。"

"你说皇兄没病？"东辰逸俊眉一蹙，吃惊地看着青衫。只见青衫点点头："我不会把错脉的，师父的医学，我都学了去，他的医书，我也都背了，不会错的，皇上服了六月雪，才有了痼疾的征兆，皇上他没有生病。"

"我信你的医术，只是那六月雪是何物？"东辰逸也是觉得不可置信，皇兄病了两年，病情日益加重，可都是自己服药所致，实在让人难以相信。

青衫抿了抿唇，开始为东辰逸细细道来。

六月雪是一种极其罕见的药，本是前朝一名门望族的公子研制的。为了保身，一个家族之间难免会为了金钱和荣耀相互残杀，相互陷害，斗来斗去的。

而这男子屡遭陷害，后读了医书，自个儿研制了一种药，服用后，便会有痼疾的征兆，其实并没有病，但是如此，会让人放下防心，保住自己的性命，后人之中，也有用这法子来活命的。

可是方才，她为皇帝把脉，看了他的眼神，定是服用这药。她不明白，当今圣上，住在守卫重重的宫里，吃穿用度，都是十分严格，均有人试用之后，他才会用，又怎么会有生命危险？

如果她没猜错的话，这个病，是个计谋，在引有心之人落入陷阱。

“这天下，还有这般神奇的药，本王懂了。”东辰逸脸上不由得挂起笑，他就知道，皇兄是何等厉害之人，又怎么会这么轻易就垮了下来？

那么昨日，洛风执意要带青衫离开，一方面是在乎这丫头，另一面，也知道皇兄是假病了？昨日的时候，他没时间去想那么多，今日一早，就觉得事情蹊跷。

衫儿懂医术，出自鬼谷子老先生之手，那么洛风是老先生的徒弟，自能求得老先生出山给皇兄看病，却一直未有动作，这些年，也一直不回宫里。皇兄见他也生厌，原本宠着的儿子，突然厌烦了，让他实在想不通。

现在，知道皇兄是装病，那这所有的谜题都可以一一破解了。

“你懂什么呀？东辰逸咱们快逃吧，带着锦宝一起，去鬼谷。”青衫实在想不明白，这男人看起来还挺高兴的。

东辰逸噢了一声，不免轻笑：“逃？好端端的，本王为什么要逃？”

这丫头实在有趣，他又没有做什么大逆不道的事，为何要逃？

“你不是挺精明的，怎么这会子转不过来了？”青衫有些挫败，到了关键时刻，这男人又傻了？叹了口气，青衫继续道，“皇上他是装病，可是你布局那么多，还想辅佐谁来着，让皇上误会了，他定以为你伙同谁一起造反，懂不懂？”

她虽然不说话，不代表不懂，这些日子，东辰逸商讨什么，做什么，都没有避开她。她清楚地听见，东辰逸要和那个什么萧将军交好，还跟云之说，宫里的皇子最看好东辰锦。

那个皇子，她今日见过，看着是不错的，但是谁知道是什么人呢？东辰逸是封地的王爷，理应不干预朝政的。这事儿若让皇上发现了，给你安个意图谋反的罪名，可是全家抄斩的。

“你这丫头，说聪明，也聪明，说傻也确实傻。”东辰逸不免轻笑起来。拉着青衫在一旁的椅子上坐下，任由着青衫坐在自己腿上，把玩着青衫的手指。

此刻，他要离开了，不就坐实了意图谋反的罪名？而且青衫低估了皇兄对他的信任。

皇兄扛着等到今日，就是知道朝中有人意图谋反，他没有信任的人。这世上，皇兄唯一信任的除了洛风，便是他这个臣弟，皇兄就是在等着他进宫，等着那些人露出原形。

如果他没猜错的话，皇兄在布局，布一个很大的局，这个局需要他出面，而宫中眼线众多，皇兄不能明说在等机会，只是没想到自己误打误撞，让衫儿给皇兄看了病。那么皇兄便顺水推舟，给了衫儿令牌，借助衫儿为皇兄看病的时机，与自己联络，也是借衫儿之口，告诉自己，他没有生病，只是不明白，皇兄为何不让洛风告诉他，这事，还是有些费解。

“为什么洛风不让你师父给皇上看病？”听了东辰逸的疑问，青衫不免笑了起来。

青衫径自摇摇头：“老家伙脾气倔，谁也劝不动的，他定不愿意掺和皇家之事，更何况，二师兄定然也不知道皇上是装病的。”

师父精通天文地理，熟知医术武功，这些不是任何人轻易都能全部学到的。看个发热感冒，二师兄倒还行，再往深了，哪里懂得，独独她武功不行，却学精了医。

“洛风不知？”东辰逸吃了一惊。青衫点点头：“定是不知的。”

东辰逸了然地点点头，如此也就明了皇兄为何不让洛风转告了，那洛风执意要带青衫离开，与这事无关，那他更不能让这小子在青衫身边晃悠了。就算他不是长在皇家，也得为皇家做些事才是。

“成了，本王知道了。”东辰逸微眯着眼，看着前方，伸手搂着青衫，“衫儿，本王不想你有危险，皇兄重用你，这是你我的荣幸，可是一旦牵扯进来，会发生什么，我也不得而知。”

顿了顿，东辰逸继续道：“过两日，我命成右送你回洛城吧？”

皇兄如此给了青衫令牌，命青衫随时进宫，那么东辰月和范奕定会将心思转移到青衫身上，他不想让青衫冒这个险，让她看病是一回事，但他绝不能让衫儿受伤。

“你不回去吗？咱们一起走。”青衫猛地抓起东辰逸的手，东辰逸回手握住青衫：“我是皇兄养大的，他有难，我怎能离开，太不仁不义了，可是你和锦宝不能受伤害，懂吗？”

“不懂，你不走，我也不走。”青衫迎上东辰逸的目光，她既然回来，就不会选择离开，更何况，明知道东辰逸有危险，锦宝在这里，她怎么会离开？

东辰逸淡淡地笑道：“知你脾气倔，本不想逼你，可是……”

“你是王爷，哪来那么多可是不可是的，你跟我说过，这里有你，有锦宝的。”青衫见东辰逸犹豫不决，立刻心急了起来，倒不是她不知道东辰逸的难处。

这皇上给金牌，东辰逸却让她一人离开，到时候，宫里会发生什么，谁又知道？若是旁人就此给东辰逸安了个罪名，说他不忠，不顾皇上安危，那可如何是好？

“怎的说生气就生气了？”东辰逸一见青衫心急，顿时也就没了辙，“也罢了，咱们一家人，要生一起生，要死一起死。”

青衫听了东辰逸不再执意送自己离开，低着头，眼里多了几分笑意。她见过东辰逸冷峻的模样，却更喜欢东辰逸现在这种温柔的姿态，一如璞玉，温润不已。

“衫儿。”忽地，东辰逸轻唤了一声，青衫猛然转过头，看向东辰逸，一个不及反应，便被东辰逸吻住，灼热的呼吸堵住自己，青衫就这么瞪大眼睛看着东辰逸。

东辰逸放在青衫腰间的手不由得收紧，半合着眼，细细密密地吻着怀里的女人，青衫的唇很软，一触，便让东辰逸舍不得放开。

丝丝的酥麻，让青衫没了招架，小手抓着东辰逸身前的衣服，不由喟叹一声，耳边传来东辰逸粗哑软声："这一世，我定不负你，若有违背，我便孤独终老。"

浓密的吻，带着蛊惑的话语，青衫酡红着小脸，只觉得呼吸都被东辰逸夺走了，仿佛天地都在旋转。就在青衫以为自己会这么死掉的时候，门"啪"的一声开了，一个圆鼓鼓的小东西滚了进来，一声稚嫩未脱的声音"哎哟"了一声。

青衫大惊，猛地推开东辰逸，转过身，背对着门，慌乱地整理自己。难道是疯了吗，怎么就在这儿跟东辰逸胡来？这下彻底丢脸死了。

"非礼勿视，非礼勿听。"锦宝就这么趴在地上，捂着自己的眼睛，真的是不好意思啊。

倒是东辰逸一脸平静，看着地上的小东西，伸手兀自扣了领盘的扣子，不悦问道："你倒是还知道，非礼勿视，非礼勿听？在外头多久了？"

这小东西，倒是挺会坏自己好事的，没事躲在门口偷听，实在放肆。一旁的青衫恨不得找个地缝钻下去，以后该怎么面对锦宝？

"没，没多久啊，锦宝只是，路过，路过而已。"锦宝从地上爬了起来，伸手挠头，一脸赔笑，锦宝好可怜啊，只是过来找娘亲，碰到爹爹也在这里。正在犹豫要不要进来，居然看见爹爹和娘亲在亲热，还被抓住听墙角，真的是好可怜啊。

东辰逸声音更冷沉了几分："路过？你是跟谁学的这些混账毛病。"

以后不能让这小东西再跟老八一起了，实在是学不到什么好的，总是这般犯浑。

"爹爹，锦宝错了，锦宝去背功课。"锦宝不等东辰逸开口，转身就跑开了。青衫看了东辰逸一眼，一脸地尴尬，跟着笑了笑："我去监督锦宝功课。"

说完，不等东辰逸开口，也跟着一起离开了。

"云之参见主子。"见青衫和锦宝离开，云之摇着折扇走了进来，成右也跟着走了进来行礼问安。

东辰逸冷眼看了看两人：“免了。”

云之起身走至东辰逸身旁，压低声音问道：“主子，过几日便是赏花节了，各族已经在陆陆续续往盛京赶来了。”他知道这次局势严谨，可从未想到会混乱到这般地步。外族一来，到时候，局势更难把握，皇上病重，朝中动荡，外族虎视眈眈，可谓是内忧外患。

“本王知道，皇上没生病。”东辰逸抬起眼看着云之，眼波平静。倒是吓得云之和成右面色大变：“没有生病？”

“青衫看过了，说皇兄很好，没有生病。”东辰逸微微一停，这才继续对着两人，做了一番解释。

两人一听，均惊得说不出话来，圣上到底是圣上，能从那么多皇子争夺中抢得帝位，果然不是简单的。

“那主子，咱们下一步该怎么办？”成右忍不住问了出来。东辰逸看着前方，眼底显现一道转瞬即逝的光芒：“通知成潜，按兵不动。”

皇兄给了青衫令牌，倒不是真的就是给这丫头，应该是给自己调兵用的，如此甚好。起码，他不用担上与萧将军勾结的罪名，也可趁此机会，让萧将军表一表忠心，让皇兄安心才是。

萧家军几代忠良，定不可拆散才是，否则，也会乱了军心。

“属下明白。”成右恭敬应道，转身大步离开。待成右一走，云之才上前一步，从袖子里取出一张羊皮纸卷，摊在东辰逸跟前，东辰逸转过头看了过去。

上面密密麻麻，方方正正的图画，一看便知是皇宫的地形图。

云之伸手挑起衣袖，点着地图上画的地方：“主子，这些圈着红色的地方，都是皇宫重兵把守的地方，想必赏花节那日，御花园更会加派人手。”

“宫里还有多少人是可信的。”东辰逸收回目光，径自拿起茶，淡抿了一口。

云之连连摇头：“云之跟四皇子打探了一番，宫里的御林军统领已经换了丞相之子——范玉，整个宫里的兵力，怕是没有可信的了。”

东辰逸放下了手里的青瓷茶杯，眼中闪过一丝杀意，挟天子以令诸侯，范奕胆子不小，居然敢将宫里上上下下，都换成自己的人。

“云之，笔墨伺候！”东辰逸沉声命令着。云之立刻起身，拿出笔墨纸砚，放在东辰逸跟前，东辰逸抬手，在纸上迅速写了起来。

待墨迹微干，顺势吹了吹，叠了起来，递给云之，再次命令：“从祯儿公主府见，让祯儿派人去找东辰锦，你再亲手将信交给东辰锦，切记，不可去四皇子府。”

他回宫里，东辰月和范丞相已经吃惊不已，没能杀了他和锦宝，必然不会善罢甘休的，等的不过是时机罢了。若是再让范丞相知道他与东辰锦有来往，定是一不做二不休，想尽办法除掉他。倒不是他东辰逸怕死，只是想得几天安宁日子罢了。

“云之遵命。”他就知道，主子一定会有法子的，看了这架势，想必是主子已经不再被动了。

云之刚要转身离去，东辰逸再次命令道：“云之，从今日起，有人来拜访本王，或者有送礼的，一概来者不拒。”

云之噢了一声，一脸高深莫测地问道：“那主子，要是上门求亲的呢？”

话音落下的时候，东辰逸手里的青瓷茶杯飞了出去，云之微微侧身躲了开来，衣衫滴水未沾。

“主子何必动怒？”云之朗声笑了起来，“青衫姑娘好福气啊。”

说完，云之晃着手里的折扇，大步离开凌阁。东辰逸起身，整了整衣服，太惯着云之他们了，男人嘛，得有个人管管才能收敛许多。

这次赏花节一过，他就做主，将云之那个表妹给云之娶进门，有了女人管，云之也不会嘴碎了。

当然，若是云之知道，这句玩笑话毁了自己下半辈子，打死也不会去招惹自个儿主子的。

离开凌阁，东辰逸就往青衫和锦宝的云水阁走了过去。

晌午的阳光遍洒整个王府，说不出的惬意，本该是有些微热的天气，对四季如春的盛京来说，倒是舒爽得很。

云水阁的院落里，青衫亦是一手背在身后，一手拿着书卷。

锦宝坐在石桌边，小手背在身后，嘟着嘴，桌子上摊着书卷。这种天气最适合睡觉，娘亲却偏要锦宝读书，这样不好，真的不好，小家伙眼睛微闭，长长的睫毛搭在下眼睑上。

“啪，”锦宝猛地惊醒，抬眼看着青衫，就听见青衫轻声问道：“刚才娘亲说到哪里了？”

“说到，说到……”小家伙在书卷上寻找着。锦宝哪里知道娘亲说到哪里啊，刚刚梦到栗子糕了，眼看就要吃到嘴边，忽然就没有了。

青衫无奈地看着锦宝，板着脸佯装生气：“怎的就不能好好学习呢？”

“娘亲啊，光读书好没意思啊，锦宝想学点别的，一直读书，我又不用考状元。爹爹说锦宝以后要世袭爹爹的爵位，爹爹不光读书好，又会武功，琴棋书画样样都行，锦宝不要只读书。”

青衫微微蹙眉，倒没想到，小家伙是这么个心思，跟着笑了起来：“那你要学什么？”

“学下棋，学书法，学画画啊。”锦宝一时激动，直接站在石凳上，高兴地喊着。

东辰逸一过来，便看到这么个情形，他就知道，让青衫教这小东西读书，肯定是行不通的，瞧瞧这能学什么？

“《诗经》都背不好，还想学什么？”走了过去，东辰逸冷声问道。

青衫一见东辰逸来了，尴尬地吐了吐舌头。这下可好，小东西又要倒霉了，刚刚学得挺好的，就是打了会儿瞌睡，对孩子来说，也是情理之中的事。

刚想开口帮锦宝解围，锦宝却率先开口喊道：“我不要当状元，我要带兵打仗，我要像爹爹一样，穿着战甲。”

一句话，不光青衫呆住了，就连东辰逸也是吃惊不已。他一直觉得大哥就这么一个孩子了，只想让锦宝平安无事地做个世袭王爷就好。所以，也不让锦宝练武，只是成右闲来无事的时候，教这小东西些拳脚功夫而已。

“你再说一遍？”东辰逸微眯着眼，蹲下身子与锦宝平视。

青衫见此，大惊不已，东辰逸只有盛怒的时候，才会浑身冰冷。她连忙上前一步，搂着锦宝，柔声哄道：“锦宝，小孩子家休得胡说，快跟爹爹说，咱们当个富贵王爷就好，哪里要带兵打仗的？”

“逸，别生气，锦宝这么小，什么都不懂的。”青衫一手拉着东辰逸，劝阻着。

一个四岁的孩子，懂些什么呢？只觉得穿战甲好看罢了，东辰逸也不该这么生气的。

锦宝倒是也没害怕，大大的眼睛里头多了不似这个年纪该有的稳重：“爹爹，锦宝要穿战甲，要保护我南幽王朝！”

青衫大惊，这小祖宗是真不怕死。还想再说什么，就听见东辰逸朗声笑了起来：“说得好，是本王的好儿子！”

他本不打算逼着锦宝从政参军，只是没想到小东西已经有了自己的志向。当将军，驰骋沙场，大哥一生戎马，锦宝有此志向，也是大哥所希望的吧？那么，大哥在天之灵也得以欣慰了。

“爹爹，你在夸锦宝吗？”小东西眼中难掩喜悦，东辰逸从未夸过小东西，一如他小时候一样。过分的褒奖会让一个人变得轻浮桀骜，所以舅舅从来不夸他。对锦宝东辰逸亦是如此的。

东辰逸满眼喜悦：“从今日起，晨起跟着成左习武，下午跟着先生学功课，不要辜负了爹爹对你的期望才是。”

“是，爹爹，锦宝一定不会让爹爹失望的。”锦宝稚嫩的声音高声保证着，他没想到自己喜欢习武，爹爹居然同意了，好开心啊。

东辰逸满眼欣慰，点点头，手不由得摸上腰间的软剑，那是大哥的遗物。若有朝一日，锦宝终有成就，他会亲自把这把剑交给锦宝，告诉小东西，他姓萧。他是平南王的世子，这一生，注定跟他亲生爹爹一样，戎马一生，捍卫我南幽王朝。

小锦宝见东辰逸也高兴，自个儿手舞足蹈，扑进青衫怀里，稚嫩未脱的声音喊着："娘亲，你开不开心啊，以后锦宝可以穿战甲了，可以保护娘亲了。"

"开心，娘亲也开心。"青衫一把接过小东西搂着，心里也是松了一口气。本以为东辰逸会盛怒的，没想到，如此满意锦宝的志向，或许这男人就是这般。

"哈哈，好一幅只羡鸳鸯不羡仙的画面！"一道爽朗的笑声随之传了过来。

青衫和东辰逸收起笑，转过头看了过去。就见一穿着墨紫色蟒袍的男子，眉眼间与东辰逸有几分相像，一头乌发被玉簪子束着，最扎眼的莫过于腰间挂着一块麒麟佩玉，一手背在身后，大步往这边走了过来。

男子旁边还跟着一穿着藏青色绣着花纹锦服的中年人，看面相也还算和善。

"三哥哥！"锦宝率先开口喊道。青衫也认出那年轻男子就是上午在皇上宫里见到的男子之一，锦宝唤他三哥哥，想必就是东辰逸说过的三皇子——东辰月了。

只是旁边中年人，未曾见过。

东辰逸高深莫测地看着东辰月和老丞相范奕。他就猜到，东辰月和丞相熬不过今天，定会来他府里，所以才让云之告诉门房，有人拜访只管放人进来便是。

"见过平王。"两人微微颔首行礼。本就位高权重，对东辰逸自然不必行大礼，如此便也算尊敬的。

东辰逸淡然一笑，就着一旁的石凳坐下："免了，老丞相今儿怎么有空到本王府上来？"转而，对着旁边喊道："来人啊，赐坐看茶！"

没一会儿的工夫，几个侍卫搬来了雕花木椅，东辰月和老丞相谢过之后，便坐了下来。

“平王有些年没回盛京了，昨日回来，老臣理当前来拜访，没承想，公事过于繁忙，实在抽不开身，还望平王见谅！”老丞相兀自说着客套话。

东辰逸闻言，朗声笑了起来：“老丞相客气了，皇兄龙体欠安，这些日子，一直仰仗着老丞相处理朝政，实在辛苦，本王自是理解的。”

“哪里哪里，平王折杀老臣了，这都是为人臣子理当做的才是。”范奕跟着笑了起来，“再者说，臣从先帝在位之时，便跟在先帝身边，如今又辅佐当今圣上，小妹又是皇后，老臣做这些又何来的辛苦呢？”

说这话的时候，范奕若有似无地看了一眼东辰逸旁边的青衫。青衫一如在外人跟前一样，不言不语，静静给锦宝剥着橘子。

范奕暗自道，这姑娘就是得了皇上御赐金牌的女子，平王就算是说话，也未避开她，果然待这女子与众不同。东辰月也是从头至尾，眼光未离开青衫身上。上午初见这女子的时候，他就觉得惊艳，此刻在这阳光下，更觉得青衫美得超凡脱俗，虽不及宫里的女子美艳，却颇有股说不出的灵气，尤其是那双似蹙非蹙的含情目着实让人移不开眼。

两人的目光，均未逃开东辰逸的眼睛。尤其是东辰月这么肆无忌惮打量青衫的眼神，让东辰逸十分不舒坦，是面上却无任何异样：“老丞相这番话，若是皇兄知道了，只当是欣慰不已的。”

“这可不敢，老臣说的是肺腑之言，若是旁人听了，只当老臣是作秀显摆，可就说不过去了。”老丞相连连摆手，转而再次开口，“只是，臣一直忧心皇储之事。”

东辰逸“噢”了一声，拿起手里的茶，饮了一口：“皇储一事，又如何？”老家伙果然是无事不登三宝殿，但也未免太藏不住事儿了，他还以为老东西还得再端一阵子。

不等老丞相开口，一旁的三皇子东辰月率先说了话：“小皇叔，事儿呢，是这么回事儿，父皇身子骨好的时候，朝中的大臣们就提了立皇储一事。父皇一直说在考虑，可如今父皇都病了，这事儿就不能再耽搁了……”

“三皇子休得胡言！”范奕见东辰月口无遮拦，连忙出声制止，东辰逸是什么人？就算只是个不参与朝政的封地王爷，可也不是个简单的人物，要不然，他们也不用费尽心思想除掉他了。月儿怎么这般憋不住事儿，口无遮拦地在平王面前说这些话？

东辰月此刻才意识到，自己在谁面前犯了浑。有舅舅撑腰，又是正宫之子，平日里浑惯了，忘了眼前不是别人，是东辰逸，连父皇都没辙的人。

“月儿没有胡言啊。”东辰逸不由得笑了起来，“月儿关心朝政，替皇兄分心，这是皇家的福气。”

“对，对，我就是这么个意思，父皇对小皇叔的宠爱，超过我们几个兄弟，此次月儿和舅舅到访，也是希望小皇叔多跟父皇商量一下。”东辰月连忙附和着，对着东辰逸赔笑。

还好小皇叔没有多想。老丞相在旁人看不到的角度，瞪了一眼东辰月，这孩子当真是太浮躁了。

东辰逸嘴角的笑意未减，把玩着手里的青瓷杯子：“这事儿，老丞相怕是找错人了，本王只是个王爷，祖制规定，封地王爷不得干政，本王若是多言，到时候怕是要满城风雨。”

老贼怂恿东辰月派人杀他，如今还想来拉拢他，实在可笑。不过如此看来，东辰月和范奕并没有察觉出来自己已经知道他们做的好事，成影这次办事干净，得赏。

东辰月还想再说什么，范奕抢先一步开口：“王爷多虑了。老臣与三皇子的意思，只是让您有机会说说而已，不过王爷说得在理，是老臣想得不够周到，让平王难做了。”

原本想刺杀东辰逸的事失败了，可所有的证据都是指向东辰锦的，东辰逸自是会将怨恨转到东辰锦那里，所以，这次过来，若能拉拢了平王一起对付东辰锦，岂不是对他们更有利？只是没想到，还是失策了，平王要比他们想象中难应付得多。

“哪里，老丞相能懂得本王苦衷便好。”东辰逸淡淡回了句。青衫只静静地听着，她不会去干预东辰逸的事儿，只替东辰逸照顾好锦宝，这就足够了。

东辰月不甚高兴，向来被宠惯了，哪里被人直言拒绝过？老丞相见此，也不好再多停留，只跟东辰逸客气几句，便和东辰月离开了。

两人一走，东辰逸手里的杯子“啪”的一声，应声而裂，青衫一惊，放下锦宝上前从东辰逸的手上拿掉碎渣子：“生气归生气，何苦拿自己撒气？”

她不傻，刚才几人的谈话中，青衫已经猜得出，皇上装病，想必便是因为范奕和这三皇子动了不少关系逼着皇上立皇储。东辰月身份特殊，又有丞相撑腰，在朝中必是一呼百应的，只是想来皇上是看不中这个儿子，所以想出生病、概不上朝，来推缓立皇储一事。

东辰逸没想到青衫已经懂了，这丫头向来聪慧，一点即通的。

叹了口气，东辰逸这才开口：“皇兄那里，还要你多上心才是。”

“你放心吧，我会谨慎的。”青衫拿着帕子替东辰逸擦着手，东辰逸眼里满是感激，还好有这丫头在，不然事态发展成什么样，实在不得而知。

跟青衫细说之后，东辰逸就开始聊起别的话题，锦宝也是在一旁兀自玩着自己的。

日子倒也还算平静，东辰逸安排了东辰锦多注意宫里的动向。东辰锦没想到，小皇叔是支持自己的，得了东辰逸的书信，自是大胆地开始跟着东辰逸一起布局，等待着赏花节的日子。

青衫则是替皇上看病的时候借着医书，或者方子，再或者打些哑谜，替东辰逸传信。让她惊讶的是，皇上是极聪明的人，她说的，他都能懂，也会说些哑谜似的诗句，要她转给东辰逸。本是些打油诗，却让东辰逸知道如何布兵，哪些人可以信任，让青衫实在佩服不已。这些日子和皇上聊得多了，一时间，宫里上上下下都开始说起这个江湖女子。

青衫成了圣上跟前的红人，医术也甚是了得，皇上的身子明显比以前好上许多了。

原本还在棘手赏花节的布置，东辰逸没想到太后却下了懿旨，说东辰逸成日里闲着，自个儿皇兄病了，这赏花节的事儿，他自然得放在心上，不能让外族看轻了去。如此也就方便东辰逸在宫里自由走动，与各大臣来往。

“皇上，你自个儿玩吧，我要回去照顾锦宝了。”青衫实在受不了，这皇帝如此儿戏，下个棋，都能不断地悔棋，非得赢了她不可，不是说君无戏言吗？

皇上放下手里的棋子，瞪眼看着青衫：“王府里那么多侍婢，还照顾不了一个孩子吗？要你管那许多，现在，你只管陪朕下棋就好。”

“皇上圣体欠安，需要多休息。”她就知道老皇帝又是这样，这般年纪了，实在是为老不尊。

皇上一听，横眉一竖：“这是圣旨！”

“青衫遵旨，只是明日的药剂要苦上许多了，皇上以为……”敢下旨，她就敢把补药给调得更苦，自从知道老皇帝跟东辰逸一样怕苦药之后，青衫算是拿到比圣旨更有说服力的王牌了。

听了青衫的威胁，皇上瞪眼看了半晌，这才开口：“那明日早些过来，给朕带些城西的小吃，最近又馋了。”

“知道了。”青衫无奈地摇摇头，这皇上怎么就知道摆架子。

见了青衫应允，皇上这才笑了起来。这些日子，青衫说了她看病不许外人打扰，所以他也不用管自个儿是不是皇上，不用顾虑身份，这丫头看似冷漠，相处几次也才知道甚是有趣，懂的也多。

青衫离开皇上寝宫，便径自去找东辰逸。来的时候，碰上刁公公，说今日东辰逸也进宫了，所以懒得再陪老皇帝多待。

顺着回廊，青衫便径自往西宫走过去，在不远处一处湖边的时候，远远地就看见东辰逸的身影，青衫不由得加快脚步。

第十一章 有美人难忘兮

刚走到湖边，东辰逸恰好看见青衫过来，脸上露出笑容，转而对着一旁的侍卫吩咐：“行了，你们都下去吧。”

“是！”一行侍卫应声退下。

“奴婢见过平王殿下！”青衫走到东辰逸跟前，调皮地学着宫里的侍女给东辰逸行礼。东辰逸伸手扶起，微微佯怒：“胡闹！”

“哪里胡闹了！”青衫笑看着东辰逸。东辰逸摇摇头，不再与青衫争执：“你怎么过来了？”

“随意逛逛，恰好见你在这儿。”她总不好说，知道东辰逸在这里，特意跑来看看吧？一旁的云之闻言，一本正经地看着青衫：“姑娘，从龙麟宫到这里，要绕半个皇宫，随意逛逛，实在是巧得很。”

特意来找王爷的，又何苦绕这么大一圈子？主子聪慧，心底跟明镜似的，姑娘的心思哪里藏得住？

青衫语结，微眯着眼看着云之，从牙缝中挤出：“云之先生，你这般话多，是该让你主子，给你找个人管管才是了。”

“……云之错了，青姑娘恕罪。”云之立刻作揖，旁人说什么主子不在意，姑娘一句话，主子肯定放心上了，俗话说宁可得罪小人，也不可招惹女人，这话不假。

青衫这才扬起得意的笑，刚想再说什么，不远处传来一道轻灵的声音：“你不说你小皇叔不在宫里吗？他不是在那儿！”

听了声音，青衫和东辰逸转过头看过去，就见东辰暮与一女子争执着往这边走了过来。女子一身外族皇家的打扮，头上一支银凤簪子熠熠生辉，长得俏皮可爱，脸上一堆梨窝，虽在生气，却也甚是讨人喜欢的模样，看着与青衫年纪相仿。

近几日里，宫里确实来了不少外族的贵女。有的温婉典雅，有的豪爽大气，各有千秋，青衫猜测，这女子敢这么横，八成也是哪个小国的公主，只是不明白这姑娘一直找东辰逸做什么。

“小皇叔，暮无能。”五皇子东辰暮，有些歉意地看着东辰逸，这哈朗的小公主，实在太蛮横，前几日与小皇叔碰上了，就开始缠着小皇叔。

宫里人大多知道，小皇叔喜欢的是青衫，可也不好跟这外族小公主多说什么。小皇叔便让他多拦着些，可这丫头也不是那么好糊弄的，还是让她给找到西宫来了。

东辰逸淡瞥了一眼东辰暮，这公主也不等东辰逸说话，率先喊道：“平王，你为什么要他拦我？我四处找你。”

“不知歆公主找本王有何事？”东辰逸礼貌而疏远地问着。云之则是一脸看好戏的模样，这哈朗小公主有些气魄，敢爱敢恨，除了他表妹，这是云之见到的第二个如此追男人的姑娘。

歆公主不悦地回道："什么事，你不清楚吗？我喜欢你，你却老躲着我，怎么回事？你们南幽国，想与我们哈朗联姻，却是这么个态度对人的吗？"

一句话，惊得东辰暮和云之差点跌了出去，一个女子，这般没有礼数已是少见的，却说出这么平白的话，当真是只有哈朗民风开放的地方才有的。

东辰逸也是没想到这小公主这般大胆，尤其是此刻青衫还在一旁，不动声色地看了眼青衫，东辰逸这才应道："承蒙小公主抬爱，本王近来公务繁忙，还望小公主见谅。"

哈朗离南幽国最近，是个蛮夷小国，这歆公主又是哈朗王最宠爱的女儿，怎么也不能在这个时刻得罪了哈朗。若是闹了起来，那么，过几日的赏花节，全部的计划都要被打乱了。

"那你不是故意躲着我了？"歆公主听了东辰逸的话，笑了起来，她就知道这世上没有不喜欢她的男人。

东辰逸感觉到青衫出奇地平静，估摸着这丫头是盛怒了，正想着如何赶紧支开这小公主。

一直沉默的青衫，忽然不温不火地说道："这位公主，赏花节还没到，不是招婿的时候，你又何必这般心急，姑娘家还是自重些好。"

云之和东辰暮知道，这会儿他们是该自动离开，可这眼看着就是一场夺婿之争，如此好戏，怎的能移开半步？只得顶着压力，死站在这里不走，大不了事后，被主子骂一顿。

"你又是谁？怎么敢教训我？什么自重不自重的，在我们哈朗喜欢就得说出来，不然，让别人抢去了怎么办？"歆公主这才开始打量起青衫，倒是南幽国大家闺秀常有的模样，与她们哈朗很不同。

青衫不免觉得好笑，却莫名地喜欢这小公主的性格直爽。看了东辰逸一眼，青衫抬步走到歆公主跟前，故意压低声音，却是所有人都听得到的声音："我就是跟你抢平王的那个人。"

"你？"歆公主再次上下打量着青衫，柳眉微蹙："你是哪个族的公主？叫什么名字？"

"我不是公主，我叫青衫。"青衫任由这小公主打量自己。

歆公主瞪眼看着青衫："管你是不是公主，还是青衫紫衣的，这王爷是我的人，我再给你找一个便是，我们哈朗好男人多得是，你不要跟我抢。"

一旁的云之和东辰暮憋笑，东辰暮心道，这下小皇叔憋不住了吧？

"再好的男人，不是我看中的，我便不要。"青衫伸手拦住东辰逸，对着歆公主继续说道，"我们江湖有个规矩，比武定输赢，要我放弃，除非你打赢我。"

"比武？"听了青衫的提议，这小公主好似很有兴趣，笑道，"是个好法子，咱们就打一场，谁赢了，这王爷就是谁的。"

"够爽快！"青衫脸上的笑意更深了，"这里打，容易放不开手脚，咱们去北苑！"说完，青衫率先飞身离开。

"去就去，谁怕谁。"歆公主也飞身跟上青衫的步子。

"……"东辰逸看着离去的两人，她们比武赢他，这事儿，他同意了吗？再说了，输赢是一回事，他要想娶谁，可不是这俩姑娘能决定的事儿。

一旁的云之看着东辰逸，上前一步，谦逊问道："主子，咱们不过去看看吗？"

青衫姑娘轻功还行，根本不会什么武功，这歆公主倒是不同。虽然没交过手，但是习武之人，几步之内便可根据内力来断定对方的实力，那小公主应该是学了不少年的武功。

东辰逸斜睨了一眼云之，立刻飞身跟了过去，云之和东辰暮相视笑，也随之跟了过去。

一到北苑，就见青衫和那歆公主对峙地站着，歆公主握着手里的剑看着青衫，扬了扬下巴：“喂，那个青衫紫衣的，你要怎么比？”

“文斗，你行吗？”青衫眼里满是调侃。歆公主微微不悦：“什么文斗武斗的，不是说打一架吗？”

“那不就得了，打架还用别人教？”青衫只觉得这丫头甚是单纯，得亏是个公主，不然早就被人骗走了。

歆公主没想到被青衫调侃一番，气得不轻，顺手一扬手里的剑，喊道：“你这丫头，怎么比我哥哥还坏，别废话了，开打！”

青衫见此，也顺手一扬手里的玲珑翠，东辰逸大惊，对着青衫喊道：“衫儿，不可胡闹！”

是不是这公主的对手，东辰逸比谁都清楚，闹归闹，在宫里打起来，让太后知道了全都得受罚。青衫倒是无所谓，冲着东辰逸眨了眨眼睛：“不打，怎么知道打不赢？”

歆公主倒是很满意青衫的态度，对着东辰逸喊道：“男人不要管女人的事，咱们打咱们的。”

就在两人对峙之际，一小小身影往这边跑了过来，稚嫩的声音喊道：“娘亲，你在干什么？打架吗？”

大伙顺着声音看了过去，就见成左抱着锦宝往这边飞身过来。青衫嘴角微微勾起笑，两人到了青衫面前，成左放下小锦宝，锦宝立刻往青衫跟前跑了过来。

青衫一把接住搂在怀里，锦宝搂着青衫的脖子，软绵绵地喊了句：“娘亲。”

“娘亲？”歆公主瞪大眼睛，不可置信地看着青衫和锦宝，“你都有孩子了，还要跟我抢男人，还说我不自重？”这南幽国的民风，倒是比哈朗还要开放，都为人母了，还要公然争夺男人。

“这确实是我儿子。”青衫宠溺地捏了捏锦宝的小脸儿，继续道，“那，你就不好奇他爹爹是谁吗？”

“他爹爹？”歆公主刚想说这孩子爹爹跟她有什么关系。就听见锦宝已经率先开口喊了起来："我爹爹是平王噢，很厉害的，还会打仗。"

青衫很满意锦宝的态度，看着歆公主脸色由白变红。一旁的东辰逸也跟着笑了起来，总算明白这丫头方才那般沉静，一直默默不语，只跟成左低声说了几句，而且非得到北苑来打，敢情是打了这么个主意？

"胡说，平王不是没成亲吗？"歆公主实在觉得难以置信，使臣告诉她，宫里除了大皇子和二皇子，其他皇子均未正式定亲，包括封地的平王东辰逸，也没有娶亲，而平王则是所有公主都想嫁的男人。这会儿冒出个青衫紫衣的，还有这么大的儿子。

青衫眼里多了几分哀怨，摇摇头："这事说来话长，我只是个平民百姓罢了，平王身份高贵，他不愿意娶我过门，我只能无名无分，带着孩子跟着他了。"

"太过分了。"歆公主瞬间暴怒不已，平王居然这个德行，她怎么会看上这种男人？

转而，不等青衫说话，歆公主几步走到东辰逸跟前，大声质问："平王，你怎么能这么不负责任？一个身家清白的女子，都为你生了孩子，连个名分都不给，算什么？再说了，平民女子又怎么样，我母后不也是平民女子，比宫里那些女子强上百倍不止。"

"……"东辰逸此刻才知道，自己当真是小看青衫这丫头了。东辰暮和云之也是憋笑憋到内伤。

"对呀，太过分了，我只是不想，不想让你跟我一样。"青衫眼中带着些湿润，看着锦宝，"我们小锦宝，真是可怜，对不对？遇上这么个爹爹。"

"是呀，锦宝好可怜的。"锦宝连连点头，遇上这么个爹爹，总是要锦宝背四书五经，背不会，还要挨罚。

东辰逸只觉得现在是哑巴吃黄连，有苦说不出。说清楚了，日后，这小公主必定得缠着不放；不说清楚，他的名声就被这丫头给这么败坏了。头一次，让东辰逸觉得，自个儿这平王当得真是憋屈。

“看到没有，王爷？”歆公主心疼地看着锦宝，“这孩子，长得这般可爱，你怎么忍心这么对他们母子？”

这青衫姑娘真是可怜，带着一个孩子，在她们哈朗，定然是不会发生这种事情的，若是孩子爹爹不认孩子，会被赶出哈朗的。

“那个，歆公主啊，你还要嫁给我皇叔吗？”东辰暮上前一步帮着东辰逸解围。毕竟总不能真让这丫头在这北苑冲着自个的小皇叔大喊大叫的，她只是个外族公主，对南幽国来说，也是有失体面的事情。

歆公主嫌弃地看了一眼东辰逸，笃定回道：“这样的男人，白送我，我都不要了。”不懂得对妻儿负责任的男人，她是看不起的。

说完，歆公主转身就离开北苑，刚走几步，猛然顿住步子，转过头：“青衫姑娘，我劝你也不要跟着这男人了，若是想通了跟我去哈朗，我让父王给你赐个好男人。”

“行，谢谢你啊，小公主。”青衫笑着冲歆公主应允着，歆公主点点头，同情地看了青衫一眼就离开了，这姑娘真是太可怜了。

青衫收回目光，转过头，就见东辰逸看着自个儿，有些心虚地笑了笑：“身不由己，身不由己。”

“噢……”东辰逸声音拉得很长，压低身子，凑到青衫跟前，“好个身不由己，这么埋汰本王，也就罢了，若是那小公主知道真相，大闹起来，本王就把你和这小东西，抵给哈朗做补偿。”

“呵呵……”青衫微笑着，抱着锦宝不由得退后两步，与东辰逸拉开一些距离，“求之不得！”

去哈朗就去哈朗，看那小公主，乃是性情中人，想必那哈朗也是男女平等，民风甚好。

没等东辰逸说话，青衫抱着锦宝，笑道：“儿子，敏儿的母妃说，前几天得了好东西，咱们去瞧瞧去。”

看着两人离去的背影和吃瘪的东辰逸，云之手里的折扇晃悠着。

这天下，能让主子哑口无言，能让主子这般宠着，莫过于这姑娘了。

青衫近日给皇上看病，又得了皇上宠爱，又是平王心尖儿上的人，宫里上上下下有机会的自然是巴结着，可青衫这软硬不吃的性子，也让大伙摸不着门道。

独独容妃不争不抢的，倒是与青衫亲近了许多，皇上病重，来探望的妃子不少，来请安的皇子公主也多。可青衫看得出，唯独容妃是当真关心皇上的病情，有些东西做不得假，也装不出来的。

在容妃宫里待了一上午，看着俩孩子在一块儿闹腾。容妃留了青衫和锦宝吃了午饭，又拖着青衫去皇后那里坐了一下午，直到近傍晚的时候，两人才带着孩子离开。

“你们几个领着孩子去隔壁玩吧，本宫想与青衫姑娘说几句体己的话。”容妃对着侍婢奴才摆摆手。

“是，奴婢遵命。”几人便上前抱着孩子离开。看着远去的侍婢，青衫这才看向容妃，猜得出，容妃定是有什么话想对自己说。

还没等青衫问出口，就听见容妃对着里头喊了句：“出来吧。”

话音落下的时候，一道人影闪了出了，青衫吃惊地看过去，就见一男人穿着长衫走了出来。

“容姨娘，谢谢你。”男人笑着走了出来，青衫不由得惊呼出声：“二师兄？”

“你小子当真没骗我。”容妃脸上漾开端庄的笑容，“成了，你们去里头聊吧，记得快些，让人发现了，我也得跟着你们倒霉。”

那一日，洛风还是没有离开，只是找了家客栈住下，本想着再去王府找青衫，可是整个王府戒备森严，日夜防守，他根本半步不得靠近。没了法子，知道青衫在宫里给皇上治病，又打听她与容妃交好，才来求容妃安排他们见面。洛风前天求了她一天，让她想法子，安排他和青衫单独见面，宫里妃子很多，可洛风知道，容妃是好人，才特意求了她。知道冒险，本只想试试，但洛风没想到，容妃真就答应了，并安排他和青衫在她宫里见面。

“衫儿，你跟我来。”洛风冲着容妃点点头，聊表谢意，便拉着青衫去了里屋。

一进里屋，青衫挣脱洛风的手，惊慌说道：“你知不知道，你这样冲动会害死容妃的，敏儿还那么小。”

宫里的规矩很多，她不知道的也多，可是皇子擅闯后宫妃子的寝宫，让人知道了两人都会有大麻烦，师兄又怎可这么冲动？

“你以前叫我洛哥哥的。”洛风伸手将青衫落在下来的头发撩到耳后，“跟我走吧，衫儿，这里真的不适合你，你喜欢我也好，不喜欢我也罢，咱们在鬼谷，我会好好照顾你的。”

喜欢不喜欢有什么重要的？只要近在眼前就好，青衫会习惯的，也或者说，鬼谷才是衫儿该生活的地方。

“洛哥哥，你不要这样！”青衫别过脸，抿了抿唇，“我知道你待我好，可是，你不要逼我，求你了。”

“我怎么逼你了？”洛风猛地捧着青衫的脸，就这直直地看着青衫，“是你在逼我，我已经不奢求你喜欢我，你告诉洛哥哥，我哪里不如小皇叔？”

青衫早已泪流满面，不住地摇头：“你以前不是这样的，不是这样的。”

以前的洛哥哥，只要她愿意的，他都不会阻拦。哥哥会惯着她，宠着他，不会这么逼迫她。

“那是因为你以前也不是这样的。”洛风猩红着眼睛，声音几近沙哑，“那时候，我的衫儿只会对我笑，喜欢跟着我，说要跟我在鬼谷待一辈子，为什么，为什么你要食言呢？”

洛风觉得自己快要失控了，那些豁达，那些身份姿态，统统抛开不要了。眼下，他只想带着青衫离开这里，什么事儿都不顾，这一辈子都不再出鬼谷半步。

“洛哥哥……我……”青衫心疼地看着洛风。从小到大，除了师父，就是二师兄无止境地宠着她，她不想看到洛哥哥伤心，遇见东辰逸之前，她以为有哥哥在一起，过一辈子也挺好的。

“衫儿，跟我走吧，算是我求你了。”洛风几近卑微的声音，再次开口乞求着，月光透过薄纱的窗帷照了进来，打在两人身上，说不清的朦胧。

青衫泪眼看着洛风，只觉眼前都是虚无缥缈的，连连摇头：“我不能抛下东辰逸，也不能抛下锦宝。”

那一日，伤了东辰逸那般狠，伤锦宝那般深，她不能一错再错了。

洛风想要说什么，就听见容妃慌忙喊道：“你们几个怎么回事，孩子都没看好。”

青衫和洛风吃惊地转过头，就见锦宝小小的身影站在那里，静静地看着青衫，青衫慌忙抹去眼泪：“锦宝，你进来了，怎么不出声呢？”

说着，青衫挣脱洛风，疾步就往锦宝跟前走了过去。锦宝抬起头看着青衫，大大的眼睛里满是认真，那种认真似乎超越了孩子的年纪：“娘亲，你又要跟洛哥哥走吗？”

他不喜欢洛哥哥，他一出现，就会把娘亲弄哭，还要娘亲离开锦宝和爹爹。

青衫蹲下身子，摸着锦宝的小脸，刚要说话，殿外传来一阵躁动，一人高声喊道：“将此处全部围起来，让刺客跑了，小心你们的脑袋。”

容妃吃惊不已，对着洛风压低声音喊道：“风儿，快去藏起来！”

没想到还是走漏了风声，这下怕是真要出大事了。看着洛风闪进帘子里，容妃强装着镇定，看着外头走进来的侍卫。

“你们这大晚上的，到本宫宫里来做什么？”端庄肃穆的声音。若是细听，会有丝丝的颤抖，毕竟这不是小事，让人知道洛风在她宫里，怕是又要生出什么是非。

青衫抱着锦宝，有些紧张地看着侍卫将整个宫殿团团围住。

“本王听说有刺客闯入容妃宫里，自是要过来瞧瞧。”没等为首的侍卫开口，一男人穿着白色的锦衣走了过来，依旧是那如玉公子的姿态。少了几分严肃，却也掩不住身上震慑人心的气势。

青衫瞪眼看着来人，容妃也是吃惊不已，没想到带人来的东辰逸。

“平王说笑了，我与青衫妹妹在此聊天，逗弄孩子，哪里来的刺客？”容妃笑着迎了上去，这一次，怕她真是在劫难逃了，好端端地，就不该答应风儿，让他和青衫在自己宫里见面。

东辰逸沉冷着脸，没有看容妃，目光落在青衫的脸上：“是这样吗，衫儿？”

这声音的冰冷，是青衫从未听过的，青衫别开脸，下巴抵着锦宝的头，暖风透过半掩着的窗户吹了进来。窗帷徐徐飘起，又缓缓落下，整个大殿静谧不已，她不想骗东辰逸，可也不能害了容妃和洛哥哥。

“爹爹……”锦宝低声唤着东辰逸。东辰逸淡瞥了锦宝一眼，对着成右摆了摆手：“给本王搜！”

一声令下，一行侍卫立刻就要闯入内殿，容妃上前一步，挡住他们，厉声喝道：“谁敢擅闯？”

“平王，本宫知你位高权重，可本宫也是个妃子，我的寝宫岂由你们随便擅闯，我已经说了这里没有刺客，还望平王让他们撤下去。”容妃带着几分威严，冲着东辰逸质问着。

这会儿，绝不能让东辰逸的人闯进去，就算豁出去，她也要拦着这些人。

东辰逸看着容妃，嘴角挂着笑，似是讽刺，似是欣赏，让人猜不出心思。青衫闭着眼，很低的声音：“东辰逸，这里真的没有刺客。”

“有没有刺客，搜一搜便知，若是真没有的话，本王也可以放心离开。”东辰逸蹙眉沉冷地回道。

听了这话，青衫也知道，东辰逸是有十成把握，才带人来搜的，怕是早些时候，就知道洛风在此，等着抓现形吧？

"我说不许搜，就是不许搜！"容妃没想到东辰逸不留后路的，再次拦着这些侍卫。

"不用搜了，不是刺客，是本皇子！"洛风从内殿走了出来。知道小皇叔不抓到人是不会罢休的，他方才细看了一下，整个宫殿外头全部围起来了，他根本出不去。

容妃和青衫均瞪眼看了过去。洛风看了青衫一眼，几步走到东辰逸跟前："洛风见过小皇叔。"

"小皇叔？"东辰逸忍不住冷笑了起来，斜睨一眼洛风，"侍卫说宫里闯入了刺客，原来是你，到容妃宫里串门，何必偷偷摸摸的？"

白天侍卫告诉东辰逸，洛皇子从侧门子时入宫的，他还讶然，虽然那日两人有矛盾，可也不必偷偷摸摸回宫。他是小皇叔，多少也不会跟自个儿侄子计较。

可听说他到了容妃宫里，东辰逸就更加疑惑了，果然，他猜得没错，这小子对青衫还是不死心。

"本来只是坐坐，碰巧小师妹也在这儿，就聊了起来，一时间，忘了时辰。"洛风抬眼看了东辰逸一眼，"谁承想，小皇叔就带人来抓刺客，怕给容妃娘娘惹了是非，便想着小皇叔离开之后，洛风再离开。"

螳螂捕蝉，黄雀在后，小皇叔果然不简单，就是等此刻，一举拉他下水，永绝后患吧。皇子到后宫妃子的寝宫戌时还未离开，就算是自个儿母妃，也是祖制不允许的，让太后和父皇知道，必会盛怒。

他倒是不在意什么，只是怕要连累容妃娘娘了。

"东辰逸……"青衫将锦宝放了下来，走到东辰逸跟前，低低唤一声，东辰逸侧目看着青衫，大大的眼里满是祈求。青衫知道，这事儿是轻是重，也不过东辰逸一句话就能解决了。

两人就这么对视着，良久，东辰逸才笑了起来，可眼里却未有任何笑意："知你这丫头贪玩，见了你师兄开心，可这好歹是容妃宫里，让人落了话柄，岂不是害了容妃娘娘。宫里规矩多，下次，想见你师兄，在王府约个时间便可。”

青衫乖巧地点点头，更多的是感激，她知道东辰逸是宠她的，这么一说，非但师兄不会有事，容妃也不会招了话柄。

“锦宝不喜欢洛哥哥，他以后不要到王府里来。”锦宝瞪眼看着洛风，脸上带着怒气，他一来就要带着娘亲走，锦宝不要洛哥哥去王府。

青衫和容妃讶然地看着锦宝，事情好不容易这么解决了，害怕小东西想要再说什么，可小家伙却不再多言了。

“成了，既然是误会，没有刺客，本王也就放心回去复命了。”东辰逸顺手拉着青衫，转身离开。成左也是不悦地看了洛风一眼，上前抱着锦宝跟着一行侍卫随着东辰逸一起离开。

出了容妃宫里，东辰逸对着侍卫统领沉声道：“让他们加大防守，今晚上的事，本王不希望再发生第二次，否则，提头来见本王。”

这几日，宫里的侍卫布局，几乎都是他一手安排的，没想到，还是让洛风钻了空子。

“属下遵命！”侍卫统领脸色铁青，从方才到现在都是一身冷汗。容妃宫里也照样带人去搜，平王果然不容小觑的。

第十二章 不按常理出牌

成右看着远去的云之，他就知道，多事总会遭报应的，怪不得主子总不让他们去多管闲事，转回去，继续教锦宝武功。

陪着老皇帝下了棋，吃过饭，青衫从宫里回到王府，小东西却没跟往常一样早早地等在她屋里，一见她回来都能高兴上老半天。

“小世子，今儿没过来吗？”青衫对着侍婢询问道，忍不住四下张望着，总怕自己遗落什么角落，锦宝又忽地扑到自个儿怀里来。

侍婢上前一步，恭敬回禀：“回姑娘，今儿小世子没有过来，听说一天都在西苑习武。”

青衫了然地点点头，没有再说些什么，便出了屋，径自往西苑走了过去，一路绕着回廊去了西苑，一到院落里头，就见锦宝正练得起劲。

“锦宝！”青衫笑着轻唤了一声，锦宝顿住，转过头看着青衫，笑了笑：“娘亲，回来了？”

青衫快步走了过去，成右见此也不动声色地退了下去。

拉着锦宝在一旁坐下，青衫搂着锦宝，笑道：“今儿这么乖，一直练武，怎么没去娘亲那里？”

“没有啊，锦宝想练武了。”锦宝低着头，把玩着自己的手指，没有看青衫，那种不似这年纪的疏远和成熟，让青衫有些心疼。

青衫伸手扳过锦宝的脸，大大的眼里满是难受：“你在生娘亲的气吗？”

该生气的，上一次她离开，小家伙就置气的，再次撞见洛哥哥要带她离开，小东西虽然小，可也知道的，自然会怪她。

锦宝抬眼看着青衫，眼波闪着光亮，乖巧地摇摇头：“不生气，可是会难受。”

没有娘亲，锦宝真的会很难受的，别的皇子和小世子都有娘亲疼爱，锦宝没有的话，会很可怜的。

“对不起。”青衫伸手搂着锦宝，多余的话说不出来，她不知道该如何去跟孩子解释大人的感情，孩子的世界也是单纯的，认定了就是认定了，没有多余的解释。

锦宝伸手回抱住青衫，听着青衫的心跳，稚嫩的声音有些撒娇：“娘亲，锦宝不能没有娘亲。”

“娘亲也不能没有你。”青衫搂紧锦宝，不知何时起，她也离不开锦宝了，总觉得心底某处已经被这小东西填满，虽未出嫁却已经体会到做娘亲的感受。更多的是庆幸这小东西是喜欢自己的，是依赖自己的。

“娘亲啊，锦宝打拳给娘亲看，好不好？”锦宝猛地抬起头看着青衫，很是开心，稚童的世界永远都是这般简单，没有多余的想法，只有开心和不开心。痛苦的事情也能转眼便忘却了，这是成人羡慕不来的事情。

青衫笑着点点头："好。"

看着小东西练得认真，夕阳的余晖打在锦宝身上，带着淡淡的光芒，这孩子生得好，长得好，正如太后说的，长大了不知道要迷死多少红颜。

青衫也希望这种快乐和美好可以一直持续着，希望这天下早日太平，他们一家可以平静地生活。

"青衫姑娘，三皇子来访！"一名侍从快步跑了过来，到了青衫跟前，低声通报着。

青衫不由得一愣，看着侍从吩咐道："你且告诉他，王爷不在府里，让他改日再来。"

东辰逸今日忙着宫里的事情，这会子怕是不会回来的，少说也得到晚上了，她不知道这个时间三皇子来做什么，只是自己不甚喜欢那个三皇子，过于傲气。

没等侍从接话，一阵爽朗的笑声再次飘了过来："小皇叔不在，青衫姑娘在也可以。"

青衫抬眼看过去，就见东辰月穿着一袭白衣走了过来，本是跟东辰逸有些相仿的打扮，可这在青衫看来却是截然不同的概念，总觉得东辰逸穿的时候多了几分温和，如透玉般的感觉，虽然有股子疏远劲儿，却让人忍不住想靠近。可这东辰月穿了，却多了几分庸俗，惹人生厌，可生厌归生厌，人都来了，她也不能摆着脸色，这些日子待在老皇帝身边，确实学到不少。

"三皇子，今儿怎么有空过来？"青衫笑着起身，微微颔首。东辰月走了过去，依旧是那副笑容："这不，从母后那里过来，闲着无事，便来小皇叔这里串串门子。"

"原来如此。"青衫了然地点点头，继续道，"可惜这会儿王爷还未回府，三皇子来得不是时候，不如这样，等王爷回来，我转告一声便是。”

巴不得这人早些走，在皇上跟前，都没有一点儿谦卑的样子，怎么看，青衫怎么不喜欢。

“这倒无妨，小皇叔不在，你在也是一样的，不过闲聊，没有什么要紧的事情。”东辰月径自往青衫跟前的石桌边走了过去坐下。

青衫不由得后退了几步，有些防备地看着东辰月，不明白，这人打的什么心思。

锦宝也不过是孩子，对着东辰月甜甜地唤了一声：“三哥哥好！”

“好！”东辰月笑得开朗，冲着锦宝招了招手，“来，到三哥哥这里来，给你样好东西。”

小锦宝立刻欢快地跑到东辰月跟前，大大的眼里满是期待，三哥哥很有钱，给的东西都是好玩意儿。

只见东辰月从怀里取出一个十分精巧的盒子，放在石桌上，修长的手指打开，里面净是花花绿绿的豆子，看起来很是好吃的模样。

“糖果，哇，这么多。”锦宝开心地喊着，青衫也是讶然，宫里好东西不缺，可这糖果倒是少见，这糖果与平常人家的糖果是不同的。香甜软糯，做起来也要经过很多道工序，是各种水果里头提炼出来的，味道也是丰富，吃了对孩子好。

她听容妃说，是边城外族进贡给宫里一些小公主和皇子的。那日锦宝去了，才取了一些给锦宝吃，没想到这三皇子居然可以拿出这么多。

“成左，回府！”东辰逸没有多做停留，冷声下了命令，便带着青衫一行人回府。

一回到王府，婉云阁。

屋里的侍婢已经退下，整个小厅里头，出奇地静默，烛光随着飘进来的暖风，徐徐摇曳着。屋外花丛里，偶几只虫不停地叫着。

青衫微微低着头，没敢看东辰逸，她知道，此刻东辰逸一定是盛怒到极点，方才在马车里都是沉默不语，也不过是一直在忍耐罢了。

“怎么不说话了？”东辰逸冷冽的目光看着青衫，平和的声音却不带丝毫的感情。

青衫抬眼，咬着唇：“我，我不知道师兄在那里，容妃没有告诉我。”容妃表现得滴水不漏，她根本不知道。

“不知道。”东辰逸猛地站起身，向青衫逼近几步，“见到了，为什么不离开？你置本王于何地？也会害死你自己的。”

青衫看着东辰逸的眼睛，没有说话，两人就这么对望着。

东辰逸伸手摸着青衫的脸，眼里一股失落转瞬即逝：“你不过仗着本王宠你，不过仗着本王宠你。”

她不过是仗着他宠他，想到她为洛风求情，东辰逸就觉得心疼不已。他可以宠她，可以惯着她，可是他不是这天下之主，只是个王爷，一个封地的王爷，有钱有权，却不能只手遮天。

“我又怎么会是那恃宠而骄的人呢？”青衫看着东辰逸对自己失望，心里不由得一痛。

“那是我师兄，我们一起长大的。”青衫眼波里带着几分平静，就这么看着东辰逸溢满盛怒的眼睛，“我不喜欢他，可他也是我哥哥，不可能这辈子都不见他的。”

若是旁人，她大可一辈子不见，可是那是二师兄，待她好了这么些年，又怎么能避而不见？终有一日，她要带着东辰逸回鬼谷，去见师父。那时候，还是要见师兄的，青衫看着窗外，半打起来的窗帐，白晃晃的月光，隐约地打在地上。

想起那会子师兄痛苦的样子，她也会心疼，对她而言，没有爱情，却是抹不去的亲情。每个人都要无奈，就像她以为这一辈子都不会出鬼谷一样，却没想到过，要面临今日的选择。

师兄在逼她，东辰逸也在逼她。

“你知不知道，他若带你离开了，本王该怎么办？锦宝该如何？”

青衫说的他都知道，可是洛风的脾气，他是知道的，打定主意要带青衫离开，不带走青衫，就是不会死心的。若是自己一个不留神，洛风带走青衫，他要去哪里找人？

“我不会跟他走的，我不会的，你不是说你会信我的吗？”青衫坚定地回道，她若是离开，那一日便不会回来。

就这么对峙良久，东辰逸伸手揽过青衫，叹了口气，无奈地开口：“我终究是拿你没法子，下次再见他，在王府见，不要去宫里，今日本王就犯了大忌。”

他今天带了人闯了容妃的宫里，动静那么大，他日定会落下话柄。他是封地的王爷，纵然皇兄看重，他也是没有资格带人去容妃寝宫里抓刺客的。

更何况，容妃的父亲在朝廷本就有些地位，若是记仇了，在皇兄和太后面前说道些什么，日后他也是是非缠绕，抛却不开。

“怎么这么讲？”青衫猛然抬起头，看着东辰逸，她以为今日的事，就会这么解决了，没想到会害了东辰逸。

东辰逸低头看着青衫，很认真：“本王不怕什么，可是怕的是你，知道吗，衫儿？我若与洛风争抢你，皇兄和母后必定不会袖手旁观的。”

皇家颜面比什么都重要，太后一步步走上这个位子也不是简单的，母后眼里，皇家颜面高于一切，她不允许任何人给皇家丢脸。

他和洛风争抢女人，母后绝不会因为他和青衫有情，而劝洛风放弃，一定会赐死青衫，这样谁也得不到，便不会争抢了。一想到如此，今日也顾不上什么，他就带了兵以抓刺客为名，闯进了容妃宫里。

“你若有事，本王亦不会独活。”东辰逸坚定地说道，他绝不会让青衫有事，哪怕走到最后一步，连王爷也当不了。

“我不知道事态会这么严重。”青衫脸色煞白，她不怕死，可是若真有这么大的影响，到时候，师兄和东辰逸必然会成为天下的笑柄，她想的太简单了。

东辰逸脸上挂着淡淡的笑，看着青衫精致的小脸，在这夜里如此醉人：“你不知道，是自然的。”

顿了顿，东辰逸继续道：“赏花节一过，咱们就成亲吧，这几日，母后常常夸你。”

母后极少夸人，宫里这么多妃子，包括一些皇子的妃子妾室，母后都是极少出言赞赏的。听了母后夸奖青衫懂事，医术又好，他也很是高兴。

“成亲啊……”青衫有些迟疑，脸上带着几分无可奈何，“师父那老家伙，不见得会同意，他一心想我嫁给师兄。”

“他不是要医书吗？本王找来了，送给他，便会同意的。”东辰逸倒是无所谓，不同意，他会去求的，嫁给洛风有什么好的？那小子比他差远了。

青衫好笑地看着东辰逸，不悦道：“骗我这么久，还要去骗老家伙吗？他才没有那么好糊弄。”

东辰逸说医书有可能在宫里，可她前几天去太医院抓药，问了太医院领事，总管说她无理取闹。那本医书失传已久，若是江湖上还能寻到踪迹，也或许只是手抄本。这宫里哪里会出现呢，再说了，对宫里来说，那也是不值钱的玩意儿，照太医的意思，不值钱的东西，宫里自然不会在意的。若是宫里有，她来盛京之前，东辰逸便会得了消息的。

“你知我骗你？那帮太医嘴碎得很。”东辰逸无所谓地笑了笑，“本王也是身不由己的，若是不扯谎，你怎么会跟着本王来盛京？”

青衫搂着东辰逸，没有多余的话，虽然被骗了，可这一次也来得值得，东辰逸对她的宠爱，也不是不知的。夜静默着，所有的祥和缠绕着两人。

我若在你心上，情敌三千又何妨，你若在我心上，负了天下又何妨？

这一句美到让人心醉，这么多年，皇亲国戚之间的冷漠，尔虞我诈，见得多了之后，东辰逸总觉得自己活在步步惊心中。只有跟青衫在一起的时候，才能感觉到，有个家，有锦宝。他们可以像寻常人家一样，共享天伦之乐，日后，在封地，过着安宁的日子，所以，他很怕洛风会带走青衫。

次日的阳光，一早便暖得让人睁不开眼，王府里西苑的花园里，鸟语花香，鸟儿从一个树枝蹦到另一个树枝，叫得很欢快，大约在表达愉快的心情。旁边湖里，荷叶随风摆动，几朵白莲点缀在湖面上，雅而不俗，让人看了甚是舒心。

花园正中央的一块空地，小小的身影在练着武功，一拳一拳，打得是有模有样，口里还不停地喊着："嘿！哈！"

"小世子,出拳要用力,马步要扎稳,咱习武呢不能跟没吃饭似的。"成右抱着拳头，靠在树边指点着小锦宝。

小锦宝"噢"了一声，退了几步，重新打了起来，成右还是不甚满意地摇头，不过比前几日还是有些进步的，起码没在打拳的时候，把自己给飞了出去。

一袭白衣男人，晃着手里的折扇悠闲地走了过来，到了成右旁边，看着练武的小锦宝。"小世子不简单了啊，两三日的工夫，这拳是打得有模有样了，进步飞快。"云之忍不住啧啧夸奖着，早些日子，大伙儿看小东西打拳都是消遣的乐子。东倒西歪，甚是可爱逗乐。

成右抱着剑的姿态未有变动，斜睨云之一眼："也不看是谁教的，过不多久，就能称霸武林了。"

他虽然武功不是顶好的，但若是闯荡江湖，怕是也没有几个人是他成右的对手，若不是自幼跟了主子，好歹也是江湖上赫赫有名的如玉公子吧？比那个什么、什么的，强到哪里去了。

云之手里的折扇猛地收起，不冷不热地回道："那是，比吹牛定当是称霸武林的。"

成右到底是哪里来的自信，成日除了自个儿夸自己个儿，还喜欢对着镜子发呆，叫人难以理解。

“你……”成右绷着脸，瞪着云之，片刻恢复自然，“懒得与你这失恋之人计较，若是没事，烦请走开，我还得教小世子练武呢。”

云之先生大概还没从失恋中走出来，成右不予计较，像他这般豁达的人，真是少见了。

云之嫌弃地看了成右一眼，“啪”地收起折扇，起身走到锦宝跟前，看着小锦宝打着拳，手里的折扇轻轻敲打了上去：“这手要抬高，还有腰板挺直，大丈夫得在气魄上就要压倒对方。”

锦宝忽然顿住，转过头看着云之，倒是没有往日的欢喜，只是静静地打量着。

云之倒是觉得好笑不已：“不认识我了？小东西，为何今日这般肯学了？”

这小东西滑得很，动辄找了机会贪玩，只是还小罢了，大伙儿都睁只眼闭只眼的，日后大一些去军营历练几日便会好的，只是今日难得这般勤快。

“锦宝要好好学武功，守护娘亲，不让洛哥哥抢走娘亲。”小锦宝嘟着嘴喊道。以后锦宝会了武功，就可以把洛哥哥给赶走了，不会跟锦宝抢娘亲了。

云之了然地点点头：“不过，你这武功不行，我来教你几个招式。”

“锦宝不要你教，锦宝不喜欢你。”锦宝叉着腰，很是认真地对着云之喊道，云之微微一愣：“我又哪里得罪你这小东西了？”

这几日大家和平共处的，他也没记得招惹过这小东西。

“你和洛哥哥很像，我不喜欢你。”锦宝稚嫩的声音里带着几分倔强，洛哥哥也跟云之先生一样，看着豁达，可是小气得很。

一旁的成右笑得浑身发抖，云之先生也有吃瘪的时候，小世子干得漂亮。

“小世子，这敌友不分可不行，大丈夫要慧眼识英才。”云之低下身子，跟着锦宝平视，“你那洛哥哥能跟云之比吗？”

小锦宝看了云之一眼，认真地点点头：“确实不能比哦，云之先生比洛哥哥差远了。”

成右一时没忍住大声笑了起来，云之只觉得自个儿所有的稳重，端着的架子，在这一瞬间崩塌。

“小东西，我非揍你不可。”云之说着就要拉过锦宝。被成右几步上前拦住：“先生莫要冲动，童言无忌，小世子的话当不得真。”

“为什么当不得真啊，云之先生本来就比洛哥哥差远了。”小锦宝冲着云之吐了吐舌头，总是跟爹爹说锦宝要好好读书，什么少壮不努力，老大徒悲伤，以为锦宝不知道吗？锦宝不会听墙角啊？又不是一两岁的小孩子了，锦宝已经四岁了。

云之再次抓狂，冲着成右喊道：“放开我，我要揍他屁股！士可杀不可辱！”

“云之先生，他是小世子，打不得，王爷的心尖儿，打了，你往后一辈子都是白给王府当差了。”成右拦着云之就往别处拖，小世子怎能打得？好歹也是主子的说，云之被成右拖着走，愤愤不平：“这幕僚真的不想做了。”

“我懂的，俸禄低，房价高，可是咱们这些做下人的也是没办法的，王爷也算是不错的主子，好歹克扣得不多，寄人篱下，总得忍忍不是？”成右好心劝着，倒不是他真的这般好心。

走了几步，听着成右絮絮叨叨几句，云之才停了下来，猛地转过头，看着成右：“我吓唬小东西，能真打吗？太认真了你。”

这成右也未免太认真了，小世子再小，也是这王府的主子，他只是想让锦宝明白，自个儿比他那洛哥哥强上百倍，不能等同而论的。

成右看着远去的云之，他就知道，多事总会遭报应的，怪不得主子总不让他们去多管闲事。转回去，继续教锦宝武功。

陪着老皇帝下了棋，吃过饭，青衫从宫里回到王府，小东西却没跟往常一样早早地等在她屋里，一见她回来都能高兴上老半天。

“小世子，今儿没过来吗？”青衫对着侍婢询问道，忍不住四下张望着，总怕自己遗漏什么角落，锦宝又忽地扑到自个儿怀里来。

侍婢上前一步，恭敬回禀：“回姑娘，今儿小世子没有过来，听说一天都在西苑习武。”

青衫了然地点点头，没有再说些什么，便出了屋，径自往西苑走了过去，一路绕着回廊去了西苑。一到院落里头，就见锦宝正练得起劲。

“锦宝！”青衫笑着轻唤了一声，锦宝顿住，转过头看着青衫，笑了笑：“娘亲，回来了？”

青衫快步走了过去，成右见此也不动声色地退了下去。

拉着锦宝在一旁坐下，青衫搂着锦宝，笑道：“今儿这么乖，一直练武，怎么没去娘亲那里？”

“没有啊，锦宝想练武了。”锦宝低着头，把玩着自己的手指，没有看青衫，那种不似这年纪的疏远和成熟，让青衫有些心疼。

青衫伸手扳过锦宝的脸，大大的眼里满是难受：“你在生娘亲的气吗？”

该生气的，上一次她离开，小家伙就置气的，再次撞见洛哥哥要带她离开，小东西虽然小，可也知道的，自然会怪她。

锦宝抬眼看着青衫，眼波闪着光亮，乖巧地摇摇头：“不生气，可是会难受。”

没有娘亲，锦宝真的会很难受的，别的皇子和小世子都有娘亲疼爱，锦宝没有的话，会很可怜的。

“对不起。”青衫伸手搂着锦宝，多余的话说不出来，她不知道该如何去跟孩子解释大人的感情。孩子的世界也是单纯的，认定了就是认定了，没有多余的解释。

锦宝伸手回抱住青衫，听着青衫的心跳，稚嫩的声音有些撒娇：“娘亲，锦宝不能没有娘亲。”

“娘亲也不能没有你。”青衫搂紧锦宝，不知何时起，她也离不开锦宝了，总觉得心底某处已经被这小东西填满，虽未出嫁却已经体会到做娘亲的感受。更多的是庆幸这小东西是喜欢自己的，是依赖自己的。

“娘亲啊，锦宝打拳给娘亲看，好不好？”锦宝猛地抬起头看着青衫，很开心，稚童的世界永远都是这般简单，没有多余的想法，只有开心和不开心。痛苦的事情也能转眼便忘却了，这是成人羡慕不来的事情。

青衫笑着点点头：“好。”

看着小东西练得认真，夕阳的余晖打在锦宝身上，带着淡淡的光芒。这孩子生得好，长得好，正如太后说的，长大了不知道要迷死多少红颜。

青衫也希望这种快乐和美好可以一直持续着，希望这天下早日太平，他们一家可以平静地生活。

“青衫姑娘，三皇子来访！”一名侍从快步跑了过来，到了青衫面前，低声通报着。

青衫不由得一愣，看着侍从吩咐道：“你且告诉他，王爷不在府里，让他改日再来。”

东辰逸今日忙着宫里的事情，这会子怕是不会回来的，少说也得到晚上了，她不知道这个时间三皇子来做什么，只是自己不甚喜欢那个三皇子，过于傲气。

没等侍从接话，一阵爽朗的笑声再次飘了过来：“小皇叔不在，青衫姑娘在也可以。”

青衫抬眼看过去，就见东辰月穿着一袭白衣走了过来。本是跟东辰逸有些相仿的打扮，可这在青衫看来却是截然不同的概念，总觉得东辰逸穿的时候多了几分温和，如透玉般的感觉，虽然有股子疏远劲儿，却让人忍不住想靠近。可这东辰月穿了，却多了几分庸俗，惹人生厌，可生厌归生厌，人都来了，她也不能摆着脸色，这些日子待在老皇帝身边，确实学到不少。

“三皇子，今儿怎么有空过来？”青衫笑着起身，微微颔首。东辰月走了过去，依旧是那副笑容：“这不，从母后那里过来，闲着无事，便来小皇叔这里串串门子。”

“原来如此。”青衫了然地点点头，继续道，“可惜这会儿王爷还未回府，三皇子来得不是时候，不如这样，等王爷回来，我转告一声便是。”

巴不得这人早些走，在皇上跟前，都没有一点儿谦卑的样子，怎么看，青衫怎么不喜欢。

“这倒无妨，小皇叔不在，你在也是一样的，不过闲聊，没有什么要紧的事情。”东辰月径自往青衫面前的石桌边走了过去坐下。

青衫不由得后退了几步，有些防备地看着东辰月，不明白这人打的什么心思。

锦宝也不过是孩子，对着东辰月甜甜地唤了一声：“三哥哥好！”

“好！”东辰月笑得开朗，冲着锦宝招了招手，“来，到三哥哥这里来，给你样好东西。”

小锦宝立刻欢快地跑到东辰月跟前，大大的眼里满是期待，三哥哥很有钱，给的东西都是好玩意儿。

只见东辰月从怀里取出一个十分精巧的盒子，放在石桌上，修长的手指打开，里面净是花花绿绿的豆子，看起来很好吃的模样。

“糖果，哇，这么多。”锦宝开心地喊着，青衫也是讶然，宫里好东西不缺，可这糖果倒是少见，这糖果与平常人家的糖果是不同的。香甜软糯，做起来也要经过很多道工序，是各种水果里头提炼出来的，味道也是丰富，吃了对孩子好。

她听容妃说，是边城外族进贡给宫里一些小公主和皇子的。那日锦宝去了，才取了一些给锦宝吃，没想到这三皇子居然可以拿出这么多。

“喜欢吗？”东辰月笑着问锦宝，锦宝乖巧地点点头，笑得开心

："喜欢，锦宝知道，三哥哥最疼我。"

"那是，三哥哥不疼你，要疼谁？"东辰月看似宠溺地应着。将盒子合上，递给锦宝，却被青衫伸手拿了过来，看着锦宝微微佯怒："小孩子不能吃太多的糖，昨个儿才在容妃那里讨了不少糖吃的。"

她不曾忘记这男人不止一次想要锦宝和东辰逸的命，这会子说得冠冕堂皇。虽然知道这个当点儿上，三皇子不会蠢到在糖果里下毒害锦宝，来给自己惹祸上身，可她也不想让锦宝吃这种人的东西。

"锦宝只吃一点点，不多吃。"锦宝低着头，几不可闻的声音争取着。

青衫蹲下身子与锦宝平视，摇摇头："乖一点，听娘亲的话，好不好？"

知道孩子秉性，可这糖当真吃不得，不要求孩子去分清敌我，可终有一日，长大懂事儿了的时候，该是作何感想？

前几日，东辰逸也与她提过，萧将军说，锦宝的亲爹平南王之死并非那么简单，这事儿，怕是范丞相也脱不开干系，若是如此，那锦宝更不能吃东辰月的东西。

锦宝委屈地看着青衫，乖巧地点点头，想要说什么，可碍于青衫在生气，还是不敢多言，总怕娘亲一生气就会离开。

"青衫，孩子这么小，喜欢吃糖果也不是什么大不了的事情。"东辰月见此，忍不住出言帮衬着，倒不是真的心疼这小东西，而是想法子把他支开罢了，自个儿好与青衫单独相处。

青衫转过头，笑看着东辰月："那可不成，孩子是惯不得的，王爷将锦宝托付给我照顾，我不能毁了这孩子。"

东辰月闻言，了然地点头附和："青衫姑娘说的有理。"

小皇叔当真是捡了宝，对一个不是自己亲生的孩子，甚至连小皇叔的孩子都不是，却如此尽心尽力地照顾，确实难得。

"三皇子来定不是来看青衫管教孩子的，有什么话，直说吧，一会儿还得带着小家伙吃饭。"青衫也懒得再跟东辰月周旋，她不是宫里的人，也不喜那么多云里来雾里去的虚的东西。

东辰月看着青衫，不由得笑了起来，伸手拉过锦宝，低声在锦宝耳边耳语了几句，小锦宝立刻眼里闪光地笑了起来：“太好了，三哥哥。”

“成了，三哥哥定然不会诓骗你的，三哥哥要与青衫说会子话，你去别处玩吧。”东辰月伸手摸了摸锦宝的头，锦宝乖巧地点点头，转身跑开了。

青衫虽然不知道东辰月跟锦宝说了什么，可总觉得这男人不见得是好招惹的，有些防备地看着东辰月。

“这样看着本皇子做什么？”东辰月不觉好笑，青衫似乎很害怕他，却不知道，这丫头在害怕什么，就连在父皇那撞见这丫头，她亦是如此疏远的感觉。

青衫收起目光，不温不火地回道：“你有话快说，不说，我就失陪了，你在此等着王爷回来就行了。”

“哎，我是刻意来找你的，等小皇叔做什么？”见青衫要离开，东辰月慌忙起身，拉住青衫，青衫立刻挣脱，退开两步，看着东辰月。

东辰月无奈地摇摇头，从怀里取出一支箫，递给青衫：“知你喜欢箫，这是我从舅舅那里讨来的，特地过来送给你的。”

青衫低眼看着东辰月手里的箫，翡冷翠的颜色，通透得亮，上面刻着繁密的花纹，涂着金线，箫尾处挂着的流苏很漂亮，一看便知价值不菲。

比她手里的玲珑翠并不逊色多少，青衫抬起头看着东辰月，礼貌客气地笑道：“谢过三皇子美意，只是君子无功不受禄，更何况，我已经有了一支，用不惯别的。”

这三皇子怕是动错了心思，送她东西来贿赂东辰逸，当真是可笑。

“你有的，是你的东西，我送的，是我的心意，只管收下便成。”东辰月倒是没在意，伸手拉过青衫的手，将箫放在青衫手里。青衫立刻推拒出去，退开几步，急声道：“送东西哪有强人所难的，我不要。”

这三皇子当真是叫人惯坏了，还有这么送别人东西的。

东辰月看着手里的箫，再看看青衫，嘴角挂起笑：“你真当是本皇子随随便便就送旁人东西吗？若不是放在心上的，我怎么会浪费这种心思。”

他岂是随意哄女人开心的人，放眼天下，冲着他的身份地位，哪个女人不是哄着他，巴结他的？就连宫里的妃子对他也是礼让三分的。

“那是旁人，与我有什么关系。”青衫毫无畏惧地迎上东辰月的目光，“我是江湖女子，你们讲的那些路子，我是不会走的。”

东辰月闻言冷冷地看了青衫半晌，嘴角勾起一抹冷笑，微微侧身，在青衫耳边压低声音说道：“你当真以为，小皇叔能护得住你吗？只要本皇子不同意，这辈子，你都不能嫁给他。”

青衫瞪眼，不可置信地看着东辰月，没想到，他会说出这番话来，更是大胆到这种地步，这三皇子真是目中无人到极致。

看着青衫震惊的模样，东辰月才满意地笑了起来，嘴角漾开大大的笑容：“这箫，你拿着。”

说话的工夫，已经将箫顺手塞在青衫胸前的衣襟，轻启唇以几不可闻的声音开口：“有一日，我会连人带箫一起讨回去，记住了。”

说完，东辰月背着手，大笑着离开，这世上没有他东辰月得不到的东西，但凡看上的，都得是他的。

青衫冷眼看着东辰月远去，握着手里的箫，几近咬牙切齿。长这么大，还没被人这般侮辱过，若不是这会儿不能动手，她早就给这三皇子一点儿教训，不毒死他，也让他半身不遂。让他知道，这世上不是他说得算，如此目中无人，终究是要遭报应的。

第十三章 谁才是下棋人

夜里天色完全暗透的时候。

东辰逸回到了王府，一到前厅，便听成右说了东辰月来府里了，似是专程来找青衫的。东辰逸养的人，自然懂得如何将最重要的信息过滤给东辰逸。

东辰逸倒是没想到，这小子居然这么大胆子，也没多做停留，径自去了青衫屋里。

到了青衫屋里，见青衫正在给锦宝讲着江湖上的故事，小东西听得聚精会神的。

“那江湖上最厉害的人，就是娘亲的师傅喽？”小锦宝瞪大眼睛看着青衫，娘亲的师父好厉害啊，称霸武林，怪不得娘亲也这么厉害。

青衫扬扬自得，伸手点了点锦宝的额头："算你识货，娘亲的师父鬼谷子可以说是江湖上最厉害的，可惜老家伙退隐江湖之后，便不问世事了。"

"这么厉害为什么要归隐江湖？娘亲的师父是不是害怕大家联手揍他，打不过，才跑的。"

那么厉害，一个人打不赢，肯定很多人一起跟娘亲的师父打，老人家害怕，才躲了起来的，老人家真是可怜呢。

青衫张着口，半晌说不出话来：这孩子缺心眼儿啊！

没等青衫回过神，锦宝看见东辰逸进来，欢快地喊了声："爹爹回府了。"

青衫转过头就见东辰逸走了进来，他对着一旁的侍婢吩咐道："天色不早了，领着小世子早些歇息吧。"

"是，王爷。"侍婢恭敬地上前抱着锦宝离开，锦宝乖巧地冲着青衫挥了挥手，虽然还想再和娘亲待一会儿，可也知道爹爹肯定不允的，也就不再挣扎了。

待所有人都退下，东辰逸走至青衫旁边坐下，看着青衫："东辰月来过了？"

"对呀，那个目中无人的男人。"青衫想想还是气得咬牙切齿，将身上的箫取出来，"啪"的一声拍在桌子上，"对我出言不逊，还非逼着我收下这破箫。"

她虽然是江湖女子，可又不是没见过世面的，自己手中的玲珑翠可比这三皇子送的箫还要值些银子。

东辰逸闻言冷沉着脸，低眼看着桌子上的箫，通透的翠，从牙缝挤出几个字："这委屈，过不几日，本王自然十倍百倍地替你讨回来。"

敢动衫儿的心思，东辰月就别怪他这个当小皇叔的不念情了。

"你将这箫退回去给他，要是他不要，我就毁了。"青衫也不是矫情的人，多看一眼这箫，便觉得碍眼得紧。心在东辰逸那，想着别的男人那种明目张胆的心思，她便觉得难受。

东辰逸伸手拿起桌子上的箫，手指触碰的那一刻，一股冰凉的寒气，有些微微刺骨，东辰逸猛地瞪眼，开始细细打量这支箫。方才就觉得这箫绿得通透，自是珍贵的，但总有那么几分不同，眼下这细细看来，确实有不同之处，细细的纹路上，似是金线镶嵌上去的。可仔细看，才知道这不是金线，而是玉器上本身带着的花纹。常人若是随意看看，是看不出什么区别的，只当是镶着的好看花纹，说明箫的主人，喜爱这玩意儿。

“是把好箫，这蠢货算是做了回好事！”东辰逸爽朗地笑了起来，一扫方才的不快。

青衫有些不解地看着东辰逸。这几日，东辰逸甚是繁忙，时时忧心，极少笑得像今日这么敞亮，忍不住问道：“这箫有什么好的？比不上我的玲珑翠。”

“不！”东辰逸看着青衫，笑意未减，“这箫比你的玲珑翠值钱。”

“我怎么看不出来？”听了东辰逸话，青衫伸手拿过那支箫重新细细看了起来，她是爱箫之人，这乐器的好坏，她还是能分得清的。箫倒是把好箫，可是比她的玲珑翠还要好上一些，她当真是看不出来。

“你吹吹看。”东辰逸将手里的箫推到青衫唇边，青衫半是迷茫地看着东辰逸，拿着箫，低低地吹了起来，一串若仙河流水般纯净的声音淌了出来。让人在这静夜里有几分迷醉，青衫本来就懂音律，吹出来的曲子也是能入人心扉的，就在东辰逸沉溺在箫声中的时候，箫声戛然而止。

青衫讶然，看了看，再次送到嘴边，可不论怎么吹，都是声音不大，还带着些哑。

“瞧这破玩意儿，它不响了，还说比我的玲珑翠好？”青衫将手里的箫递了过来，不屑地努着嘴，“还当真是那个三皇子送了劳什子的贵重东西，这种玩意儿也好意思拿来显摆。”还说日后要将人和箫一起讨了回去，实在是可笑。

看着青衫这模样，东辰逸笑得更厉害了："不响了才说明它是好箫，响了就说明本王白白高兴一场了。"

他一直在等一个机会，可这些日子，根本毫无进展，让人忧心不已，赏花节就在后日，若是再查不出什么头绪，这一次，他怕是要拖累很多人，连皇兄都得不保了。

这么多人的命，压在自己手上，纵然是东辰逸也是愁眉不展的。可今日看了这箫，瞬间觉得豁然开朗，可以放心睡个好觉，吃顿好饭了。

"说得不明不白的，是气昏头了吗？"青衫还是不能理解东辰逸话里的意思，这破箫值得东辰逸高兴成这样，坏了，还觉得高兴。

东辰逸无奈地摇摇头，笑意未减："后日赏花节的时候，你便会明白的，只是这箫，暂时送与本王，可好？"

"要便拿去，不要在我眼前碍眼就行。"青衫巴不得拿得越远越好，哪里还会不应允的？

东辰逸起身拿了个盒子将箫收了起来，转而再次回到青衫身边，笑道："你这丫头，倒真是讨人喜欢啊，洛风对你有意，这月儿眼高于顶的小子，竟也动了心思？"

他的衫儿就是这般不同，连皇兄也说，这丫头有股子魔力一般，让人不由得想亲近。

"你说的是什么混账话？"青衫没想到连东辰逸都打趣自己，小脸气得通红，别人说的她没法子，可东辰逸也这样说，实在是不可原谅。

东辰逸见青衫生气，慌忙解释："哪里混账话了？本王这是既高兴又吃醋。"

说着这般直白的话，倒是让青衫有些不大好意思起来，低着头，嘀嘀咕咕地说些什么，东辰逸倒是没听清，伸手一把拉过青衫拥进怀里。

"你只记住一句话，信我便可。"他不求别的，只希望这丫头在最后的关头都是信他的，不离不弃这就够了。青衫看着东辰逸，近到可以闻见彼此呼吸的距离。

“好。”她知道东辰逸不要太多的承诺，只要她静静地陪着他就好。

阳光遍洒整个宫殿，奢华得让人感慨，这金瓦赤墙，人人得以向往的地方，却充斥着太多的尔虞我诈。在宫里的人只道是一入宫门深似海，宫外头的人，却挤破头地想进来，这便是宫墙。

“今日怎么看着忧心忡忡的？”皇帝东辰裕看着青衫满腹心事的样子，忍不住开口问道。

青衫落下手里的棋子，依旧是没什么反应：“皇上，你觉得当皇上真的快乐吗？”

东辰裕看着青衫不由得觉得好笑，将手里的棋子落下：“那你觉得朕是个好皇帝吗？”

“说实话，会被砍头吗？”青衫猛地打起精神，看着东辰裕，很认真地问道。

东辰裕笑得更狠了，索性直接放下手里装着棋子的盒子：“朕赦你无罪，只管说吧，就当是拉拉家常。”

这丫头要是怕被砍头，也不会坐在这儿这般惬意地陪着他下棋，时不时，还要埋怨上几句了。

“东辰逸说，你是个好兄长，我觉得你算得上是个好皇帝，可你不是个好爹爹。”青衫低着眼，看那一片的黑白棋子，围在棋盘上。

师父常说，英雄者以棋论天下，下棋便可布阵，这就是棋的奥妙所在，她觉得确实如此。

东辰裕闻言，久久地沉默，空气几近凝固的时候，才朗声开了口：“朕只能算是个好皇帝，算不得好兄长，也算不得一个好爹爹。”

他还是皇子的时候，家世很差，不得圣宠，兄弟几个里头，他也常常被欺负，母妃不得圣宠。一次意外，被打入冷宫之后，就连宫女太监，也会欺凌于他，要说最是无情帝王家。他们这些皇子，若是真的不幸夭折了，对父皇来说，只不过是死了一只不得宠爱的猫狗一样，悲伤是真是假，也让人猜不透彻。

那时候，他只有一个信念，活着，只要活着，他就能站在这些欺凌他的人之上。

最苦的时候，莫过于生病了，就连太医都是远远的，不肯开药。倒是奶娘去求了新进的樊贵人，那是母妃远房的亲戚，本是试试的心态，可是樊贵人还是心软，请了太医，他才得以活命。

从那以后他的生命里头，除了争抢，便没有任何东西能让他活下去。

“没想到，你这么可怜。”青衫吃惊地看着东辰裕，总觉得皇帝该是有多优厚的家世，没想到他曾经是这般可怜。

东辰裕轻抿了一口茶：“这有什么可怜的，可怜之人必有可恨之处，朕将他们逼死的逼死，害死的害死。如今，除了逸儿，其他人是疯的疯，死的死。你还觉得朕可怜吗？”

青衫更是惊得说不出话来，这皇帝当真是可怕，怪不得东辰逸没有一丁点儿留恋帝位的念头。

“可你也是逼不得已的。”青衫叹了口气，想活着没有错。

东辰裕再次爽朗地笑了起来：“只有你这般单纯的丫头才会这么想，权利和欲望，是一个男人永远无法抵抗的诱惑，看着帝位，看着高高在上的感觉，朕怎么可能只想活着而已？”

他清楚地记得自己手中的剑抵在只有五岁的东辰逸的脖子上，是奶娘哭着喊道，这是樊贵人唯一的孩子，一命抵一命，你不能杀他。

他才放过东辰逸，这些年，逸儿一直养在母后身边，倒也乖巧懂事，如今也成了大器，安安分分做了封地的王爷。

青衫倒是没能理解东辰裕话里的意思，只是知道得越多，对自己越不好，便转开话锋：“皇上，您该吃药了，明儿就是赏花节，也是最后一剂苦药了。”

“总算是要摆脱你这丫头的坏心眼儿了。”东辰裕对着青衫笑骂着。

青衫也跟着笑了起来，起身收拾好桌子上的棋子和棋盘，扶着东辰裕再次回到床榻上躺下，这才对着外头吩咐道：“将皇上的药送进来吧。”

“是！”外头恭敬地应了一声，不消片刻的工夫，便见一太监打扮的侍从，端着药恭恭敬敬地走了进来。青衫也没看这小太监，兀自帮着东辰裕放好靠枕。

“将药放在桌子上，便下去吧。”青衫转过身，对着小太监吩咐道，小太监低眉顺眼地恭敬回了句：“是，奴才告退。”

说完，转身没走几步，青衫忽然猛地开口：“站住！”

“请问青衫姑娘还有什么要吩咐的吗？”小太监转过身，依旧是唯唯诺诺、恭恭敬敬地问道。

青衫抬步走了过去，打量着这小太监：“我怎么从来没见过你，往日里头，可不是你送药的。”

她记得之前送药的是个十四五岁的小太监，听了那些人说，是太监总管的徒弟，这太监，她从未在龙麟宫里头见过。

小太监依旧是低眉顺眼，只是声音小了一些：“回姑娘，小四儿闹肚子了，又怕这药送迟了，就让奴才代劳了。”

“你是哪个宫里的？”青衫看着有些发抖的太监，继续问道。

小太监没想到青衫会问这么多，小声回道：“回姑娘的话，奴才是御膳房打杂的，不是哪个宫里的。”

“满口胡言！”青衫不由得提高声音，伸手猛地夺了太监腰间的腰牌，“御膳房的人，这外头守着的太监怎么可能放你进来？”

很多规矩，她是不懂，可也不是傻子，这基本的规矩，还是已经知道了。

再低头看着小太监的腰牌，上面刻着“浮华宫”三个字。

小太监见此，更是吓得不轻，尖着嗓子道：“奴才该死，奴才该死，奴才是在浮华宫里当差，只是偷懒，被总管撞见，找不到小四儿的影子，便让奴才送药过来的。”

青衫静静地打量着小太监，没有说话，良久，才将小太监的腰牌递还给他。

“在宫里做事，不谨慎就是自寻死路，你下去吧。”青衫清冷地说道，浮华宫的人，是太后宫里的，怨不得外头守着的人让他进来了。

小太监一听，如获大赦，连连应道：“是，谨遵青衫姑娘教导。”

说完，小太监一溜烟地跑开了，躺在床榻上的东辰裕，转过头看着青衫。就见青衫走到药碗前，开始打量着碗里的药，柳眉不由得蹙紧。

“有什么问题吗？”东辰裕冷声问道。

青衫摇摇头，从头上取出发簪，放进药碗里头，翠绿的簪子没入药碗的时候，再拿出来，半截簪子黑得通透。青衫不可置信地看着这簪子，没想到居然有人敢这么堂而皇之地给皇上下毒。

看着青衫的反应，再看着这簪子，不用青衫说话，东辰裕也知道发生了什么。

“把药碗端过来！”东辰裕冷声对着青衫命令道，青衫看了一眼东辰裕，端着药碗走了过去，看着墨黑色的药，东辰裕从床头摸出一把匕首，对着自己的手掌轻轻一划。

血立刻浸透出来，青衫大惊，便见东辰裕比了个噤声的手势，这才咬住牙没有喊出声。

只见东辰裕将血抹在唇角，乍一看，像是血从嘴角流出，青衫这才明白，皇上就是皇上，心永远较比干多一窍，让人捉摸不透。

没有看青衫的反应，东辰裕取出一块锦帕将手包好，再将匕首收好，重新藏于枕头下，伸手拿过青衫手里的药碗，猛地砸在地上，一声脆响，青衫终究是没能忍住，惊呼一声：“皇上！”

青衫一喊，没一会儿的工夫，外头立刻传来一阵躁动，便听见太监高声拦阻：“三皇子，您不能进去，皇上有旨，青衫姑娘看病的时间，任何人不得擅入。”

“混账！没听见里头有喊声吗？定是父皇有事。”东辰月对着太监骂道。守在外头的太监哆哆嗦嗦地再次说道："三皇子，您别为难奴才，皇上说了，没有他的命令，任何情况下，都不能擅入，圣命难为啊，三皇子！"

在龙麟宫当差的人都知道，皇上心情不定，若是出了差错，可是株连九族的事情，更何况，皇上刻意交代过，不许任何人入内。

"滚开，你个蠢货，父皇出事，我饶不了你们。"东辰月一脚将守卫太监踹飞，带着一行侍卫闯了进去。

一进去，便见碎在地上的药碗，躺在床上嘴角挂着血迹的皇帝，还有惊慌失措的青衫。

"父皇！"东辰月几步上前，喊了几声，可是东辰裕未有任何反应。东辰月转过头看着青衫，沉声问道："我父皇信你，你为何要害他？"

"你胡说八道什么，药不是我送进来的，怎么是我害的？皇上喝了药后便是这样的了。"

青衫惨白着脸，对着东辰月喊道，昨日还非要送箫表心意的男人，今日却这般无情无义地指着她说是杀害皇上的凶手。

怨不得东辰逸那般看轻这个皇子，确实是个蠢货。

东辰月冷笑一声："你还在狡辩，一定是你的药有问题，分明是你伙同小皇叔，想谋害我父皇，是不是？"

若不是舅舅逼迫，他不想这样，真的不想，好不容易看上的女人，只是舅舅说了，定会保住青衫。若是不出此下策，除掉小皇叔，他们都得死。为了自保，他不得不这样了。

"是我在狡辩，还是三皇子趁机诬陷我和王爷？"青衫已从惊慌中恢复淡然，嘴角挂着淡笑，看着东辰月的眼睛。

被青衫看得有些心虚，东辰月对着一行侍卫命令道；"将青衫抓起来，顺便通知太后和皇后过来！"

"是！"一行侍卫立刻上前，就要将青衫围起来，一道冷悠悠的声音响起："朕的好皇儿，真是心疼你父皇呢。"

东辰月转过头，就见躺在床上的皇帝猛地睁开眼，一行侍卫也是惊慌不已，顿在原地。

“父皇，你，你没事儿？”东辰月有些不可置信地喊道。

东辰裕冷笑着从床上坐了起来，微眯着眼，声音凉入骨髓：“青衫不过是打翻了药碗，朕为什么会有事？还是你根本就希望朕有事？”

这个逆子，枉费自己这么多年来疼爱他，苦心栽培着，虽知其满腹稻草，是无用之才，他亦是惯着，才有今日这小子目中无人，甚至想害死他的一天。

“儿臣不敢，儿臣只是忧心父皇的安危。”东辰月慌忙起身，跪在地上，舅舅分明就是想害死他，出了这么个馊主意。

东辰裕抬手对着东辰月就是重重一巴掌，声音脆响在整个宫殿，几近咬牙切齿地喊道：“不敢？这些年，你个逆子还有什么不敢的？”

伙同丞相逼迫他立皇储，用朝中大臣给他压力，这逆子还有什么不敢的？

“不是这样的，父皇！”东辰月捂着脸，急声解释着。

“不是这样的？朕分明下了旨意，不许擅闯，你还是闯进来了，将朕放在眼里了吗？”他现在恨不得掐死这逆子，皇后一生贤良淑德，母仪天下，却有这么个儿子，真是不争气。

“父皇，你要相信我，我真的是听见青衫的喊声才冲进来的。”东辰月急声解释着，父皇的心性，他比谁都了解，这一次，怕是真的惹怒父皇了。

东辰裕别开眼，对着侍卫命令道：“来人！”

“臣在！”一名侍卫统领上前一步，毕恭毕敬，心里也是吓破胆。东辰裕咬牙切齿：“东辰月不服管教，擅闯朕的寝宫，赏三十大板，给朕就在这儿打！”

“臣遵旨！”

说话的工夫，侍卫已经将三皇子按在地上，拿来棍子，就开始打了起来，即使是三皇子，这会儿，他们也不敢偏了。

青衫总算是明白，皇上就是皇上，这谋略，难怪会有今日的地位，看着被打的三皇子，青衫心底也是一阵儿痛快。别的不说，单是想谋害自己的父皇，这就是不可饶恕的，只打板子，说明皇上还是念着旧情的。

“没吃饭？还是要朕亲自动手？”东辰裕暴喝一声，中气十足，一旁的侍卫立刻加大力气，今日，不是三皇子残了，便是他们掉脑袋。

“父皇，饶命啊，父皇，儿臣真的不是有意的。”纵然是七尺男儿，这几下板子下去却也顾不得许多，都得求饶了，东辰月对着东辰裕喊着。

可这会儿气头上的人，哪听得进这些，更何况，这不是别人，本就无情的帝王。今日打东辰月也不过是给他点儿教训，这板子不打，压在心底的这些日子的怒气，都是无处发泄的。

整个大殿东辰月的喊声凄惨无比，青衫别开眼，欲替东辰月求饶，可是看着东辰裕冷着的脸还是生生打住了，平日里的皇帝，是没有威严的。此刻的他却是盛怒中的老虎，劝不得，拦不得。

“父皇……”最后一句话未说完，东辰月趴在地上不动了。侍卫立刻停手，对着东辰裕恭敬道：“皇上，三皇子他昏过去了。”

东辰裕看着地上的东辰月冷哼一声，未开口，外头的太后在皇后的搀扶下疾步走了进来，旁边亦跟着东辰逸和四皇子东辰锦。

“出什么事儿了？发这么大的脾气，还打人？”

说话的是太后，龙麟宫里的太监看见三皇子被打，哪有不去报信的。皇后知道这事儿差点没昏过去，立刻搬了太后过来，若是她来劝，定是没用的，只有太后才拦得住皇上。

“皇儿！”看见躺在地上的东辰月，皇后已经顾不得身份，几步上前扑在地上。看着东辰月惨白的脸，衣服上带着血迹，知道这板子定是不轻的，已经皮开肉绽了。

太后也是心疼得不得了，气着骂道：“你这病着，也要发这么大脾气，将孩子打成这样，这是你儿子啊，你难道就不心疼吗？”

先皇是这么个德行，自个儿的儿子怎么也是这么个德行。

“这逆子不将朕放在眼里，擅闯内殿，不该打吗？成日里头，惯得不成体统。”东辰裕冷声回道，只是这会儿不能直言这逆子要下毒害自己罢了。

太后摇摇头，依旧气得不轻：“不成体统，骂几句便罢了，就算打，也不该打成这样啊？”这孩子当真是可怜。

“母后，臣媳一生为我南幽尽心尽力，替皇上打理后宫，如今，我儿成这样，我也不活了。”皇后哭着喊道，她就月儿一个儿子，是娇惯一些，可也不该下这么狠的手啊？

最是无情帝王家！

“你还好意思在这里哭喊，将孩子教成这副德行！他有今日，都是你一手造成的！要死就趁早的，皇后之位，多得是人等着坐呢。”东辰裕猛地从床上坐起来，伸手点着皇后，咬牙切齿。

若不是她惯着，东辰月不敢这么无法无天。

太后还想替皇后说什么，却被东辰逸不动声色地拉住，微微摇摇头。有些话该多言，有些话不该，皇兄教育孩子没错，都偏袒着，事态更会恶劣。

许是皇兄病久的缘故，所有人都忘了，这不是一只病猫，而是一条盘着的龙，他的身份和地位，不允许别人作对。

“皇上，臣妾有错，可是臣妾也有苦劳啊！”皇后哭着看着眼前的男人，他的心永远都是这么狠的，以为自个儿当了皇后，在他心底是不同的。

东辰裕冷笑着看着皇后：“若不是看着你所谓的苦劳，今儿朕就打死这个畜生，罢了，下去吧，都下去，朕不想再看到你们！”

东辰逸看了东辰裕一眼，率先扶着太后离开，其他人也随即跟上，侍卫抬着东辰月出去，皇后也哭着在青衫的搀扶下离开了龙麟宫。

出了宫，太后懒得再多言，便回了寝宫。

看着所有人离开，东辰逸立刻上前，一把拉着青衫也跟着离开，径自出了宫，上了回府的马车。

回了府，东辰逸伸手猛地将青衫搂进怀里，整个心跳都在加快。

“以后，本王再也不让你去涉险了。”听了太监说了经过，看了地上碎着的药碗，东辰逸便能猜得出事情的始末。东辰月想借青衫的手杀了皇兄，再嫁祸给他与青衫。这小子实在是该死，今日被打，也是他咎由自取。

青衫伸手回抱住东辰逸，轻轻摇头：“你小看皇上了，他真的很可怕。”

到现在，她还觉得自个儿这些日子，不知死活地跟着这么可怕的男人耍无赖，说些放肆无礼的话，却能安然活到现在，确实是运气好罢了。

“是，他保住你了，也保住本王了，皇兄一直都是有谋略的人。”即使曾经想杀他，这些年，自己依旧是敬重皇兄的。

青衫放开东辰逸，猛地伸手捧着东辰逸的脸，恳求道：“东辰逸，帮了皇上之后，你不要做王爷了，好不好？咱们躲出去，离皇家远远的，我有很多银子，我可以养活你和锦宝，咱们去山林过依山傍水的日子，不要过这种日子。”

她开了很多医馆，有很多的银子，够他们生活了，此刻，她是真的怕了，怕有朝一日，东辰逸也会被牵连，锦宝也会有事儿，皇家真的是可怕的地方。

东辰逸静静地看着青衫，微微闭上眼，叹了口气，似是自言自语：“躲，躲到哪去？这天下之大，去哪儿都是天子脚下，你知道吗，衫儿？”

抬眼看着青衫，东辰逸再次开口，净是无奈：“我又何曾不这么想过，可是那些都不是我能决定的，我可以操控这朝廷的大局，却独独不能决定自己的去向。”

第十四章 定不负相思意

那种世外桃源的生活，他又怎么不想要？可是偏生就有那些个身不由己的。

“衫儿，你现在后悔，后悔跟着我了吗？”东辰逸放开青衫，轻声问道。

洛风说得不错，是他将这丫头拖进火坑，自以为自个儿定能保护衫儿周全，却不曾想很多事情都不能在他的掌控中。他更不敢想象，范丞相已经肆无忌惮到这种地步。

定是知道那箫被东辰月偷偷送给衫儿了，才迫不及待地想要除掉他们灭口，现在想想，东辰逸都觉得后怕不已。

青衫看着东辰逸的眼睛，那种深邃的目光总是能让人沦陷一般。微微闭上眼，青衫主动吻上东辰逸，略带着些青涩的吻，却让东辰逸这般沉稳的性子都失了控。

扣住青衫的腰，东辰逸忍不住加深了这个吻，空气里净是静默的味道，只剩下两人迷醉的气息，窗外的虫鸣声，绕着这暧昧的声音，一圈一圈地漾开。

直到青衫有些撑不住的时候，东辰逸才放开怀里的女人，嘴角淡淡的笑意："你倒也是大胆，就这么直直地勾着本王，不怕本王……"

灼热的呼吸吐在青衫耳边，带着丝丝的麻痒，青衫微微红着小脸儿，不敢看东辰逸的眼睛。

"我，我只想告诉你，我不会后悔的。"跟了东辰逸那天起，她就知道这些尔虞我诈是逃不开的，若是后悔，也就不会跟着过来了。

东辰逸伸手揽住青衫，低头吻了吻青衫的额头："我对母妃的印象不深，记忆中，她是个很淡的女人，只是她没有像你这么爱笑罢了。但是她说过，一个在意的人，是不念过去，不畏将来的。"

"你赢，我陪你君临天下，你输，我陪你东山再起。"青衫没有抬头，搂着东辰逸，淡淡地吐出。

月色笼罩着两人，东辰逸倒是没想到青衫会说出这番话，此生得此女人，夫复何求？

天不亮，宫里上上下下便开始忙碌着，直到太阳落下，鸟儿归巢不再吵闹，夜色也若一块黑布一般，铺天盖地地卷来。寥寥几个星星忍不住探出头来，窥探着此刻热闹非凡的御花园。

青衫本以为所谓的赏花节，便是白日里头，大伙坐在一块儿吃吃东西，看看御花园的花儿，倒是没想到这赏花节是一场国宴的气派。

四处摆放着桌子，上面摆着琳琅满目的菜肴和美酒，云云烟烟的绝色佳人陆续入场，就连一些贵公子也跟着入宫，只是这一次入场的除却一些有地位的官员之外，更多的是年轻的公子哥儿和贵小姐。

跟着祯儿公主一起，青衫和这些女眷进入女眷的席位坐下，小锦宝一早未出王府，便被太后的人接走了，太后说赏花节这事儿，有趣也有趣，无聊也是无聊。有这孩子在，也能说说话解解闷，锦宝倒也不客气，跟着进了宫。这小东西，每次从太后那里回来，都能得了一堆的赏赐，就连她也跟着小东西沾光，衣服首饰几箱几箱地往王府里搬。

锦宝很认真地看着青衫，稚嫩地说道："娘亲，有这么多东西，以后，爹爹要是欺负咱们，离家出走的时候再也不怕没有银子花了。"

青衫倒没想到这小东西是做这么个打算的。没等青衫说话，东辰逸便冷声骂道："将《论语》抄上一遍，晚上吃饭之前，本王会查看的。"

就在青衫出神的时候，一旁的祯儿看着青衫笑道："衫儿，你觉得这赏花节可是有趣？我说，我们衫儿生得这么美，一会儿怕是免不了要争夺一番了，只是……"

话留半句，惹得众女眷低笑不已。

大伙都知道，这是平王的女人，虽未给名分，但是早已算是王府的半个主子，就连锦宝都唤上娘亲了。

青衫有些嗔怪地看着祯儿，忍不住埋怨："你不要乱说，不然告诉你母妃罚你。"

这未嫁姑娘说些乱七八糟的话，也不怕失了公主身份，只是青衫是当真不知道，这赏花节，名为赏花，实则是一场大型的相亲大会。

趁着这机会，一干皇宫里的贵公子，与大臣的公子们亦是从中挑选自己心目中的佳人，成就一番美事儿。

也可通过此次赏花节，促成外族的联姻，让南幽边城免于战乱纷扰，只是这赏花节的规矩是不同的，姑娘可上台表演，若是这些公子哥儿看上了，自会赐酒。喝了酒，便表示允了对方，若是不喝，便是拒绝，只是宫里的皇子们赐酒，这些女人都是不敢不喝的，驳了皇子们的面子，自当是给家里带来了厄运，免不了日后在朝堂上都是一番纷扰的。

祯儿跟青衫调笑几句，便开始跟别的女子聊了起来。这是皇上向来宠爱的女儿，大伙也都是巴结的，倒是青衫，不太喜欢说话，静静地坐在那里，眼光忍不住寻着东辰逸的身影。

她没有心情去关注这赏花节，也不像这些女眷一样，是真的来参加赏花节的，今日会有宫变，让她怎么能不担忧呢？

“姑娘，你就是替皇上看病、医术很高明的青衫姑娘吧？”一道轻灵的声音传来，打断青衫的思绪。青衫抬眼看过去，便见旁边坐着的女子一袭水蓝色的舞衣，在月光下，依稀看得清精致的五官，头发被几支簪子挽成一个发髻，整个人飘飘欲仙的姿态，好似随时要飞升离去的仙子一般，美得不可方物。尤其是那双眼睛，眼波里头净是魅惑，单是她这女子看了都忍不住喜欢，自以为祯儿就是她见过最好看的女子，没想到眼前的女子更胜一筹。

“我是青衫，只不过是个江湖医者罢了，不知姑娘是？”青衫忽然意识到，自个儿这般肆无忌惮地打量别人有多失礼，随即轻声询问着。

女子淡然一笑，冲着青衫礼貌颔首：“家父范丞相，我叫如雪。”

青衫有些讶然，想不到范丞相的女儿果然生得这般国色天香。以前她夸祯儿漂亮，祯儿便打趣道，说这南幽国，要真是说漂亮，唯有范丞相的二女范如雪，生得倾城倾国，连女人见了都生起怜意。

现在看来，祯儿说得果真不假，青衫礼貌地笑了笑，刚要说话，便听见那边太监尖着嗓子喊道：“恭迎皇上圣驾，恭迎皇太后凤驾。”

随着这一声高喊，在座的所有大臣及公主贵女们，纷纷起身行叩拜之礼，直到皇上和太后落座之后，高喊一声平身，所有人这才起身。

“坐吧，坐吧，都是赏花的，本宫也是来赏花的，不用这么多礼了。”太后笑着对众人吩咐道，听得出太后今日很高兴。

青衫跟着众女眷落座之后，便看见远处的高台上，太后和皇上以及皇后众妃子依次坐在那里，只是太后身边多了东辰逸和锦宝。小东西肆无忌惮地趴在桌子上，抓着盘里的荔枝。

“小东西，要吃，让她们给你剥，拿这么些干什么？”太后笑着问锦宝，这孩子永远都活得这般无忧无虑的。

锦宝头也不抬，径自把荔枝往包袱里头装着，稚嫩的声音喊道：“带回去给我娘亲吃啊。”

荔枝本就是南方快马加鞭运过来的，是个稀罕玩意儿，所以，向来都是贡品，寻常人家是吃不到的，就算是东辰逸的王府也只是太后偶有赏赐，不常吃的。

小家伙的话，惹得大伙轻笑不已，就连皇上也跟着笑了起来。东辰逸更是无奈地摇摇头，这小子倒是一心一意地为着青衫，果然是他东辰逸的儿子。

“你这个坏东西，哀家总是宠你，你却总惦念你这娘亲，哀家听了很不高兴。”太后佯怒地逗着锦宝。

锦宝这才停下手里的动作，瞪着萌大的眼睛看着太后，不解地问道：“太后不要不高兴，爹爹说百善孝为先，锦宝孝顺娘亲，才是乖孩子，就像皇上和爹爹孝敬您一样。”

“嚯，你这小东西，倒是挺会说的，读了不少书吧？”这回连皇上东辰裕都忍不住开了口问道。一直病着，在自个儿宫里，没怎么见着这小东西。

平南王的儿子，他知道日后定会有出息的，只是没想到才四岁，逸儿已经将他教得这般出众了。听了皇上夸奖，其他的妃子也跟着奉承着。

“怕是让皇兄失望了，这小东西就是比旁人多了几分心窍，能说会道罢了，哪里读了多少书，到现在，连个《诗经》都背不全的。”不等锦宝说话，东辰逸顺口接了话，锦宝这么小，不到引起皇兄注意的时候。他知道，若是皇兄重视了，这孩子怕是从今往后便不会再养在他府里了。

“是吗？孩子甚小，慢慢教，不必操之过急。”东辰裕若有所思地点点头。锦宝也跟着喊了句：“就是嘛，锦宝还小，慢慢教，不必操之过急，会适得其反的。”

逼着锦宝一直读书，会心情不好，心情不好，就会没有食欲，没有食欲，吃得不好就会长得不好，以后就不能护卫我南幽王朝了。

东辰逸冷眼瞥了锦宝一眼，小家伙立刻噤声，东辰逸这才恭敬回道：“臣弟谨遵皇兄教诲。”

心中也是松了一口气，看来日后，不能让小东西随意出入宫里才是。

“成了，成了，今日这般开心的日子，不说这些沉闷的话。”太后适时出声打断，顺手搂着锦宝到怀里，“更何况，我皇儿的病也差不多快好了，哀家实在开心。”

“皇上乃真龙天子，有上天庇佑，定会平安无事的。”皇后跟着附和着，却招来皇上一记白眼，显然对昨日的事，仍是没有释怀。皇后只好低头不再多言。

众妃子也开始低声说起别的话题，就在众人轻笑不已的时候，小太监上前一步，对着东辰裕和皇太后恭敬问道：“启禀皇上，启禀太后，吉时已到，赏花节可以开始了。”

“传朕旨意，开始吧。”东辰裕冷声说道。

太监立刻高声通传，一声一声传了出去，整个御花园立刻奏乐声一片，大伙也开始喝着酒，闲聊着。

直到一声礼花炸响，整个会场豁然安静下来，所有人抬眼的时候，便见一穿着水蓝色舞衣的女子从空而降，飘落在会场中央，引来一片唏嘘声。

“范丞相的二女果然是了不得的，这一出来，可要惊艳四座了。”一女子开口轻声说道，听不出是褒是贬，青衫只知道此刻所有人的目光都被这女子吸引了去。

方才倒是没注意这范如雪的舞衣是不同的。在舞台上，随之旋转的时候，身上一道道金色的光波圈绕着，似梦似幻，即便只懂琴艺不懂舞技，青衫也看得出这女子的舞艺非同凡响的。

随着乐声渐急，她的身姿亦舞动得越来越快。如玉的素手宛转流连，裙裾飘飞，一双如烟的水眸欲语还休，流光飞舞，整个人犹如隔雾之花，朦胧缥缈，闪动着美丽的色彩，却又是如此地遥不可及。

忽如间水袖甩将开来，衣袖舞动，似有无数花瓣飘飘荡荡地凌空而下，飘摇曳曳，一瓣瓣，牵着一缕缕的沉香。

四周叫好声一片，那边几个皇子纷纷喊着赐酒赐酒，范丞相更是被一圈的褒奖和奉承声包围着。他悉心养了这么多年的女儿，今年才让出来露面，如雪倒是当真没辜负他的期望。

太后也忍不住拍手赞赏，脸上净是满意，转过头看着一直沉默的东辰逸，朗声开口："逸儿，你觉得这如雪这舞姿可好？"

"挺好的，范丞相的女儿自是德才兼备的。"东辰逸恭敬回道，只是心里却有一种不好的预感。

一旁的妃子听了也是低声议论着，皇后更是觉得脸上有光，在众人面前得了面子。如雪这么多年来，一直鲜少露面，哥哥也是尽心栽培，这一出来，果然没让大伙失望，连太后都这般喜爱。

太后也跟着笑了起来："既然觉得不错，还不赐酒？让你那些个侄子抢去了，后悔可就晚了。"

她倒是见过如雪几回，很是中意这姑娘，只是逸儿一直在封地不回来，范丞相又说如雪还小，留上一二年。如今正好两人赶上了，岂不是凑个郎才女貌的登对？

"太后，不带这么偏着平王的，咱们皇子也是您的孙儿啊，难不成儿子和孙儿还是差些的？"一妃子忍不住娇嗔道，总觉得太后多少是偏向平王的。

太后瞥了那妃子一眼，笑骂道："你们那些个儿子，哀家不偏着，他们都是妾室不缺的，可不比逸儿，不催他，永远不知道往这事儿上上心。"

这孩子要是省心，她也不管这些个事情了。

“母后，孩儿心中已有人选，您不是不知道的。”东辰逸没想到太后打的是这门心思，此刻有些急了，这要是赐酒，那如雪一喝，便是亲事订下来了。让衫儿知道了，还不得偷偷离开，躲了起来，让他这一世都找不到了。

太后闻言，脸色微微一沉，看着东辰逸，严肃地开口：“哀家知道，哀家不是说过吗？娶过门，哀家不反对，但是正妃的位子，你今儿还是挑一个，要不，哀家替你挑也成。”

此事事关皇家颜面，她可以不在乎青衫是江湖女子，让逸儿纳她做侧妃，但是正妃的位子，她是绝对不会同意的，若是娶了，还不得被天下人笑话死。

“母后，这事儿，孩儿……”东辰逸难得露出惊慌，今日太后铁了心了，这事儿可就棘手了，看了太后一眼，东辰逸求救地看着东辰裕。

东辰裕这才出言帮衬：“母后啊，这赏花节的花样儿多着呢，咱们不着急，往后看，说不定有逸儿看对眼的，八成不用您撮合，他就赐酒了。”

今儿，东辰逸欠他人情，日后可得记着还上才是。

“罢了，罢了，先看看吧。”这么多人在场，皇上也开口了，太后也不好多说什么，再说下去，只会让范丞相的女儿面上无光，得罪了范丞相也是不好的。

乐声断，一曲舞罢，喊着赐酒的人倒是不多，只是如雪却没等到自己要等的，只听见皇上高喊一声：“赏！”

“臣女谢皇上赏赐，吾皇万岁万万岁。”如雪躬身跪拜，退了下去。下一场的便是外族的一个小公主，表演的舞剑，女子柔中带刚，倒是另一番风景，也是惹得大伙叫好声一片。

青衫只是静静地看着，从头至尾，也是焦虑不已，一旁的祯儿公主看着青衫，忍不住打趣道：“不上去表演一下吗？”

“不去，这么多人，丢脸死了。”青衫连连摇头，她只会琴艺，别的都不会，哪里要上去丢人现眼的，看这些公主啊贵族小姐都是带着看家本事来的。

祯儿笑得更厉害了，伸手撞了撞青衫的胳膊：“你的琴艺不比旁人差，去呗，等过几日，我得了好东西送给你。”

“什么好东西？”青衫转过头看着祯儿，眼里直发光。

祯儿看青衫一眼，连连啧啧声：“瞧你这贪财劲儿，莫不是小皇叔刻薄了你，那你更该上去表演一下，让他好吃吃醋了。”

“你不要绕开话题，到底是什么好东西，说来听听。”青衫抓着祯儿公主的衣袖。

她知道，祯儿的东西都是好东西，就拿前几天送给她的膏药，治疤痕的，十分有效，擦三天就会淡开疤痕，自个儿最近也在研制。

祯儿撇着嘴，似是下了重赌注一般：“那我就压大点儿，你若上去表演了，我就送一件软甲怎么样？那可是科尔克进贡给父皇的，父皇转给我了，我送与你怎么样？”

众女眷一听，跟着笑了起来，祯儿公主这回倒是真大方了，只是这玩笑怕是闹大了。

青衫自是不懂。上台表演的意义，只是琢磨着祯儿说的软甲，估摸着是二师兄提过的，世上只有两件，刀枪不入的，可以防身，若是得了，给东辰逸岂不是更好？

“成交，不许反悔啊，我去表演便是。”青衫笑着应允着，一旁退下来换过衣服的如雪正好听见此话，有些惊讶地看着青衫：“你也要上去表演，你可知……”

“不许多话，都是未出嫁的姑娘，等同而论的。”祯儿公主出言打断如雪的话，就是想看看小皇叔在这么多人面前，如何护住自个儿的心上人。一曲子换一件软甲确实有些不划算，只是，能看到那出好戏，也是不错的。

看着台上结束的一曲，祯儿对着那边出声喊道：“启禀父皇，衫儿说要表演一曲。”

话音一落，整个宴会场都静了下来，东辰逸也是吃惊地看着青衫。倒是他失误了，让衫儿和祯儿这不靠谱儿的丫头在一块儿，八成祯儿根本就没告诉衫儿这是场相亲会，让这丫头蒙在鼓里。

那边东辰裕忍不住笑了起来，看了东辰逸一眼：“噢？是吗？准奏！”

倒是没想到，今年的赏花节越来越有趣了。

“皇兄！”东辰逸忍不住喊了一声。东辰裕也未看向东辰逸，朗声开口：“这是衫儿主动的，朕也帮不了你了，自求多福吧。”

众妃子跟着笑了起来，东辰逸气得脸色煞白，若不是今日有重要的布局，他早就拉着青衫连夜回封地了，今日祯儿这丫头作坏，日后可别求着他这小皇叔才是。

“去吧，去吧，衫儿，父皇准奏了，好好表演，可别叫咱们失望了。”祯儿顺手推着青衫起来，青衫也没矫情，径自往台上走了过去。

青衫走了上去，便见台子正中央处摆着一架古琴。对于乐器，青衫总是会像着了魔一般，被吸引过去，完全没有注意到台上东辰逸铁青的脸，甚是可笑的模样。

坐下的那一刻，青衫单手抚上琴，立刻传来一串清脆悦耳的声音，青衫嘴角不由得挂起笑，这琴当真是不错的。

轻弄琴弦，琴声如潺潺流水，蝶飞鹤舞，欢快和谐，忽然间，小雨绵绵，雨打芭蕉，声音甚是好听。琴声减低，渐渐入夜，琴音好似山间云雾妖娆，在流云之间，一两声鸟鸣显得寂寞空婉。

就在大伙听得不由得有些心凉的时候，曲风猛之变幻，多了几分灵动，云里雾里，听得让人有些迷醉，青衫抬手划过最后一道音律，曲声断，大伙还静静沉迷在曲子中。

人与琴合一的境界，也不过如此了。

“好，好曲子！”不远处一人高声喊道，大伙顺着声音看了过去，不是别人，正是洛风，养在民间的皇子。青衫也是微微一愣，但是也没有特别意外。

洛风看着青衫，眼里满是宠溺：“这曲子是《汉宫秋月》，曲风细腻，一般多为琵琶和古筝来弹奏，没想到衫儿竟能只用古琴，也可以达到这般境地，实属了得。”

众人也是吃惊地看着青衫，内行的倒是能听出这曲子的不同，外行的只觉得好听，余音缭绕，三日不绝。

“确实不错，赏。”连太后都忍不住点头称赞，东辰裕也是笑着看青衫，等着接下来的好戏。

一旁的东辰逸倒是没有开口，别人都知道这是他东辰逸的女人，不敢赐酒，可眼下洛风在此，他就不敢保证了，更多的是害怕。

这众目睽睽之下，若是赐酒，到时候，真就是要撕破脸了。

“青衫谢太后赏赐，太后千岁千岁千千岁。”青衫恭敬跪拜行礼，就在起身的那一刻，听见一片片的高喊：“赐酒！”

青衫讶然，不过是弹了首曲子，这么多人赐酒，她不得喝晕过去才是？

东辰逸更是气得不轻，循着声音的来源看了过去，就见是一帮公子哥，以东辰暮为首。这小子倒是挺会添乱的，那边的祯儿更是起劲儿，对着青衫喊道：“衫儿，你这回当真是长脸了。”

“祯儿，你一日不捣乱，这世上不知道要太平多少。”东辰逸猛然站了起来，沉声说道。祯儿倒是也没害怕，忍不住笑了起来：“我南幽国规矩，但凡待嫁女子，都能献艺，我又做错了些什么？”

小皇叔当真是着急了，东辰逸无奈地摇摇头，对着一旁的太监压低声音说了几句，太监端着酒，一溜小跑往青衫跟前而去。

“青衫姑娘，王爷赐酒。”太监恭敬地对着青衫说道，青衫不解地看着东辰逸，她向来不饮酒的，不懂东辰逸是何意？东辰逸冲着青衫点点头，眼下也不好多说什么，只能回头再找祯儿算账了。

青衫微微蹙眉，虽不懂东辰逸葫芦里头卖的什么药，但是他让她喝，总是有缘由的，端起酒杯，青衫刚要喝，一道银光闪过，杯子应声而裂。

众人大惊不已，东辰逸也是猛然一惊，一个飞身往青衫跟前而去，急声询问道：“怎么样？有没有受伤？”

“我没事。”青衫摇摇头，也是吓得不轻，脸色微微发白，低头看着地上的暗器。

整个会场也是躁动声一片，所有的侍卫立刻拥了进来，保护着皇上、太后和一干妃子众人，其他贵族侍卫，也是紧紧保护着自个儿家的主子。

“不必惊慌，那柄月凌是臣的。”一道苍劲的声音响起，老丞相从百官之中站了起来。东辰逸和皇上，均冷眼看了过去，想不通范奕要在这众目睽睽之下，伤青衫做什么？

皇后和太后更是吃惊不已，瞪眼看着范丞相，太后有些威严的声音厉声质问：“这是赏花节，老丞相却出手伤青衫，这是何意？”

知道他在朝中位高权重，说话有些分量，可不想这也太不把皇上和她放在眼里了，皇后也是铁青着脸，不敢多言，自个儿这哥哥真是疯了吗？

“老臣该死，但是老臣出此下策也是不得已而为之的。”老丞相上前几步，恭敬地跪拜地上。东辰裕看着跪在地上的范丞相，嘴角挂起冷笑：“不得已而为之？老丞相对我南幽皇朝，忠心耿耿多年，今日，朕倒要听听，如何个不得已而为之。”

东辰逸也是一手搂着青衫，眼中微微闪着怒火，今日，他定要拆这老东西的骨头，看他往后还如何要诈？

“平王不能娶青衫姑娘，更不能让她做正妃，否则，我南幽国就要成了天下的笑柄，老臣自知冒犯圣上，必然一死，但为了皇家的颜面，为了我南幽国的颜面，老臣死不足惜。”范奕有些痛心疾首地喊道。

一番话，让太后和众妃子都静默下来，整个会场也是低声议论着。

“本王要娶谁，如何关系到这皇家颜面了？”东辰逸几近咬牙切齿，这老东西，倒是开始算计起他来了。

范奕抬起头，看着东辰逸，脸上挂起笑：“老臣知道，这姑娘是好。

可是平王可否记得，您是当今圣上的臣弟，代表着皇家的尊严，身在皇家，不得不顾及得太多了，身不由己的时候也是太多了。”

青衫虽然知道，这是事实，可是听人亲口说了出来，也是觉得整个人有些难以接受。她知道，她的身份地位，要光明正大的跟着东辰逸确实有些难。

“那丞相以为，什么样的女子才配得上本王？你这老东西事到如今，还不知道醒悟！”东辰逸伸手点着范丞相，今日，这老东西算是把他往绝路上逼了。

他不开口，皇兄只要睁只眼闭只眼，赐了酒，日后的事，他自会想办法，可老东西这么一说，整个朝堂往后都会拿这个说事儿的。

第十五章 局中局的算计

整个会场静成一片，平王向来稳重之人，今日为赐婚一事，却能动怒成这样，跟老丞相直接撕破脸，实在是有些欠考虑了。

“平王这么说老臣，未免有些过了。老臣再怎么不是，也该是皇上教训。”老丞相看着东辰逸。也不过是个封地王爷，在朝中无权无势的，顶多有个皇家脸面存在，说寄人篱下也不为过，今日却敢这般骂他。

东辰逸嘴角挂着笑，不住地点头，看着范奕，咬牙切齿：“反将本王一军，你这老东西是不见棺材，你就不掉泪，对吧，范奕？”

没等范奕说话，东辰逸对着不远处高声喊道：“云之，将箫拿上来，给老丞相过目！”

话音落下的时候，一袭白衣飘然从远处飞了过来，云之稳稳落在舞台中央，那股子谪仙般气息，倒是让人觉得心中有些静谧的感觉。

云之从怀里取出一个镶着珠宝的盒子，打开盒子，将一只透绿的箫拿了出来，恭敬地递给东辰逸，东辰逸冷眼看了范奕一眼。

拿着手里的箫，对着上座的太后和皇上，恭敬开口："母后，可还记得血灵玉？"

"血灵玉？"太后看着东辰逸，再看了一眼东辰逸手里的箫，"当然记得，那是皇家专用的玉，如今已经不多见了。"

皇上有一块血灵玉玉佩，宫里其他人都没有，就连逸儿都没有。

"不错，可儿臣手里这支箫正是血灵玉做的，是前几天，东辰月从丞相那里得来，送给衫儿的。"东辰逸看着老丞相，一字一句说得真真切切。

当时看了这箫的时候，他就知道，这是个宝贝，皇家专用玉，旁人是没资格用的，用了就是有逆反之心，所以，那日老丞相才冒着险想法子除掉他和青衫，却不想想，让皇兄将了一军。

范奕闻言，冷笑不止："东西在王爷手里，单凭王爷信口开河，老臣不知道如何得罪王爷，惹得王爷这般赶尽杀绝，连造反的罪名都往老臣身上压。"

一支箫，就敢说他有反心，东辰逸未免也太小看他范奕了。

"就是啊，老丞相一向忠心耿耿的，王爷怎么能随便冤枉人呢？"一大臣小声附和着，其他人也是低声说着。

那边沉不住气的三皇子东辰月也跟着喊道："对呀，这么珍贵的东西，我怎么可能送给青衫呢？小皇叔，你这样冤枉我舅父，可是诬蔑朝廷大臣！"

都怪他一时兴起，只是不知道这东西宝贵，所以，才送了青衫的。

皇后脸色极其难看。她待逸儿不错，却不知道逸儿为何一定要将哥哥和月儿拉下水，就算是阻止他娶衫儿，也是为了皇家颜面着想。

“是吗？说本王诬蔑朝堂大臣。”东辰逸的笑意更深了，“所谓古人又云，滴血认亲，今日，咱们就来个滴血认玉，可好？”

“滴血认玉，这是什么荒谬的事情？”太后连连摇头，逸儿是气糊涂了吗？说这些不着边际的话。

东辰裕则是从头至尾，没有说话，只是静静地看着整个事态的进展，若局外人一般，如此的态度，倒是让大伙觉得皇上更加难以琢磨了。

东辰逸给一旁的云之递了眼色，云之立刻上前一步，从怀里摸出一柄短匕首，对着手指轻轻一划，一丝丝的血丝冒了出来。

就着沾了血的手指，云之往血灵玉上涂抹着，整支箫，亦是绿得通透，不见任何异样。

东辰逸摆了摆手，示意云之退下，从怀里取出锦帕，擦拭着这箫，没有沾染上任何血迹。青衫也是不解地看着东辰逸，一直听他说这箫是个宝贝，只是不知道如何的宝贝？

东辰逸慢条斯理地开口：“这血灵玉是认主的，所以，云之的血，对它不起任何作用，丞相，敢不敢一试呢？”

玉不琢，不成器。这血灵玉更是如此，它的珍贵，不单单在于它的罕见，而是这玉，是认主人的，单单你发掘出来的玉石，是如何都不能打造成你想要的玉器的。除非用人的血混着这玉，这玉立刻像是通了灵性一般，造出来的玉器，色泽美艳，超过任何一种玉，而且上头带着细细的金色纹路。

自此之后，这玉便定了下来，只有真龙天子才有资格用此玉，而老丞相居然可以打造出来一支箫，谋反之心，岂不是昭然若揭。

前些日子，他还在苦于没有丞相造反的证据，今日这箫，算是帮了他的大忙。

“老臣没兴趣陪着王爷玩儿这无聊的游戏。”范奕脸色依旧未有太大的变化，“老臣这些年是如何作为的，满朝文武看在眼里，皇上也是看得真真的，岂是你在这里说这些话，便能改变的吗？”

没想到，东辰逸对这血灵玉吃得这么透，它的秘密，早些年，都销声匿迹了，这小子倒是知道了。

“能不能改变，老丞相不妨认一认，这箫是不是你的？”一直沉默着的东辰裕忽然开了口，“这么多人在场，还有外族的使臣，朕知你忠心耿耿，可旁人不知。”

皇后和太后均是静静地盯着东辰逸手里的箫，听了皇上的话，更是脸色大变，今日怕是有大事发生了。

“皇上不信臣？”范奕忽然站起身，看着东辰裕，笑了起来，“老臣曾经说过，希望皇上能早立皇储，便让老臣失了君心吗？老臣认玉可以，可是我这把老骨头，日后，如何在这些大臣面前立足？”

没等东辰裕说话，范奕再次开口，有些心凉地说：“臣没有谋反之心，皇上若是不信，觉得老臣无用了，今日，此时，臣就可以告老还乡，从此不踏入盛京一步。”

丞相的话，惹得整个会场再次沸腾起来，众人均是咬着耳朵，低声说着话。

“丞相这是何意？是在逼迫朕吗？”东辰裕轻描淡写地说着，好像在跟丞相说今儿天气不错一样，可是一旁的皇后却能感觉到，从东辰裕身上传过来的那股子寒意，逼人心扉。

范奕跪地，没有抬起头来，依旧是平静无波的声音：“臣不敢，臣只是说了该说的话。”

“是不敢，还是不承认？丞相您说呢？”东辰逸冷笑地看着丞相，他就算是没想过造反，也想过掌控大局，东辰月那个废物当了皇上，还不得是个傀儡，丞相让他怎么样，他就会怎么样。

范奕没有看东辰逸，笑得很大声：“王爷一心置老臣于死地，于你又有什么意义？”

他虽然张狂，想扶持月儿，可他确实没有反心，但是今天皇上和平王，认定了想让他下台，他从没想过一生在南幽呼风唤雨，落到今天这个下场，那个血灵玉也不过是喜欢而已。做了箫，如今也成了谋反的证据，他不知道东辰逸要做什么，确实，当初自己动了杀念，可是最后，还是放他一条生路了，可如今，却要逼死他。

“于我有什么意义？”东辰逸没想到老东西居然会再将他一军，“你勾结外族，杀害平南王的事情，你说你是何意？”

当初的事情，他一直在暗中调查，萧将军也说了，外族那么多死士要进入我南幽国，岂是那般容易的事情，更何况，外族的番人，武功绝对不会足以能杀掉平南王那一干将士的。定是内外勾结，而他抓了缔月，他们招了，四年前的事情，丞相也有参与，目的就是除掉平南王，一手掌控兵权，毕竟有平南王在朝堂上，丞相是有所顾忌的，不敢强硬。

青衫有些不可置信地看着众人，她已经被这些谋反和血腥的事，震惊、得说不出话来，在场所有人都哑然了。

“平南王之死，与我有何干系？”丞相猛地站起身，看向东辰逸，“更何况，那是他该死，仗着兵权，目中无人，迟早有一天，也会起兵造反的。”

“你放肆，平南王会不会造反，朕不知道，可朕知道，你一定会造反。”东辰裕猛地从座位上站起来，指着范奕大骂，私用灵玉，如今还敢这么嚣张，起兵与否，又有什么意义？他信任范奕，才会重用他，没想到，居然是范奕杀了平南王，那个为了南幽王朝征战一生的爱将，不畏生死，保护南幽的百姓平安无事。

“臣无心造反，既然今日圣上一定认定臣造反，那么……”范奕环视一眼四周，笑得很冷，“君要臣死，臣不得不死，君逼臣反，臣不得不反了。”

话音落下的时候，老丞相一个飞身往东辰裕跟前而去，手里银光一闪，剑已出鞘，众人大惊，太后慌忙喊道：“保护圣驾！”

东辰裕倒是平静，一个飞身闪了开来，丞相飞过去的时候，一个巨大的网子铺天盖地而来，将丞相整个人给罩住，一行侍卫立刻上前围了起来。

皇后和太后，均是吓得不轻，看着网内的范奕，东辰逸微眯着眼，咬牙切齿：“还想杀害皇上，你胆子倒是不小。”

“你以为这张网子，能罩得住我吗？”范奕倒是没想到东辰逸他们会设了埋伏，对着一旁的侍卫喊道，“将所有人抓起来，一个不许留！”

所有的侍卫静立在原地，没有任何动作，手里的剑指着范奕。

“你们在做什么？我的话听不懂吗？”范奕瞪着眼看着眼前这些侍卫，宫里所有的侍卫都是他的人，即使是东辰逸这些日子在布置，也不过用的还是他范奕的人罢了。

“他们是不会听你的话的，因为这些人，根本就不是你的人了，老丞相，你还是束手就擒吧。”东辰锦领着韩将军，带着一行士兵赶了过来。

这些人本是丞相的不假，可是小皇叔倒是厉害，昨个儿一夜之间，将所有人全部换掉，换成萧将军的人。如此快的速度，如此精密的动作，让他都不得不震惊。

要知道，这宫里不比别的地方，这么大的动作，是不可能瞒天过海地进行的，可小皇叔却办到了。而且是滴水不漏地办下来的，直到宴会开始的前一刻才告诉他，宫里已经是他们的人，要他带着韩将军的人在关键时刻赶过来。

“好，东辰逸果然厉害，我这一生，就遇你这么个对手。”范奕不怒反笑，他太高傲了，也太低估东辰逸的本事了，居然能将他的人全部换掉。

没等东辰逸说话，丞相再次开了口：“可是你不能杀我，你要知道，韩将军和萧将军是你们的人，但是程将军手里的百万人马已经赶了过来，今日你杀了我，他日，这盛京就会被夷为平地。”

没有后路的事情，他是不会做的，他范奕傻不到那个地步。

一旁的皇后看着范奕，哭着喊道：“哥哥，你不要发疯了，不要一错再错了。”

她没想过哥哥会造反，更没想到有一天，自个儿的丈夫和哥哥刀剑相向。

“我发疯，也是东辰裕逼的，这些年，看在你的分儿上，我一直辅佐他，当初他登上帝位的时候，有多少人是我帮他除掉的，如今，风生水起了，就想置老夫于死地。”范奕咬牙切齿地看着东辰裕。

当初这愣头小子，借机靠近他妹妹，与他小妹交好，就见这小子有一番雄心壮志，才打算辅佐他的，为他做了那么些事，没想到，今日换来的是这么个结果。

杀兄弑父，东辰裕当初能做得出来，他就该料到，他有一天会杀了自己的。

“哥哥，你不要这样胡说，皇上是好人，真的是好人。”皇后不可置信地看着范奕，推开一旁围着的侍卫，几步上前。

她跟了东辰裕这么些年，他登基那天立她为后，即使身边女人再多，对她仍是尽了夫妻情分，没嫌弃过她年老色衰，这样的男人，是个好人，是个好丈夫。

“也只有你这傻丫头，还觉得他是好人。”范奕心疼地看着皇后，眼眶微微发红，她这一生，都是被利用的工具。他范奕风光一生，唯一对不住的，就是这丫头了。

皇后哭着摇摇头：“哥哥，你不要这样执迷不悟了，你知道谋反要害死多少人吗？”

整个范家也跟着遭殃了，上上下下几百口人，以皇上的脾气，是一个不会放过的。

“哥哥已经回不了头了。”范奕看了皇后一眼，话音落下的时候，整个人猛地飞身起来，网子也跟着炸开了，四散开来，众人均是大惊不已。

东辰逸看着范奕，手里的银光一闪，怒声喊道：“你自寻死路，便不轻饶了。”

说话的工夫，已经杀了过去，和丞相对打起来，一旁的成右也跟着飞了过去，范奕的武功深不可测，成右还是不放心东辰逸的安全。

“东辰逸，黄泉之下，有你陪着老夫，死而无憾了。”范奕朗声笑着，他就知道东辰逸会出手，几人对打的时候，一行黑衣人也跟着飞了过来。

整个宴会再次陷入慌乱，众人守护着皇上和太后，皇后也被拉至一旁。东辰月守着自个儿的母后，他一直以为舅舅是想帮他夺位，殊不知这些年，舅舅原来有这么大的野心。

青衫惊慌地看着东辰逸，袖子却死死被云之拽着，沉声道：“姑娘无事，主子便会无事。”

那是主子的命，他得看好了。

青衫没有接话，眼睛半刻不离东辰逸的身影，那块血玉佩会保护好东辰逸的，一定会的。

众人只见一道道刀光剑影，碰撞出阵阵火花，看不清招式，只知道，他们的招式很快，想不到老丞相一直沉浮在朝中，原来武功也这般高强。

成右本是帮着东辰逸的，却不想，这帮黑衣人，将他们分散开来，只能由着主子一人与丞相对打。

“你小子武功倒是不错，越来越让老夫喜欢了。”他不知道东辰逸如何看他，可真就喜欢这小子，若是早些年，他就辅佐东辰逸了，比他那哥哥有人性多了。

东辰逸手里的剑越发地快了，冷笑道：“若是你没有反心，我倒也愿意与你交好，可你赶尽杀绝，连我的锦宝都不放过。”

“那孩子，我今日留了，他日，他定会来讨债，成大事者便不可有仁心。”范奕挡着东辰逸刺过来的剑，就在东辰逸集中精力之时。

一道白光闪过，青衫大惊，对着东辰逸喊道：“东辰逸，有暗器！”

云之也是吃惊不已，手里的折扇刷地飞出去，东辰逸侧身闪开的那一瞬间，范奕趁机将手里的剑刺了出去，众人不可置信地看着这一幕。

只听见一声脆响，剑偏离出去，东辰逸手里的软剑猛地刺了过去，范奕闷哼一声的时候，东辰逸立刻抬手补了一掌，范奕整个人飞了出去。

“哥哥！”皇后瞪眼哭喊着。

一群侍卫立刻围了上去，将范奕围困了起来，东辰逸也退了回去，青衫猛地推开云之，几步上前，急急地打量东辰逸：“有没有受伤？”

方才那一剑刺在东辰逸心口的时候，青衫只觉得自个儿心也跟着一痛。

“本王无事，不必忧心。”东辰逸握着青衫的手，转而对着侍卫吩咐，“将范奕一行人拿下！”

“是！”众侍卫应着。

看着范奕一行人被带走，皇后哭得不成样子，太后只是虚惊一场地站在那里，众人也是低声议论着。东辰裕从头到尾冷沉着脸，此刻才缓了过来。

“来人！将东辰月拿下！圈禁起来！”东辰裕命令着，东辰月和皇后不可置信地看着东辰裕：“父皇，舅舅的事儿，儿臣不知情啊，真的不知情。”

“你作的孽，便不要狡辩了。”东辰裕懒得再看东辰月一眼，仍由着东辰月被侍卫拖走，皇后也只是呆呆地坐在地上，一时间，眼神恍惚着。

她从没想过，会有今天，哥哥和丈夫反目，她也知道，这会儿替东辰月求情也是没用的。

“皇上，月儿只是被丞相教唆的，但请皇兄网开一面吧，让他跟着萧将军去历练历练。”东辰逸看着地上的皇后，忍不住上前跪地求情。

他小的时候，虽然跟在太后身边，皇后待他不错，一如生母一样照顾着，月儿有的，他一样也不少，如今，也是个可怜的女人。皇后知道不该再惹怒皇兄，只好眼睁睁地看着儿子被带走。

东辰裕微眯着眼看着东辰逸：“这小子可是要你和锦宝的命，替他求情？”

“我是他皇叔，原谅他便是。”东辰逸抬起头看着东辰裕。

“请父皇（皇上）网开一面，饶了三皇子吧。”众人见东辰逸都开口求情了，也跟着跪地求情起来。

东辰裕看着众人，别开脸，良久才开口：“看在平王和皇后的面上，先关起来，过几日跟着萧将军去边关守城！”

“谢父皇！谢父皇！”东辰月挣脱侍卫，跪地谢恩，比起圈禁，过着生不如死的日子，他宁可去边城吃苦卖命。

青衫没有看东辰月，只是一直看着皇后，心疼不已，几步上前扶起地上的皇后。曾经那么高贵的女人，她这一生，嫁到皇家都是可怜的，成为悲剧的牺牲品罢了。

“皇上，让我跟着月儿去边关吧？”皇后忽然避开青衫，跪在地上，求着东辰裕，哥哥不在了，月儿走了，虽然皇上不责备她，对这深宫，她也毫无留恋了。

东辰裕猛地转过头看着地上的皇后，声音更冷了：“你不要恃宠而骄，皇后就是皇后，好好做你的皇后，朕当初立你，你没有做错什么便不会废了你。月儿的去留，都是注定的。”

皇后呆立原地，青衫也是惊得说不出话来，她没想到自个儿曾经会跟这样一个冷血无情的帝王谈论理想和人生，谈论一个帝王的好坏，她能安生地活到现在，真是一种运气。

一行侍婢上前扶着皇后起身退至一边，太后也是心疼不已，轻声吩咐：“扶皇后回去休息吧，哀家也乏了。”

虽未发生宫变，可今日的事儿，对她打击也是不小的，没想到所有的一切，都是有阴谋的。

“将东辰锦也拿下。”就在太后正欲转身离开的时候，东辰逸冷声开口吩咐，众人均是不解，太后也是诧异，转过头看着东辰逸：“逸儿，这是何意？”

“东辰锦欲篡位谋反，必当拿下。”东辰逸轻声开口，青衫看着那边站定的东辰锦，有些不理解。倒是东辰锦忽然笑了起来：“小皇叔，这是想将碍事之人，全部除掉吗？”

“本王一直以为杀害锦宝之人，只有范丞相，其实你也有参与，对不对？”东辰逸犀利的目光看着东辰锦，一直以为这孩子是宫里能让他看得上的，却不承想，也是可惜了。

那日青衫为锦宝看病，说屋里的夹竹桃和薰香有毒，他就开始诧异，这事儿，旁人不知道，这些太医不可能不知道，却口口声声喊着无药可救。

当时发现死士是左撇子，未多想，再次让成影查看之后，才知道这些人确实是东辰锦的人，只是东辰锦让他们左手练剑，来个鱼目混珠，让他以为，是东辰月故意陷害东辰锦的。

那帮太医的下落，他也查了，均是东辰锦的亲信之人，常给东辰锦的母妃严妃看病。

“单凭这个，就诬赖我吗？”东辰锦面上淡然地看着东辰逸，“到底想篡位的是我等兄弟，还是小皇叔，还请父皇看清楚才是。”

就在东辰锦话音落下的时候，只见一道掌风飞过，东辰锦一个没防备，中了这一掌，口吐鲜血。

众人大惊，抬眼看了过去，便见东辰裕冷沉着脸：“有密史报，你勾结番邦，拉拢韩将军，你以为你做的事儿，能瞒天过海吗？朕能当得了皇帝，就能掌控天下，包括你们。”

他虽卧榻在寝宫，可宫里的一举一动，都逃不过他的掌控。

东辰锦嘴角挂着血，听了东辰裕的话，忽然笑了起来：“不错，你以为我真想当皇帝吗？我就想杀了你，为我们兄弟杀了你，你们以为这盘棋，是丞相在下，是小皇叔你在下吗？不，是父皇，是他为东辰暮下的。”

“锦儿，你不要胡说八道。”严妃怎么也没想到，自个儿的儿子居然也会造反，东辰月不成气候，这皇位迟早是锦儿的，怎么就这么沉不住气呢？

东辰锦猛地转过头，哑声说道：“我没有胡说八道，父皇真正宠爱的是东辰暮，这皇位不是给我，不是给三哥，也不是洛风的，是给东辰暮的。”

在这宫里，唯独不宠爱，才是真正的宠爱，大哥在狩猎围场死的那时候，他才明白父皇是多么可怕的人。

他一直以为父皇最不宠爱的是东辰暮，恰恰相反，暮儿打破父皇喜爱的杯子，在世王府被关了三年，可是所有人都忘记了，世王府里头，住着陈太傅，这三年里头，教了暮儿所有人都学不到的东西。

他文武双绝，暮儿在朝堂顶撞父皇，被贬到边关，跟着程将军，可所有人都不知道，暮儿在那历练七年，没有兵符，亦可调动程将军手下的百万人马。

所以，丞相跟程将军交好，父皇完全不看在眼里，因为有暮儿在。

东辰逸听了东辰锦的话，也是惊得说不出话来，他没想到这一盘棋，当真是皇兄在下的，他们只是车马卒罢了。

“朕喜欢你，倒是没错的，你是你几个兄弟里头最聪明的一个。”东辰裕不怒反笑，声音却冷了几分，“可你根本就不是朕的儿子，这才是可惜了。”

锦儿是云王的儿子，云王当初谋反失败，为了保住孩子，严妃只能被迫嫁给他。为了拉拢锦儿的舅舅，他才娶了严妃的，这孩子那时候已在严妃肚子里，刚刚足月罢了。

“哈哈，我应该庆幸我不是你的儿子，你也不是，不是我父皇。”东辰锦只觉得心里一阵地抽痛，他也是不久前才知道这事儿，可是他也不想自个儿是这个疯子的儿子。在他的记忆里，父皇高大威严，偶尔也慈祥，会和众兄弟姐妹说笑。如今，他才看透，这是怎么样一个泯灭人性的人，果然，一个帝王就该如此。无情无义才会坐得稳这江山的位子，这样的高处，他根本不屑。

东辰裕抬手一挥："拿下！这一次谁也不许求情，求情者死！"

一行侍卫将东辰锦带了下去，众人也是惶恐不安的，实在有些难以接受，太后和皇后也不愿多待，遂离开宴会，严妃也被扶着离开。

倒是东辰裕一派淡定，淡定地吩咐："将此处收拾了，宴会表演继续。"

话音一落，一行侍婢立刻上前收拾，整个会场乐声再次响起，可所有人都静静地坐着，不敢表露，只能东辰裕笑，他们也跟着笑，东辰裕赏，他们也跟着赏。

青衫坐在湖边的栏杆上，微风阵阵拂过脸，她一直以为这皇家再怎么可怕，也不到互相残杀的地步，如今，真是长了见识，步步为营，尔虞我诈，那种境界，更是她无法想象的。

原本是前几日她一直尽心尽力照顾的帝王，此刻，却不知道，自己做得究竟是对，还是错？

"青衫姑娘，你怎么一个人跑出来了？小皇叔到处找你。"一道清脆的声音传了过来，青衫转过头看了过去，就见一人穿着白色锦衣朝着这边走了过来。

青衫顺循着声音看了过去，就见东辰暮往这边走了过来，收起目光，青衫依旧静静地坐在那里。对东辰暮，说不上多喜欢，也说不上多讨厌，倒是东辰逸还算是亲近这个侄儿。

"连话都不想与我说了吗？"东辰暮走至青衫旁边坐下，静静地看着整个花园，听着花丛里的虫鸣声，今天的事儿过后，怕是更多的人会厌恶他吧？

一直以为父皇对自己苛刻，直到今天他才明白，生在皇家最大的宠爱，便是不宠。

青衫轻轻摇头，低声回道："你不要瞎想，只是今日发生的事情太多，一时间，我有些受不住罢了。”

“明日一早，我便要跟着程将军走了。”东辰暮猛地转过头看着青衫，小皇叔运气真好，有这么好的女子陪伴着，不求荣华富贵，但求生死相依的。

青衫抬起头，微微讶然：“为何要走？”

“那个帝位，看着很美好，可是它会吃人，我不喜欢。”东辰暮轻声回着，他没有说话的人了，母妃去了之后，宫里人都不愿意与他交好，父皇不宠爱的人，必定是无用之人。

这一段时间，也只有小皇叔和青衫，才愿意与他亲近，对于青衫，东辰暮不由自主地说了心里话。

青衫了然地点点头，嘴角扬起笑：“迩来父子争天下，不信人间有让王，你是第一个。”东辰暮这性子便是不愿意争抢的人。这么多天，从来不与谁争辩过什么，也不去埋怨过什么。

“父皇身体还好着呢，还能再活个几十年，我需要再去历练历练。成了，锦宝睡醒了，正到处找娘亲呢，时辰不早了，你也早些回去吧，我走了。”东辰暮冲着青衫扬了扬下巴。

青衫笑着点点头，生在皇家，也只有像东辰暮这样活得坦荡之人，才会这般自由自在的，去留随意。

青衫从怀里取了一包青瓷瓶，伸手递给东辰暮：“送给你的，有用得上的时候。”

“祯儿说你给的药，都是稀罕玩意儿，那我便不客气了。”东辰暮笑着接过，驻守边城，这些玩意儿总有用得上的时候，拿了药，没有多做停留便离开了。

东辰暮一走，成右抬步走了过来，恭敬开口：“姑娘，主子和小世子已经在马车上等候了，早些回去吧？”

那会儿东辰暮来的时候，他便跟过来了，怪不得皇上这般赏识五皇子了。

“好。”青衫应了一声，便跟着成右后头，出了宫门口，远远地就看见东辰逸的马车已经在等候了。

上了马车，东辰逸轻声问道：“去哪儿了？”

“在后花园与东辰暮闲聊了一会儿。”青衫如实回道，东辰逸点点头，看着青衫这股子失落的劲儿，亦是心疼不已。

倒是锦宝原本还窝在东辰逸怀里，一见青衫回来了，顿时来了精神，猛地起身，小家伙凑到青衫跟前：“娘亲啊，你今天有没有得到很多赏赐？”

青衫抱着锦宝，看着小东西单纯的模样，说不出什么感受。多亏那会儿她上台的时候，成右便悄悄将孩子抱走了，不然，方才那些让锦宝看了，怕是一辈子都是一种阴影吧？

“娘亲，你怎么不说话？”锦宝不解地看着青衫，胖乎乎的小手摸着青衫的脸，“没有关系哦，没有赏赐也不用伤心的，爹爹有好多银子。”

娘亲好可怜啊，一定是跟锦宝一样，没有赏赐就很不开心了。

“娘亲不要很多银子，娘亲只要你一生平平安安、开开心心地长大，比得了什么赏赐都开心。”青衫不知道这话锦宝能不能听懂，但是还是忍不住说了。

东辰逸也是静静的，未有只言片语，今日的事情不单单让青衫接受不了，他亦是震惊得不行，怪不得，总觉得丞相一直那般难对付，这几日的工夫，他办起事来，却那般得心应手，原来根本就是皇兄已经布好了所有的棋局，让他们一步步走下去。

孩子总是天真的，锦宝没有接青衫的话，而是绕到别的话题，凑到青衫耳边，压低声音说道：“娘亲，告诉你个秘密哦？”

“嗯？什么秘密？”青衫微微一愣，这小家伙有什么秘密可言？

锦宝捂着嘴儿，低低地笑了一会儿，才开口大声喊道：“我看见云之先生给祯儿姐姐送礼物了。”

锦宝话音一落，只听见外头传来一阵咳嗽声：“小世子，东西可以乱吃，话不能乱说！”

云之想不明白了，这小东西这么小，该懂的不懂，不该懂的全懂了。

“锦宝没有乱说话，大丈夫敢做敢当，你送给祯儿姐姐好吃的，不给我。”锦宝猛地打开帘子，冲着云之不满地喊道，他就看见云之先生送了个糕点盒子给祯儿姐姐的。

云之一脸的挫败，几近咬牙切齿：“那不是吃的，不是礼物！”

一旁的青衫一时没忍住笑了起来，云之先生莫不是真的喜欢祯儿公主，那也不错的，东辰逸亦是有些好奇地看着云之。

成右更是一脸愕然，先生不是喜欢主子吗？为何又改喜欢祯儿公主了，云之先生还真是拿得起放得下、看得开的男人。

“那是什么？”锦宝瞪眼对着云之问。云之深吸一口气，感觉到众人投来的目光，憋了半天这才开口：“我不能说。”

他答应过祯儿公主要保密的事情，作为男人绝不能言而无信的，只是偏偏让这小东西给撞上了，当真是作死了。

“那就是喜欢喽。”小家伙兀自判定着。明明送了礼物，先生却又不承认，一点男儿气概都没有，锦宝不喜欢。

没等云之说话，东辰逸率先开口问道：“都送了些什么？如何不能说？”

别的都还好说，祯儿是父皇最宠爱的公主，要么和亲，要么必定会赐婚给有身份地位的权贵公子，云之若是动心了，这事儿倒是棘手了。

云之见连东辰逸都起了疑心，一时间当真是百口莫辩了，面露难色，恭敬开口回道：“回主子，此地不宜说话，回府云之定如实禀告。”

有些事儿，本以为瞒得住，不承想，还是瞒不住主子的，知道也是迟早的事情。

东辰逸高深莫测地看了云之一眼，未有多言，放下马车帘子，青衫也是微微讶然，但也没有多问，一路上，听着锦宝哼着小曲儿。

自言自语说了一些莫名其妙的话，孩子当真是孩子，永远都不会有烦恼，即使今日每个人都是心思沉重，可孩子们还是那般地开心。

第十六章 青衫被人掳走

马车飞快回了平王府，进了凌阁，屏退了所有人，成右也抱着锦宝下去休息，云之这才上前一步，恭敬地跪在地上，青衫更是吃惊。

自打她跟着东辰逸以来，都不见云之对东辰逸行过跪拜之礼，东辰逸也未在意过。云之是幕僚，身份与成右他们还是不同的，起码，在东辰逸眼里，对云之还是多了几分赏识的。

“起来说话！”东辰逸冷沉着脸，虽然不知道云之要说什么，但是他知道，这事儿必然不会是小事儿，也与锦宝所言的情爱，没有半点儿关系。

云之未看东辰逸，依旧跪在地上，恭敬回禀：“云之还是跪着说话吧。”

“讲！”东辰逸几乎是牙缝里挤出的几个字，云之顿了顿，这才开口：“祯儿公主央求属下，救四皇子。”

“你说什么？”东辰逸微眯着眼，看着地上跪着的云之，青衫也是吃惊不已，今日发生这种事，皇上几乎当场就杀了东辰锦，云之还敢这般胡来？

云之平静的声音再次重复：“云之答应祯儿公主，救下四皇子。”

“啪！”的一声，东辰逸抬手打在云之脸上，咬牙切齿：“你该死！祯儿不懂事，你是本王的幕僚，如何不知道今日的事态，还敢跟着她胡来，你想让平王府上上下下，跟着你一块儿送死吗？”

祯儿与东辰锦一块儿长大，想救锦儿，是情理之中的，只是他倒是没想到云之敢这般大的胆子，帮着祯儿救锦儿。别的不打紧，皇兄若是知道了，他们平王府上下都得跟着送命。

“云之知道，祯儿公主跪着求云之，太后也下了密旨，并要云之瞒下主子，云之不得不为。”太后知道，东辰锦这事儿，王爷会让他接手，所以，暗自下了密旨，保住四皇子。

也知道，毕竟这么多年了，太后和祯儿公主还是舍不得四皇子被赐死，只能出此下策。这事儿事关重大，他知道不该瞒着主子，如此胆大妄为的，可太后说了，主子一心向着皇上的，若是主子知道了，定会阻拦的，四皇子也就没有活路了。

“那食盒里头是什么？”东辰逸手里的拳头握得“啪啪”作响。云之抬起头看着东辰逸：“是假死的药，从宫外拿来的，让祯儿公主给四皇子吃。”

太后赐了食物给四皇子吃了，若是死了，便是太后念情，不舍四皇子受苦，遂给个痛快，再由他们将四皇子送出宫去，假借安葬之名义，来个偷天换日，保下四皇子的命。

云之不用细说，东辰逸和青衫，已然明白他话里的意思，太后想插手此事。如今一件件的事情铺天盖地而来，太后已经不敢再轻易相信任何人，包括东辰逸了。

“何时动手？”东辰逸脸色铁青，云之当真是糊涂至极，皇兄那般城府的人，若是太后这样做了，皇兄又怎么会不知情？宫里眼线众多，没有事情能瞒得过皇兄的。

云之绷紧脸，沉声回道：“云之不能说，四皇子也命不该绝，他没有坏心，只是生在皇家，逼得不得已而为之。祯儿公主说，四皇子根本不想要帝位，云之代四皇子求主子饶他不死。”

“你！混账！”东辰逸抬手要再打上去，却被青衫一把抓住，青衫抓着东辰逸的衣袖，祈求着开口：“东辰逸，你不要再打他了，帮帮他们吧，四皇子也不是坏人。”

生在帝王家，很多事都是无奈的，既然有法子救东辰锦的命，何不给人一条生路？也算是为自己造福了。

东辰逸转过头看着青衫，冷声说道：“你知不知道？若是锦儿被救走了。皇兄知情后，查下来，必定以为是本王所为，整个王府上上下下都得死，皇兄是什么样的人，你还不知吗？”

他也不舍得锦儿死，毕竟这么多侄儿中，他最看重的就是东辰锦，这些年，为了整个南幽国，也是做了不少事的。为百姓谋福利，敢直言进谏，都是众皇子中少有胆识的。

可是皇兄是个宁可错杀一千，也绝不放过一个的人，救了锦儿，他们也会跟着死，他不怕死，锦宝要怎么办？青衫怎么办？

“主子，太后说了，这事儿主子若是知道了，当不知情便可，所有的事，她老人家担下了。”太后说了，主子的心思比皇上还深沉几分，若是瞒不住了，便让他这么告知主子。

东辰逸瞪眼看着云之，想要再说什么，青衫也跟着跪地，求道：“东辰逸，我知道你有办法的，你都肯救下东辰月了，也救救东辰锦吧？”

没有这男人办不成的事情，青衫一直都这么认为，也是这么相信东辰逸的。

东辰逸看着跪地的两人，良久才叹了口气，走至云之身边，微微弯下身子，对着云之压低声音，耳语道："云之，你去告诉成影，在宫外接应……"

"主子，您愿意出手相助？"云之慌忙起身，眼中也是欣喜，他就知道，他没有跟错人，也没有看错人，一个成大事者，除了狠，除了忍，也不可少仁慈的心。

东辰逸脸色依旧不是很好看，冷声道："本王是拿着衫儿和锦宝的命在赌，绝不可有半点儿的差池。"

"主子放心，臣这就去办。"云之恭敬应声，起身离开凌阁，云之一走，东辰逸伸手扶了青衫起来。青衫看着东辰逸，大大的眼睛满是光亮。

屋里很静，除了外头传来的虫鸣和打更声，便是屋里蜡烛烧得"噼里啪啦"作响的声音。

东辰逸伸手抚着青衫的脸，眼里柔得能滴水一般："你总是让本王无可奈何。"

"我知你待我好，可是我真的不想再有人死。"东辰锦没有错，错的是生在皇家而已。东辰逸伸手揽着青衫入怀，轻描淡写地笑了笑："罢了，不提那些不快的事情，都过去了，明日，我跟皇兄告辞，便陪着你去鬼谷提亲。"

"可是你母后和皇上会同意吗？"青衫有些顾虑地看着东辰逸，丞相说的话，压在心里，跟一块儿石头似的，怎么也搬不开—她的身份和地位。

东辰逸吻了吻青衫的头发："这事，明日我会说的，皇兄也会赐婚的。"

太后不同意不重要，如今事情到了这一步，怕是也顾不上他的婚事了，这宫里也不想多待了，待皇兄下了旨便离开。

青衫没有再多言，有东辰逸在，所有的事情都能够解决的，她信他，如此而已。

“行了，累了一宿，你也早些休息，本王还有些事情要办。”丞相的事，宫里的一些琐事，还有跟萧将军的叮嘱，他都得放在心上。

青衫点点头，知东辰逸很忙，看着东辰逸带上门离去的背影，走至里屋，刚要收拾自个儿，屋里蜡烛忽然闪灭，青衫猛然转过头大惊：“是谁？”

一道黑影闪过，下一秒，便被人捂住口，整个儿昏眩过去。

男人看着怀里的青衫，轻摇摇头：“这丫头真是惯坏了。”

转而，一个跃身搂着青衫，闪过层层守卫，不动声色从偏远的后院离开王府。

感觉到一阵头疼和颠簸，青衫伸手揉了揉头，只觉得疼痛不已，轻声喊道：“东辰逸……”

“这里没有平王，倒是有我在。”一道低沉的声音响起，青衫猛地睁开眼，看着眼前的男人，惊呼一声：“大师兄，你怎么来了？”

“不来，你如何知道回鬼谷？倒是野了心了。”男人沉着脸责备道。洛风回去说了，青衫跟着平王在盛京，这事儿让老头子气得不轻。

特命他前来领衫儿回去，在王府里潜伏几天，摸清地形，才不动声色带着衫儿这样离开。

青衫有些羞涩地低着头，嘀咕道：“那你就将我掳走了？我过几天就会和东辰逸去鬼谷的。”

“你可知道，老家伙有多生气，纵然是江湖女子，你与别人私订终身，都还好说，偏生是个王爷。”那些权贵公子，王爷诸侯的，哪里会善待衫儿，都是三妻四妾薄情寡义的。

青衫猛然抓着连珏的衣服，轻声开口：“大师兄，东辰逸是个好人，你帮帮我。”

“帮不了，先回鬼谷再说吧，若他有心自会来鬼谷找你，过得了师父的考验，便能迎你过门。”连珏想也没想便拒绝了，这事儿，他要多言了，不得被老家伙给骂死了。纵然宠爱衫儿，也绝不能让那王爷轻易就娶了这丫头，太委屈她了。

“可是鬼谷机关重重的，再说，你将我掳走了，他如何知道去哪儿找我？”东辰逸知道她失踪了，定然是要大发雷霆的，府里上上下下都得跟着遭殃了，小锦宝看不到她，定然以为她又离开了，怕是会很伤心的。

连珏声音平静，却冷沉几分：“他若连这点小事都解决不了，如何有资格娶你？”

一个浪得虚名的平王，配不上他的衫儿。衫儿虽不是什么公主名门闺秀，但是鬼谷出来的，这一点，就足以媲美任何闺秀的，在江湖上无人不知无人不晓鬼谷的名声。

“可是……”青衫看着连珏不悦的神情，便不再多言，师兄意决，她再多言的话，只会让事情越来越棘手。

马车一路往鬼谷而去，青衫忐忑不安地坐在那里，也不知道东辰逸猜不猜得出她回了鬼谷。

破晓的金云刚刚嵌上天边，虫鸣声还未销迹，府里上上下下便已经躁动不堪。

“你们该死，人活生生地在王府里消失了，居然没有任何人发现蛛丝马迹。”东辰逸黑沉着脸，侍女来报，说衫儿忽然失踪了。

他便赶过来，看见窗户打开着，地上一块沾了迷药的帕子，便知衫儿被掳走了，在他的王府，守卫森严的情况下。

成右、成左等人跪在地上，未敢多言，能在他们眼皮子底下轻松带着人离开的，这世上确实不多，眼下出了事儿受罚也是理所当然的。

“主子，这事儿会不会跟洛皇子有关？”云之看着手里的帕子，别的都好说，帕子上的薰香味道与姑娘成日里研制的如出一辙。

丞相已经被关押了，其他人亦没有掳走姑娘的理由，如此，只剩下洛皇子带走青衫一种可能了。

东辰逸转过头，冷眼看着云之：“洛风若是离开盛京，本王如何不知？”

就是防备着他带走青衫，所以，洛风的一举一动均在东辰逸的掌控之中，离开盛京，必会有人前来报备的。

云之端详着手里的帕子一会儿，将其递给东辰逸，东辰逸伸手接过，微眯着眼，想了一会儿，猛然抬起头看着云之：“你的意思，是鬼谷之人？”

东辰逸淡淡地看着前方，莫不是鬼谷子老先生，知道青衫在他这儿，将人领了回去，王府的守卫，也只有他才能如此出入自如。

云之笑着点点头，东辰逸也是叹了口气，看来当真是要去鬼谷闯一闯了。

“成右，你与云之留下善后，成左，准备一下，带一批精队随本王去鬼谷。”东辰逸沉声命令着。成左、成右起身恭敬回禀着：“属下遵命。”

言罢，东辰逸便起身离开，去了宫里。宫变一事影响甚大，东辰逸递了辞呈，东辰裕也未多说什么，便准了他离开。本来娶青衫一事，太后是不同意的。可眼下宫里上上下下都这样了，看着东辰逸摆摆手，很是疲惫：“也罢，生在皇家那般身不由己，如今，你能活成这般自在，也是你的福气，爱娶谁，便娶谁吧，母后已经没有精力再多管了。”

东辰逸看着太后，也是心疼得紧，可也做不了什么，皇兄手下阻碍的人已经除去了，他在盛京多留一天，便多一分危险了。君心叵测，连他也猜不透皇兄是作何想的。

离开宫里，留了云之和成右帮衬着救下东辰锦，东辰逸自个儿带着锦宝，和成左一行人离开王府，打算直奔鬼谷寻找青衫的下落。

“主子，鬼谷倒也不是那般好闯入的，您要多加小心才是。”云之有些忧心地看着东辰逸。师父曾跟他说过，这天下有三处地方最不好闯：一是守卫森严的皇宫；二是遍地是毒的毒王谷；三是机关重重的鬼谷。

东辰逸看了云之一眼，沉声道："不必担心，你办好事，便来鬼谷寻本王，多加小心，切不可有半点闪失。"

"主子放心，云之定不会做没有把握之事。"云之恭敬回道。他已经打算好了，救了四皇子，便将四皇子先送到南域师父那里避开一段，更名换姓重新生活。

东辰逸点点头，表示了然，毕竟此刻在王府外头也不好多言，手里的缰绳一扯，马儿飞奔出去，其他人也迅速驾马紧随其后。

锦宝坐在东辰逸前头，因着风大，便藏在披风里头，小东西从得知青衫不见之后，便是鲜少地沉默，没有像往日哭闹。

"小东西，你怎么不说话？"东辰逸倒是没有沉住气，率先开口问道，起码这孩子该问他，娘亲去哪儿了，这般沉默，让东辰逸都有些琢磨不透。

锦宝抱着东辰逸的腰，藏在披风里头，稚嫩的声音喊道："锦宝不想说话。"

"如何不想说话？"东辰逸倒是不解，这孩子很少跟他聊，跟成左、成右话多一些，自打青衫来了之后，便是一直跟在青衫身边，寸步不离的。

虽然马速很快，但是东辰逸已经能听得清锦宝话里的委屈："娘亲总是不告而别，总是不想要锦宝和爹爹，离家出走也不带着锦宝。"

锦宝一直在攒银子，想要永远陪着娘亲，可是娘亲好残忍呢，总是偷偷摸摸地离开，不要锦宝和爹爹，锦宝真的是很心疼。

"娘亲没有不要锦宝。"东辰逸不知道如何跟锦宝解释青衫丢了一事，也知道府里不敢乱传，小东西自然不知道娘亲去了哪里。叹了口气，东辰逸这才开口："你娘亲被师父带走了，要爹爹亲自去要人，才会归还。"

"师父？"锦宝稚嫩的声音重复着，猛然喊道，"是教书的先生吗？

那种怪老人家吗？”

东辰逸微微一愣，鬼谷子活了这么些年了，年岁是不小了，算得上是老人家吧，随即，应道：“是怪老人家。”

小锦宝“噢”了一声，冲着东辰逸喊道：“爹爹一定要把娘亲抢回来哦。”

怪老人家果然都是可怕的，把娘亲带走了。不过是娘亲的师父，是不会伤害娘亲的吧？

东辰逸没再接话，知会锦宝的心，余下的便是极力去寻找青衫的下落。一行人马快速往鬼谷赶着，几日赶路，既少又短暂的休息。

一行人到了一座山脚下，东辰逸停下马，成左驾马上前一步，恭敬禀告道：“启禀主子，此山便是灵云山，鬼谷就在这山里头。”

东辰逸抬眼看了过去，一座耸立入云霄的山，顶尖飘浮着白云。光是这山脉起伏连绵的程度，东辰逸便猜得出，这灵山定是不好闯的。

“随本王闯灵山。”东辰逸冷沉地吩咐着，率先驾着马一路往山间而去。一道狭窄的山路，只容得下一匹马过，虽然这些都是战马，可也是动物，均有知觉的。

陡峭的山脉一路环绕山间，马儿也是放慢了速度，绕着山缓缓前行，小锦宝别过头，便看见旁边是深不见底的深渊，不由得一哆嗦，瞬间收回目光。

这个地方好可怕啊，那个怪老人家带着娘亲到这个鬼地方来，真的是好可怕呢。

东辰逸一行人顺着山路环绕到山的一侧，有一会儿的功夫，便发现另一条通往别处山脉的道路，此路也较方才的路宽敞安全一些。

“跟上本王！”东辰逸高声命令，便加快马速，一路往更深处而去。路径自往山谷里通入，一旁幽静的山林，午后的阳光透过树叶密密匝匝地打了进来。整个谷里四处都是虫鸟兽的低鸣声，倒是有些诡异，锦宝四处好奇地看着。

到了一处林子入口的时候，东辰逸嘴角挂着笑，云之给了地图，说是看到密林，再往前便是鬼谷的入口，只是能不能穿过密林也是要些本事的。

“大家跟紧！”东辰逸再次开口命令着，这密林虽然繁杂，但是此刻不是夜间，寻起路来也是容易许多的。午后的太阳略微偏西，云之说鬼谷正东方，他往着相反的方向定能寻到鬼谷入口。

东辰逸驾马往正东方而去，因着密林的缘故，倒是无法加快马速，一行人也是紧紧跟着，东辰逸也甚是谨慎。鬼谷之所以可怖，因为机关多，他亦不知这片密林里是否有机关。

就在一行人谨慎前行的时候，外头一道强光闪了进来，锦宝高兴地大喊着：“爹爹，快看那边有出口！”

东辰逸嘴角勾起笑，抬眼看了过去，立刻加快马速，倒是没想到他们此次会这么轻松出了密林。

第十七章 潜入鬼谷寻人

一行人驾马出了密林，继续前行着，成左也是难掩兴奋，这密林过了，想必前面不远处应该就是鬼谷了。

顺着宽阔的土路没走一会儿，到了一处谷底，门口一块石碑，碑上刻着：鬼谷圣地，闲人免进。

看着石碑，东辰逸有些兴奋，眼下就是鬼谷了，闯了进去便能见到衫儿了，几日的思念几乎让这男人恨不得立刻冲了进去。那丫头也是，即使被带走，也该想个法子与自个儿联系的。

加快马速沿着石碑旁边的路，一行人闯了进去，忽然，东辰逸猛地勒住缰绳，看着眼前的景象，一大片血红色的梅林，绕着熙熙攘攘的薄雾，看不清里头的虚实。

红梅本就少见，更何况是这么大一片红梅林。

此时又是初夏，这个季节不该有梅花的，更别说这么大一片，看来这鬼谷果然不简单的，方才那片密林，不过是个小考验罢了，这才是真正的闯关开始。

“好漂亮的梅花，娘亲住在这里吗？”锦宝看着这一片梅林，兴奋地喊着。其他人倒是平静，成左驾马上前一步，恭敬开口：“主子，前方梅林拦住去路了，看着薄雾环绕的，想必是阵法。”

带过兵打过仗的人，自然知道兵法布阵这些玩意儿，东辰逸静默地看着前方，让人猜不出心里想些什么。

“留一行人在外守候，其他人下马随我闯梅林。”东辰逸说话工夫已经抱着锦宝下了马。这梅林很密，里头根本进不了马匹，更何况，战马很敏感，若是闯入分不清路，必会惊乱，后果也是不堪设想的。

成左一行人听令，跟着东辰逸下了马，一路往梅林而去，东辰逸一手抱着锦宝，一手握着剑，看着周围的梅花，片片在薄雾里头飘落，看似很美却能迷人心性。

倒是不怕这迷阵，东辰逸怕的就是这薄雾里头若是设有机关，一个不小心便会夺人性命，就在东辰逸谨慎前行的时候，一道“喀啦喀啦”的声音响起。

东辰逸大惊，高声喊道：“小心！”

话音落下的时候，一支支小竹剑飞了出来，穿透在薄雾里，东辰逸带来的人自是不弱的，手里的剑快速旋转着，抵挡飞过来的竹剑。

东辰逸死死地护住锦宝，方才太大意了，如此就带着锦宝闯了进来，实在过于自信，轻看了这鬼谷的机关。

手里的剑再快，可这竹剑似没有断续，飞扬在薄雾里。东辰逸无奈，总不能困死在此处，只得下了命令：“撤回去！”

众人立刻一边挥舞着剑，抵挡暗器，一边往回退着。出了梅林，成影立刻上前，忧心地问道："主子没事儿吧？"

"里头暗器太猛，不易擅闯。"说话的工夫，东辰逸查看着锦宝。小家伙立刻开口："爹爹，锦宝没事噢。"

东辰逸这才放心，伸手将锦宝递给成影，从怀里摸出一枚暗器，顺手射进梅林里头，立刻无数枚雪花状的暗器在梅林飞舞着。

看来这些梅花，根本不能触碰，一碰便会触动机关，引来无数暗器，如此，倒是棘手了，本就是迷阵不好闯入，还不能碰到梅花。

东辰逸蹙眉，静静地看着梅林，成左也是忧心不已，总不能困死在此处。

忽然，东辰逸猛然回过神，嘴角挂起笑，不让擅闯，那就别怪他不客气了。

"成左，毁林！"一道冷沉的声音飘出，成左还不及回过神，便见东辰逸飞身至梅林前，抬手运气，猛地推向梅林，立刻花瓣四起，伴着暗器，整片梅林倒是一番惊心动魄的姿态。

成左也明白了东辰逸的意思，一个飞身前去，两人就这么堂而皇之地毁林。没一会儿的工夫，里头传来一道清亮的女子声音："何人毁我梅林？"

东辰逸和成左闻声停下动作，退回一步，只见眼前梅林自动地往两边散开，一女子穿着紫白色的衣衫飞了出来，在众人面前落定。

"你们是谁？求医得按规矩来，居然敢毁我梅林，好大的胆子。"女子俏丽的脸上，难掩气愤，似乎很心疼这片梅林。

这片梅林种起来不容易，布上阵法就更不容易了。

成左刚要上前说话，却被东辰逸拦着，看着眼前的女子，东辰逸略带些客气地开口："我也是不得已而为之，这梅林都是机关，又无法闯入，只得用这法子引姑娘出来了。"

东辰逸知道，既然设了机关，里头的人，便不会管外头人的死活，若是毁了梅林，不用他们进去，里头的人自会出来讨说法。

成左只觉得好笑，什么时候主子也开始学起云之先生耍起无赖了，不过这法子真心好。

“不得已而为之，你家人是这么教你的吗？”女子更气愤了。毁了梅林，还这般信口雌黄。

东辰逸浅笑，看着眼前的女子是鬼谷之人，说话又这般厉害，应该是跟衫儿有些关系的吧？随即，轻声开口直言不讳道：“我是来找我的王妃的。”

“你的王妃？”女子微微一愣，这才细细打量着东辰逸，“你就是平王东辰逸，衫儿那丫头总是念叨个不停的？”

“正是。”东辰逸嘴角的笑意更深了，听这话，他没有寻错方向，衫儿确实回了鬼谷。

女子脸上也扬起笑意，肆无忌惮地看着东辰逸：“你生得好看是好看，但是却没有衫儿夸得那么好，还有毁人梅林就是不对的。”

没等东辰逸说话，被成影抱着的锦宝对着女子高声喊道：“神仙姐姐，你知道我娘亲去哪儿了吗？爹爹说娘亲被怪老人家抓走了，你能不能帮锦宝找娘亲？”

这个姐姐是仙境出来的，一定可以帮锦宝找到娘亲哦。

女子循着声音看了过去，便见一萌呆的孩子冲着自己笑得甜腻。女子飞身到了锦宝跟前，伸手捏了捏锦宝的脸蛋：“你就是锦宝？”

衫儿说了，跟她的湘儿差不多大的孩子，特别有趣儿，不过嘴倒是挺甜的，她都已经嫁作人妇，为人母了，还有人管自个儿叫姐姐，确实是件开心的事儿。

这女子不是别人，正是青衫大师兄的娘子婉钰。

“对呀，我叫锦宝，神仙姐姐，你带锦宝找娘亲，好不好？”锦宝很是认真地说道，随即，又补了一句，“我可以给你银子哦。”

锦宝有好多的银子，可以给漂亮姐姐一些。

“我可不缺银子，也不能帮你找娘亲。”婉钰笑着回道，师父下了命令，敢串通衫儿，帮这王爷进鬼谷的，一律按谷里规矩处置，绝不轻饶。

小锦宝瞪眼不可置信地看着婉钰，不明就里，用稚嫩的声音说道：“呃，这样子啊，可是真的不可以哦，锦宝不能答应你的。”

知道锦宝人见人爱的，可是这位姐姐怎么可以这么直白呢？

“你在说些什么？我怎么不懂？”婉钰有些不明所以地看着锦宝，弄不清这孩子答应自己什么。锦宝猛然瞪着大大的眼睛，很认真地开口：“锦宝长大了，要娶娘亲的，所以，不能喜欢姐姐，只能给你银子的，实在不好意思。”

“……”婉钰差点儿没跌倒，这哪里是四岁的孩子，分明就是一个小妖孽，众人均是憋笑。

东辰逸也顿觉丢脸不已，这小子真的让老八给带坏了，以后，还是不要锦宝入宫了。没等婉钰开口，东辰逸随即上前一步，略带着恭敬轻声恳求道：“我找了衫儿很久，烦请姑娘行个方便。”

本是不求人的，此刻也顾不得身份了，想见衫儿，发了疯地想见。

婉钰也不是没见过世面的。平王乃当今圣上最宠爱的弟弟，不远千里地过来寻衫儿的下落，此刻放下身份地位，这么求着自个儿已是难得了，看得出这王爷对衫儿是上心的。

略微迟疑了一会儿，婉钰私下看了看，眼神飘忽：“我的紫貂去哪儿了，我得找找，这小东西，没事儿就爱乱跑。”

说完，婉钰飞身离开，东辰逸嘴角挂着笑：“大恩不言谢。”

“别让我师傅知道，不然，跟你没完。”婉钰声音飘了过来。

东辰逸了然地点点头，接过成影手里的锦宝，直接飞身上马，其他人也跟着上马。东辰逸驾马直接冲入梅林，阵法还未散开，四处笼着白雾，只是梅林分开，有了去路。

一行人快马加鞭，往鬼谷深处走了进去，一进去，方知道这才是另外一片天地，四处开着各样的花，远处高山上，一条瀑布悬挂了下来。溅在水潭里，飘起水雾，即使老远也能感到凉悠清爽的雾气、鸟语花香的姿态和世外桃源的气息。怨不得洛风一心要带着衫儿留在这里，确实美，美得让人忘却尘世的烦恼。

东辰逸觉得，取了鬼谷这么个名字，当真是委屈了。

一行人快马加鞭地赶着，想着马上可以见到衫儿，即使再沉稳的男人，也掩不住心中的那份微微的喜悦。锦宝也是被这里的气息感染，轻哼着小调儿："暖暖的清风迎面吹，桃花朵朵开……"

东辰逸无奈地摇摇头，就在一行人从瀑布旁边经过的时候，看见一间竹屋子，被围栏围在里头。东辰逸随即勒住缰绳，抱着锦宝跃身下马。

其他人也跟着下了马，一行人进了院子，一旁一棵老槐树，树边一口古井，再往旁边，便是画着棋盘的石桌子，倒是不像女子住的地方。

成左看着不远处的屋子，有些诧异。上前一步，恭敬禀告："主子，容属下前去打听一下，衫儿姑娘住在何处？"

东辰逸点点头，表示应允，他倒是没想到这谷里还住了其他人家。

没等成左上前，竹屋的门被"砰"地打开，一道身影飞了出来，一袭蓝色绣着花纹的衣衫，飘飘然落在众人跟前。东辰逸看了过去，比自己年长一些，但也差不多的。

"请问这位公子，青衫姑娘住在何处？"成左没想到，屋子的主人会主动出来。男人看着东辰逸，不答反问："想不到你居然能过了梅林，倒是不简单。"

若是婉钰没被收买的话，这平王轻松过了梅林，让他很意外。

"不知先生是？"东辰逸打量着男子，习武之人自能感觉得出对方的内力，这男人武功绝对在自己之下，只是他没想到，这般简陋的屋子，却住着这么一位高人，而且这般年轻。看来这鬼谷果然不能小觑了。

"我叫连钰，是衫儿的大师兄。"连钰直言不讳地应着，对东辰逸没有丝毫的客气，他们鬼谷之人，从不对人低三下四，就算对方是王爷，也不会有什么不同。

东辰逸倒是微微一惊，随即笑了笑："久仰，常听衫儿提起你。"

"你们回去吧，鬼谷是不能擅闯的，若是师父知道了，会责备我们的。”连钰没有客气的话，出口赶人。一旁的成影冷沉着脸看着连钰，手里的剑“啪”的一声出鞘：“烦请公子对我家主子尊重一些。”

“成影不得无礼！”东辰逸出声喝道。成影看了连钰一眼，收起剑退后几步，他是影卫，必须护着主子，主子已经这般客气，这位公子却依旧如此清高。

连钰倒是没在意，依旧是清冷的声音：“回去吧，你是见不到衫儿的。”

“我既然来了，不见到人，是不会离开的，烦请大师兄行个方便。”东辰逸坚定地回道，见不到衫儿，岂会离开？

连钰顿住步子，看着东辰逸，目光平静：“那你的意思，是要闯关了？”

“闯关？”东辰逸微微讶然。连钰嘴角勾起笑：“对，进入鬼谷之人，必须闯关，不论是求医，还是找人，方才那梅林就是第一关。”

这么看来，真是婉钰那丫头被衫儿收买了，给东辰逸行了方便，否则，就算这男人懂得阵法，也得困上一阵儿，哪能这么轻易进来？

“那第二关是什么？”东辰逸片刻恢复淡然。来之前，便知道这鬼谷不好闯入，这会儿也能欣然接受了，能见到衫儿，就算是上刀山下油锅，他都不在乎。

连钰嘴角的笑意未减：“第二关很简单，对弈，与我下棋，三局两胜，赢了，我自会放你过关，输了，你便自动带人离开鬼谷，永远不得擅入。”

东辰逸就这么静静地看着连钰，看得连钰起了防备，猜不出这王爷想做什么。

“我找我的女人，你们当真是百般为难，也罢，三局两胜就免了，本王没有那么多时间，一局定输赢。”东辰逸冷声开口说道，比武倒是有点棘手，比棋艺，对他来说就不算什么了。

当今天下，能下得过他的，除了师父，没有旁人，师父说了论棋者论天下，这棋艺必须得精。

连钰倒是一震，没想到东辰逸敢赌这么大的，连连笑道：“平王爽快，那就一局定输赢。”

随即，连钰一个飞身，往石桌而去，东辰逸也是飞身跟了过去坐下，看着巨大棋盘，连钰出声道：“黑子，还是白子？平王先请。”

“黑子吧。”东辰逸顺手拿过棋盒，倒是也不客气，懂棋艺的人自然知道，黑子先行，白子后行，执黑子者代表有一定的优势了。

连钰看了东辰逸一眼，也未多言，两人就开始下了起来，一旁围观的人，有懂的，也有不懂的，成影倒是懂一些，看人下棋的感觉，就跟看人打仗一样。尤其是看高手之间的对决，顾上便顾不住下，两人棋逢敌手，更是杀得火热，东辰逸抬眼看了连钰一眼，忍不住赞赏：“大师兄棋艺果然不错。”

“你倒是心思深沉，让人有些设防不住。”连钰说话的时候，落下一子。棋可论天下，亦可看出下棋者的性格和脾气，东辰逸稳重，而且，每落下一子，都是在布一局，稍不设防，就会被堵了去路，吞了子。

原本还有些轻浮的连钰此刻也是一心一意地陪着东辰逸下棋，其他人也是紧张地看着局势发展，这主子要是输了，他们就得离开鬼谷，而且是一局定输赢。到时候，见不上青衫姑娘，岂不是白来一趟了，主子过于自信了一些，这下棋靠的是本事，有时候，靠的也是运气。

一局棋下了几个时辰，此刻已经日头西落，两人还在对弈着。连钰也是越来越起了兴趣。就跟比武一样，一旦遇到对手，这些看似无聊的东西，也会变得有趣很多。

东辰逸落下最后一颗子，连钰抬眼看着东辰逸，笑道：“棋艺不错，可惜，平王还是输了。”

说着话，连钰也觉得浑身猛地轻松了许多，方才当真是耗费了不少精力。

东辰逸倒是平淡，伸手打开手里的折扇，看着连钰：“你再仔细看看，是我输了，还是你输了？”

连钰低下头，看着整个棋盘，看似是自个儿赢了，这仔细一看，才知道，白子被黑子围死，他是满盘皆输。

“你这心思，我当真不敢把小师妹交给你了。”连钰忍不住调侃着东辰逸。东辰逸不以为然，笑道：“迟了，我赢了你，可以过关了？”

他要一局定输赢就是这个效果，连钰的棋艺，他不知道多少，但是若是两人多对弈几局，大都能摸清对方下子的套路。若是让连钰摸清了，他要想再赢，怕是有些难度了。

“行了，让你们过关，不然，改日小师妹与我为难，我也说不过去。”连钰也是爽快，君子一言，驷马难追的，若是反悔了，岂不是叫人笑话了？

“承让了。”东辰逸抱拳谢过。连钰不由好笑：“不必谢我，下一关是洛风的，他那一关，不见得会好过了。”

洛风喜欢衫儿，怎么会让这王爷轻松过关？

东辰逸讶然，随即，恢复淡然，对着连钰笑了笑，转身对着众人命令道：“继续前行。”

众人刚要离开，就见不远处一道白影飞了过来，轻功十分了得。人还未到跟前，就听见小锦宝开心地喊着：“娘亲，是娘亲来了。”

“主子，是青衫姑娘。”成左也开心地说道，不消片刻，青衫稳稳落在地上，放下怀里的湘儿。东辰逸就这么怔怔地看着青衫，冷沉着脸。

青衫微微低头，没敢说话。她没想到东辰逸能这么快找过来，还想着如何托人给东辰逸带个消息，只是师父看得紧，她不能出谷。

“娘亲！”小锦宝倒是顾不上别的，几步扑到青衫跟前，被青衫一把抱起。看着锦宝，青衫有些心疼：“乖，有没有想娘亲？”

“想了，爹爹说，娘亲被怪老人家抓走了，锦宝和爹爹很担心，咱们马不停蹄，赶了半个月的路才找了过来，真的好辛苦呢。”小锦宝委屈地对着青衫诉苦。

孩子便是如此，有了委屈，自是会跟娘亲说。青衫摸着锦宝的头，轻声道：“都是娘亲不好，让你受苦了。”

没等锦宝说话，连钰率先开口：“你这丫头，不按规矩来，这唐突跑了过来，小心师父罚你。”

这丫头也不知矜持一些，知了这王爷过来，便这般火急火燎地赶来。洛风也是，不拦着些，师父知道了，定是全部都要受罚的。

“你知道他来了，不通知我也就罢了，还帮着师父阻拦他。”青衫有些气愤，她已经跟大师兄和师父说过，不论以后怎么样，她喜欢东辰逸，都会嫁给他，也希望他们不要为难东辰逸，可是大师兄还是这般阻拦着。

若不是洛哥哥告诉她，东辰逸来寻她了，她现在还被蒙在鼓里。

“这是师父的命令，我也做不了主，你不要任性便是。”依旧是那副平淡声音。连钰就算生气，也不会有太多起伏的情绪，只是拿这个小师妹半点儿辙也没有。

青衫怒瞪了连钰一眼：“不要总拿老家伙压我，我不怕他。”

她不喜欢洛哥哥，便是十恶不赦的吗？人这一世活着，本就是不易的，还不能和心爱的人在一起，更是无趣。

没有等连钰说话，青衫将锦宝递给成右，上前拉着东辰逸离开竹屋。其他人见此，也立刻跟了上去，到了一处稍显偏远的地方。

东辰逸看着眼前亦是一间竹屋，只是周围种满了桃花，眼下桃花正开得灿烂，一片片四散着。青衫转过头，看了东辰逸一眼：“咱们进屋说话吧？”

“其他人，在外候着！”东辰逸冷沉地命令着，随手将青衫一揽，穿过桃花林，直接飞进竹屋里头。带上门的那一刻，东辰逸反手一抵，将青衫压在门上，整个儿地锁进自己怀里，低头吻了下去。

多日的思念全部化为吻，几近霸道的气息，充斥着青衫整个儿呼吸，任由着东辰逸吻着。东辰逸双手将青衫禁锢在狭小怀中，沙哑的声音溢出：“你这没良心的丫头……”

唇却依旧与青衫那抹薄唇痴痴地纠缠着，强有力的舌头撬开青衫的贝齿。

舌尖划过每一处，惹得青衫微微颤抖，青衫只觉得脑中一片空白，手臂不由得勾缠着东辰逸的脖子，一道道酥麻入骨，传遍全身。青衫的呼吸也变得更加急促起来，若不是靠在门上，青衫只怕自己连站都站不稳了。

青衫略带些粗喘连连的呼吸声，让东辰逸几近失控，尤其是此刻这丫头学着他的样子，青涩而淡淡地回应着，让东辰逸如着了魔一般。置于衫儿腰间的手，微微用力，几乎想将这丫头揉入体内。

青衫不由自主想要避开，忍不住开口，魅惑的声音说道："东辰逸，不，不要。"想要推开怀里的男人，却早已被东辰逸吻得全身无力。

而这带着几分娇喘的声音，听在东辰逸耳里，更让东辰逸几近发狂。一手撑着青衫，腾出另一手，轻轻扯开衫儿前襟的盘扣。

东辰逸微微迷蒙地看了青衫一眼，低下头吻上那细细的锁骨，惹得青衫更是不知所措。这男人从没这般过，想要拒绝，却又被这种奇异的感觉诱惑着，让衫儿有些难受。

而东辰逸似是要将这些日子的思念诉尽一般，牙齿轻轻地啃噬着衫儿那白皙裸露的锁骨，一股股电流袭来让衫儿颤抖不已。就在东辰逸几近失控的时候，才猛地放开青衫。

用沉痛的目光看着青衫，沙哑地质问："我不找你，你便也不打算和我联系吗？"

若不是那方帕子，他真不知去哪儿找这丫头。最怕的就是寻了鬼谷闯了关，这丫头根本就不在鬼谷，又该如何是好？

"不是这样的？" 青衫小脸依旧微微酡红，"师父命大师兄和师姐守在外头，我没办法传信与你。"

"你师父呢？"东辰逸一手揽着青衫，既然来了，今天，他便要将人带走。青衫摇摇头："师父不出来，你便见不到他的。"

"那正好，你跟我走。"东辰逸笑了笑，不来就不能怪他将人带走了。

青衫刚要说什么，外头传来一道苍劲的声音："教你们这么些年的本事，连个人都拦不住？"

“是师父来了。”青衫眼里显出欣喜。自她回来鬼谷，师父出来骂她一番之后，便没了人影，想不到今天居然终于肯露面了。

东辰逸放开青衫，猛地拉开竹屋的门，便见一老者穿着灰白布衫，头发花白，但面色红润，有股仙风道骨的感觉，却多了几分不羁的傲慢。

“晚辈东辰逸，见过鬼谷子老先生。”虽是皇家人，可这点儿江湖规矩东辰逸还是知道的，毕竟礼多人不怪。

鬼谷子打量着东辰逸，模样倒是还行，可是一比他的二徒弟，倒是差得远了，也不知道衫儿喜欢他什么？

“臭小子，谁让你来鬼谷的？还带了这么些人来，想打架吗？”鬼谷子这一出口，连钰彻底挫败。师父永远都是这副为老不尊的德行，本来一直受着江湖人尊敬，可这模样，一听就多了轻浮之气。

东辰逸嘴角微微勾起，恭敬回道：“晚辈不敢，只是来寻我的王妃。”

“王妃，你哪门子的王妃？”听了东辰逸这么说，鬼谷子更加不干了。

东辰逸将青衫往怀中一揽：“她便是。”

“死小子，这是我徒弟，跟你扯哪门子关系？老夫告诉你，看在你年幼无知的分儿上，不与你计较，赶紧带着人离开鬼谷，不然，老夫让人打你出去。”鬼谷子瞪眼看着东辰逸，衫儿这死丫头也是，当着他的面儿，如此跟男人亲近，真是造反。

东辰逸猛然看着鬼谷子，目光里多了几分冷冽：“晚辈不知哪里得罪了前辈，定要如此为难我？”

“没有啊，老夫就是不高兴，不想把徒儿嫁给你，你奈我何？”鬼谷子老先生干脆耍起无赖。总不能说因为东辰逸的师父，才不愿意将衫儿嫁给他的吧？

青衫瞪眼看着师父，微微蹙眉：“您怎么这么不讲理，我就是喜欢东辰逸，不同意，我也跟他走。”

“你个死丫头，到现在还不知悔改？知不知羞耻？”鬼谷子冲着青衫咬牙切齿。

这死丫头出去一圈，越来越不听话了，更是不知道一点姑娘家的矜持了。

“师父，这事不必责备衫儿，您要我如何做，才肯将衫儿许配给我？”东辰逸耐着性子，对着鬼谷子问道，既然有意为难，那就是不容易将人带走了。

鬼谷子淡瞥东辰逸一眼，语气极其不耐地回着：“跟你个死小子说了多少遍了，我打算将衫儿许配给洛风的，是不会嫁给你的，赶紧死心走人吧。”

“今日来了，不带走衫儿，我便不会离开的，更何况，本王自认为不比洛风差，您又何苦非得拆散一桩姻缘？”东辰逸看了洛风一眼。

洛风倒是没有说话，一个转身离开了。他深知衫儿是不会嫁给他的，留在此处不过是自取其辱，师父再强留衫儿也是无用的。

鬼谷子瞪眼看着东辰逸，心里直骂自个儿的徒儿怂，对着东辰逸吼道：“你就是皇帝老子，那也不成，速速离开，老夫可没有时间与你闲聊。”

青衫气愤不已，刚要再说什么，却被东辰逸拦住，几步上前恭敬跪在地上。一旁的成左和成影大惊，高喊一声：“主子。”

主子是王爷，这一生只能跪太后，跪皇上，鬼谷子就算是在江湖上再了不得，也只是平民百姓而已，如何受得主子行跪拜之礼？

青衫和洛风也吃惊地看着东辰逸，惊得有些说不出话来。

东辰逸摆摆手，看着鬼谷子恭敬开口：“求师父将衫儿许配给我，此生必会善待于她。”

鬼谷子就这么静静地看着东辰逸，良久才沉声开口，倒是多了几分严肃：“你当真会善待衫儿？你是皇家人，这一生必会三妻四妾，又如何善待这丫头？”

他虽极少出谷，可是也知道，平王东辰逸到底是人中龙凤，身份尊贵，如此男人，怎么会一生只娶一个女人？衫儿虽然只是他的徒弟，却与女儿无异，又怎么会舍得让这丫头委屈？

“我这一生，不立侧妃，不纳妾，只娶衫儿一人，天地为证，若有假话，必遭天谴。”东辰逸冷冷地立着誓言，他知道老先生这般为难他，也是心疼衫儿，真心待衫儿好。

鬼谷子一听，朗声笑了起来：“你可比你那师父强得多，你起来吧，人可以带走，往后，不要再来我鬼谷。”

话音一落，鬼谷子闪身离开，青衫和成左上前扶起东辰逸。青衫抓着东辰逸的胳膊，她就知道，这男人是在意他的。

“你们走吧，大婚之时，记得派人送上请柬来。”连钰欣赏地看着东辰逸，是个非同凡响的男人。

他这一跪也不委屈，老家伙那么难缠，如今也不计较了，即使东辰逸是王爷，身份尊贵，可这么多年，师父也算是衫儿的爹爹了。

“今日，多谢了。”东辰逸对着连钰抱拳，也不打算在此处多留，他就是来寻衫儿的，也不知云之那边情况如何，一直没有消息，得赶快离开鬼谷与云之联系才是。

青衫看着连钰，红着眼睛：“大师兄，好好照顾师父，我会回来的。”

“去吧。”连钰摆摆手，东辰逸顺手抱着衫儿，一个跃身上了马，其他人也跟着上马。成左怀里的锦宝看着湘儿，露出小小虎牙笑道：“小妹妹，有时间去我王府玩儿哦，带你吃好吃的。”

这个小妹妹长得好可爱啊，锦宝很喜欢。

湘儿缩在连钰怀里，委屈地看着锦宝，忽然，猛地哭了起来，大伙倒是诧异不已。

锦宝看着哭着的湘儿，瞪大眼睛不解地问道：“小妹妹，你哭什么？哥哥是好人哦。”

“怎么看着不像？”湘儿哭得更大声了，锦宝不可置信地看着湘儿：“呃……”

一时间，两个小东西惹得众人轻笑不已，若不是急着要离开，这鬼谷倒是真可以待些日子，人间仙境，世外桃源，让人流连忘返。

“后会有期！”东辰逸高喊一声，驾着马带着众人离开鬼谷。出了梅林，东辰逸搂着青衫，压低声音：“回洛城，咱们便成亲了。”

“你母后和皇兄允了吗？”青衫记得太后觉得她的身份不够资格做东辰逸的侧妃，要成亲，怕是也难。

东辰逸看着前方的路，低声回道：“我与皇兄承诺，从离开盛京之日起，没有圣旨，绝不踏入盛京一步。”

青衫闻言，有些吃惊，但随即恢复淡然，这是东辰逸开出的条件，皇上才会欣然应允吧，丞相死了，东辰锦又被关了起来，东辰月去了边城驻守边关。东辰暮离开皇宫，去了边城，眼下能威胁皇上帝位的，唯有东辰逸，皇上自是不能明说让东辰逸离开，但是也是让东辰逸主动开口，永不踏入盛京一步，这才是他要的结果。

“东辰锦呢，云之可有救出他吗？”青衫忽然忆起，转过头紧张地问道，若是出差错，大家都会有事。

东辰逸微微摇头，回道：“我不知，你被鬼谷之人带走之后，我便来寻你了，顾不上那许多，云之和成右也未曾与我联系。”

“那怎么办？”青衫着急地问着东辰逸，都是大师兄，不分时候地将她掳走，不然，有东辰逸在，定能安全救出东辰锦的。

东辰逸猛地加快马速，轻声应道：“不必心急，云之也是稳重之人，没有消息，便是好消息，只是时间的问题，现在咱们先回洛城再说。”

此处不是封地，若是皇兄的人，知道他还滞留在此，未回自己的封地，免不了又得挑起一场轩然大波。

青衫点点头，没有再说什么，一行人出了密林，下了灵云山。刚到山脚，便见一行人马往此处赶了过来，东辰逸放慢马速，谨慎地看着前方，其他人也是跟着停下马。

第十八章 春风十里柔情

东辰逸一手搂着青衫，一手摸出腰间的软剑，其他人也纷纷抽出手里兵器，看着前方的人马越来越近，直到熟悉的身影融入视线。青衫脸上挂起笑意，高声喊道：“是云之他们。”

云之他们来了鬼谷，定然是轻松救出东辰锦了，如此甚好。

东辰逸也是眼露欣喜，收起手里的软剑，其他人也顺势收起剑。待一行人马靠近的时候，云之和成右从马上一跃而下，恭敬地到了东辰逸面前，跪拜道：“云之（成右）参见主子。”

“起来说话，你们怎么寻到鬼谷来了，东辰锦呢，可有救下来？”东辰逸急声询问道，抬眼看着不远处的马车，也顺手抱着青衫下了马。

云之起身，有些迟疑地开口："回禀主子，四皇子救下来了，可是……"

"可是什么？"东辰逸出声打断。没等云之开口，便见那边东辰锦从马车上下来，一身素布衣裳，跟着东辰锦下来的还有一个素布衣衫的女子。

两人轻喊一声："小皇叔，青衫姑娘。"

锦宝也从被湘儿打击的抑郁中回过神来，对着祯儿甜甜唤道："四哥哥，祯儿姐姐，你们是来找锦宝的吗？"

祯儿冲着锦宝微微一笑，这孩子永远都是这么可爱，无忧无虑地活着，真好。

倒是一旁的青衫不可置信地看着向此处走来的两人，讶然："祯儿公主，你怎么来了？"

她倒是没想到，祯儿也跟了过来，祯儿以前就常在她面前提东辰锦的好，可是毕竟是兄妹，夸自个儿哥哥，倒是正常的。可是此时东辰锦是在逃亡，祯儿也跟过来，实在让人费解。

东辰逸也是冷眼看着两人，东辰锦扶着祯儿在东辰逸和青衫面前站定。祯儿有些不知所措地看着东辰逸，小皇叔比她大上几岁，可她不怕父皇，独独就怕小皇叔。

"小皇叔。"东辰锦也是有些为难地开口。东辰逸收起留在祯儿身上的目光，冷声问道："这是怎么回事儿？祯儿为何出现在此？"

"我……"东辰锦不知道如何开口，小皇叔冒死命人将他救下来，这会儿，算不算恩将仇报了？

没等东辰锦说完，祯儿猛地抬起头，抓着东辰锦的手，对着东辰逸急声解释："小皇叔，这事儿与东辰锦无关，是我要跟来的，他们都拿我没法子。"

她喜欢东辰锦，自从知道他不是自个儿亲生哥哥之后，更加放开自己的仰慕之心，也是这么多年她迟迟不肯嫁人的缘故。东辰锦能文会武，风度翩翩的，是难得一见的好男人，她不想错过。

“胡闹！混账东西，你知不知道，你求着云之救下他来，大家已经都是拿命在赌了，你怎还这般任性？”东辰逸几近咬牙切齿，祯儿这是一己之私要害死所有人的做法。

祯儿红着眼睛看着东辰逸，不住点头：“祯儿知道，可是没办法，祯儿不想跟东辰锦分开，求您成全。”

她知道自个儿是在任性，那日要同东辰锦一同离开之时，众人也劝说了，可她听不进去，只知道，这一次不跟着东辰锦一块儿走，这辈子怕是都见不到这男人了，她会后悔一世的。

“本王给你两个选择，要么你跟着本王回去，要么，你和东辰锦一同跟着本王回去认罪。”东辰逸几近要杀人的目光，他不怕死，这连累下来，连太后都要跟着遭殃的。

宫里丢了个公主，又是皇兄最宠爱的女儿，不可能没人知道的。怕是这会儿宫里已经乱作一团，上上下下都在找人，也或者皇兄知道东辰锦被调换了，祯儿又消失了。

自个儿还滞留封地，这会儿指定派了兵马出来寻人。

青衫也能理解东辰逸的愤怒，祯儿这一次确是唐突了，喜欢一个人没错，为了自己心爱的人，抛弃荣华富贵也没有错的，可是如此轻率，必将酿成大祸。

“我不走，我要跟着锦哥哥一起离开，小皇叔，我们走投无路了才来找您的，您一定会有法子的。”祯儿哭着求着东辰逸，本来云之说安排他们去南山——云之师父的地方躲一阵子。

可是她要跟着。云之便说南幽国他们是不能待了，可此刻想出边城，怕更是难上加难，只能先来鬼谷，找主子商议再论后事。

“成，本王的话，你听不进，成右将人绑了回去，不用管她。”东辰逸沉声下着命令。一旁的云之上前一步，恭敬开口劝道：“主子，已经迟了，人已经出来了，此刻再回去，怕是谁也脱不开干系。”

“混账，你知道会是如此结果，为何还带着祯儿出来？”东辰逸瞪眼看着云之，他当真是纵容了云之一而再、再而三地跟着他们胡来，不顾他人的安危。

云之闻言，跪在地上：“云之有罪，请主子赐死。”

他知道自个儿犯了主子的忌讳，擅自替主子拿了主意，别的都还好，唯独此事是主子不能容忍的，他云之也不能例外。

“小皇叔，是我带祯儿出来的，我跟你回去，此事与云之无关，我不怕死。”东辰锦没想到会连累了云之，本以为小皇叔会理解的，他亦喜欢祯儿，看着祯儿哭着求自己带她离开，不愿意当这公主，更不愿再留在皇家。

一时间心软，便带着祯儿离开了，已经出来，便没有回头路了，云之他们也是没法子的，只能走一步算一步。

“你以为你死就够了吗？你这条命是捡回来的，你现在能站在此处跟本王说话，就是你上辈子积德了，居然还拐带祯儿出宫，你好大的胆子。”东辰逸吼骂着东辰锦。

他一直欣赏锦儿，却不想这孩子一错再错，错得让人忍无可忍了，如今又闯下这么大的祸。

青衫见东辰逸气急，连忙伸手拉住东辰逸，急声道：“咱们不要在这儿聊了，先回鬼谷再从长计议，否则，官兵追上来，可就全完了。”

云之他们这么堂而皇之地过来，总归是会引起人注意的，若是一直在此，待官兵发现，全部的人都脱不开干系。

“不能回鬼谷。”东辰逸出声打断，“有没有别的去处，他们去了鬼谷，只会将鬼谷也牵连进去。”

皇兄和母后知道衫儿出自鬼谷，若是追查下来，必先会派人彻查鬼谷的，到时候，藏不住，还得牵连鬼谷之人。想想方才那一方净土的世外桃源，实在不想将他们牵连进这世俗的纷扰之中，更何况，老先生让他带走衫儿，已是宽容了。

青衫了然地点点头，倒是自己疏忽了，其他人也是忧心不已，一时间不知道如何是好。

忽然，青衫猛地抬头，拿出箫轻声吹了起来。东辰逸微微讶然，众人也是诧异不已，就在这时，不远处传来雕儿轻鸣的声音。

众人看了过去就见一只花白雕，往此处飞了过来。

没一会儿的工夫落在青衫的肩头，青衫微微侧过头，看着肩上的雕儿，轻笑了起来："你倒是机灵，来得挺快的，是不是在附近晃悠？"

雕儿似乎听懂了青衫的话，低鸣几声表示应答。

"花雕，我要拜托你件事儿，将他们带到姑姑那里去，可好？"青衫伸手摸了摸花雕的头，雕儿似是有灵性一般，低鸣了几声。

其他人也是讶然，能御兽的，江湖上也有，可是没想到衫儿居然能和雕儿说话。

青衫伸手从怀里取出一张羊皮纸，就着研药用的墨粉，在上面写了一些字，便卷起，绑在雕儿的爪子上。

"祯儿公主，你们跟着雕儿去毒王谷吧，先去那里避一避，我师姑在那里，毒王谷遍地是毒花毒草，无人敢擅入。"青衫对着祯儿说道。

师姑自幼就长在毒王谷里头，她去过那里，有些毒草没人带入的话，怕是神仙也进不去。

祯儿感激地看着青衫，点点头："谢谢你，衫儿。"

"不必谢我，你这傻丫头，好好的公主不当，偏生跟着东辰锦逃命，实在太傻。"青衫上前几步替祯儿整了整衣服，在宫里的那一段日子里。最快乐的事儿便是认识了祯儿。这丫头待自己也是真心好，好东西都不忘记她一份儿，两人说是形同姐妹也不为过了。

祯儿摇摇头："我不傻，只是不想后悔罢了。"

青衫了然地点点头，一直沉默的东辰逸看着祯儿，也是心疼，这丫头打小是父皇捧在手心里的，端是晨起洗漱，便是一堆侍婢丫鬟伺候着。可此刻，出了宫便是受苦的日子，真是太傻了。

“小皇叔……”祯儿走到东辰逸跟前，知道他还是生气的。小皇叔好心救了东辰锦，她却任性跟着出来，怕是会连累很多人的。

东辰逸伸手揉了揉祯儿的头发，声音很轻：“往后的日子，你只有自己过了，没人伺候了，你能懂吗？”

“我知道，我不怕苦。”祯儿点点头，眼泪“扑簌”地掉着，扑进东辰逸的怀里，也知道东辰逸是心疼她的。

东辰逸伸手揽过祯儿，这丫头长大了以后便没这般亲近过他了，一切都是命里注定的。东辰逸叹了口气：“那这便足矣，既然出来了，也没有回头的路，去毒王谷暂时避一避，待风头一过，我便派人接你们，给你们安排个好去处。”

“祯儿知道。”她就知道小皇叔不会不管的，一定会护着她的。

放开祯儿，东辰逸看着不远处的东辰锦，声音沉了几分：“我将祯儿交给你了，你不可负了她，否则，我会亲手杀了你的。”

“小皇叔放心，我定会好好待她的。”东辰锦应道，祯儿弃了公主之位追随着他，他又怎么会负了这丫头呢？那岂不是太不仁不义了。

东辰逸看着两人不再多说什么，放心不下，也得放下。

青衫上前拉过祯儿，替祯儿擦着眼泪：“罢了，你们赶快走吧，不然，都走不了。”

“走吧，祯儿，还有机会再见的。”东辰锦上前拉着祯儿，祯儿还是抓着青衫的衣服不肯松手。直到青衫不动声色地抽开，笑道：“毒王谷，我会常去的，不过分开几日而已，听话。”

成左牵了一匹战马上前，交给东辰锦，东辰锦将祯儿一搂，飞身上了马，没有多做停留便跟着雕儿离开，往毒王谷的方向而去。

一行人看着马匹消失在林中，没了踪影才回过神来。

“其他人，都跟着本王回洛城。”东辰逸冷声吩咐着。刚要带着青衫上马，云之上前一步，跪在地上，恭敬道：“主子，这天下事已经稳定，四皇子也救出来了，云之打算跟主子就此别过。”

跟了主子有些年了，主子的脾气和秉性他云之是了解的，不顾主子的意思，一而再、再而三地擅自替主子决定，已经是犯了主子的大忌。

“你这是何意？本王打你一下，你便要离开吗？”东辰逸微眯着眼看着云之。他看重云之这么多年，实在是云之太不知轻重，才出的手，想不到云之记仇了。

云之抬起头，笑道：“主子待云之的知遇之恩，纵然是死也无以为报，更别说那一巴掌了。本就是云之的不对，主子责罚是应该的，只是云之，云之没脸再跟着主子。”

留下也只会让主子在众人面前失了威信。

“既往不咎，愿意留下便留下，不愿意，本王也不强求。”东辰逸冷声说了句，将青衫一搂，飞身上了马。他这一生除了挽留过衫儿，倒是没开口强留任何人。

云之若是识趣，也当是留下的，知道他是心善才会违背自己的意思。

“云之先生，你不要走了，主子都开口留你了。”看着东辰逸远去的背影，成右上前劝道，虽然云之先生有时候挺讨人厌的。也有会喜欢上成右的可能，但是若是先生真走了，生活也会索然无味的。

成左也上前扶着云之起身，开口留道：“成右说得对，先生，主子是重感情之人，已经既往不咎了，您就不要走了，会伤了主子的心。”

“是啊，是啊，先生莫要走了。”其他人也是跟着劝道。锦宝看着云之，微微偏着头：“先生你要走吗？”

方才的一切对孩子来说都是一头雾水，不是很能理解，祯儿姐姐和四哥哥跟着雕儿走了，云之先生也要走，真是很奇怪呢。

“我……”云之不知该如何回答，他一生就是个谋士，离开东辰逸，也不知道自个儿还有什么作为，一身的能耐也不知道用在何处了？

锦宝伸手拉着云之的衣服，眨着大眼睛，稚嫩的声音再次开口：“云之先生莫要走了，虽然锦宝不是很喜欢你，但是成右很喜欢你哦。”

锦宝不喜欢先生总是劝爹爹送锦宝去私塾读书，可成右总是喜欢跟在云之身边，是喜欢云之先生的吧？

“……小世子不要乱说话，成右才不喜欢他呢。”成右想也没想便接了话，众人也是哄笑不已。

锦宝不解地看了一眼成右，大人的世界果然是不能理解的，真的是没办法。

前方东辰逸搂着青衫，马速未减，也不顾众人是不是追得上，青衫微微偏转过头：“你既然不舍云之离开，何不把话说清楚？”

她了解东辰逸，方才那番话已经是最大的让步了，可是云之似乎是打定主意要走了。

“他要走便走，我已经说了不计较，难不成还要本王说好话吗？”东辰逸将青衫搂得更紧，这些人都是他惯的，连云之也敢这般决定。

就在青衫刚要说话的时候，身后传来阵阵马蹄声，青衫转过头，便看见云之他们已经快马追了上来，她有些兴奋地对着东辰逸喊道：“云之没走，东辰逸。”

“我知他不会走，若是走了，本王便将他那劳什子的表妹赐婚与他！”这话是对青衫说的，可是东辰逸却用内力喊了出来，跟在身后的一行人听得是真真切切的。

云之险些从马上跌了下来，连忙对着东辰逸喊道：“云之知错了，请主子三思。”

原来主子是这么打算的，幸亏方才自己没有执意离开，不然真娶了表妹，才是痛苦的事儿。

“扣你半年俸禄，这些日子的事儿本王便不计较了。”东辰逸嘴角挂着笑，头也不回地来了句。

“可是云之这个月和下个月的俸禄已经扣了。”云之不满地喊道。半年的俸禄，上有八十岁奶奶，下有三岁侄儿要养，俸禄全没了，可如何活下去？

青衫转过头，看着云之轻声道：“那就是你的事儿了，跟你主子无关。”

好像东辰逸能震得住成左、成右和云之的法子，就是扣俸禄。

云之不满地嘀咕了几句，一旁的成右驾马上前，忍不住轻咳两声：“先生，城西的房子又涨价了，听说商户们最近炒得厉害。”

“又乱涨价，让不让活了？三间瓦房都没有，如何娶媳妇儿？”云之闻言，气得不轻，这些人实在太可恶了。

一行人哄笑不已，锦宝也跟着“咯咯”地笑着。

番外

FANWAI

暖暖的阳光照在王府里头，枝头上鸟儿欢快地唱着歌儿，从这个树枝，跳到那个树枝，桃花覆雪，急不可待地开。

今年的桃花似乎耐不住寂寞，不等这寒冬过去，就盛开了。再赶上下雪，倒是有股子乍暖还寒的姿态。

一个扎着麻花辫的小姑娘，七八岁的模样，生得俏丽，穿着粉色棉袄，站在院子里头，手里捧着一本书，鼻头冻得通红，旁边石桌边坐着一男子，脸上佯怒。

男子旁边站着一少妇打扮的女子，垂首恭立，看衣着打扮，不似侍婢，倒似这王府的女主人。

“冷吗？”男子对着小姑娘问道。小姑娘乖巧地点点头：“回禀爹爹，冷。”

“知错了吗？”男子朗声问道，似是心疼，可眉间余怒却未退下，东辰逸倒是没想到，自个儿宠了这么多年的女儿，居然跟她娘亲学坏了。

偷偷溜出王府，要往边城而去，若不是带着快马追过去，真叫这娘俩儿跑了。

小姑娘看了眼东辰逸身边的青衫，委屈地说道：“娘亲说想去看看大哥的。”

“你娘亲不懂事，你是本王亲自教出来的，难道也不懂事吗？”东辰逸微眯着眼，俊儿都没蓝儿这般受他宠爱。

一旁的青衫实在没忍住，反驳道：“谁不懂事了？你将锦宝送到边城去，有四五年没有回来了，去年又送了俊儿入宫，可是有考虑过我的感受？”

她的两个儿子，都让这男人送走了，可不是她得带着蓝儿离家出走了。

“锦宝不小了，是该出去历练历练，俊儿是皇上派人接走的，与本王何干？”东辰逸撇开干系，这丫头自从嫁进王府，一门心思在锦宝身上。

再后来有了俊儿，有了蓝儿，她从来不顾虑自个儿的感受。

青衫嗤之以鼻：“皇上派人接走俊儿，可不是你上的折子？”

东辰暮继位之后，对东辰逸更加信任和重用，废了祖制。封地王爷不得参政，东辰暮觉得这本就是荒唐之事。

虽然太后和群臣极力阻拦，但是东辰暮依旧坚持，祖制是人定的，规矩也是人改的。

他与先皇不同，知自个儿这小皇叔没有私心，更不会留恋帝位。尤其是东辰逸有过人的才华和城府，斗得过群臣，帮着东辰暮平朝纲，定边城，虽然是东辰逸不情愿的事情。但是为了南幽王朝，也是尽心尽力地帮着东辰暮。

“定是成右又在你跟前碎嘴了？”东辰逸微眯着眼，成右是越来越不知身份了，青衫刚要说话，外头传来一阵清朗的声音：

桃之夭夭，灼灼其华。之子于归，宜其室家。

桃之夭夭，有蕡其实。之子于归，宜其家室。

桃之夭夭，其叶蓁蓁。之子于归，宜其家人。

青衫有些吃惊地回转过头，便看见一少年男子穿着盔甲，盈盈笑着朗朗诵着《桃夭》。

这首诗，她毕生都不会忘却，依稀记得，锦宝还是四五岁的时候，执着地跟着她学了这首《桃夭》。

如今他却成了少年郎，岁月实在转换得太快了。

“娘亲，我回来了。”少年清朗的声音有些微微沙哑。青衫红着眼睛，几步奔了过去，扑进锦宝的怀里：“锦宝，你回来了？”

细数，她和锦宝至少有七年未见面了，蓝儿都七岁了。那一年这孩子不过八岁的模样，东辰逸便问了锦宝：“你是要做将军，还是做王爷，本王都依着你。”

青衫没想到的是，小家伙想也不想，镇定回道：“我要做将军，带兵打仗。”

再后来，锦宝就被萧将军带走了，一别七年。

“我都长大了，不叫锦宝了，叫萧锦。”萧锦清爽地笑着，俊脸上多了几分翩翩公子的模样，又掺着男儿的血性。

青衫放开萧锦，微微嘟着嘴：“那又怎么样？你是我的儿子，不论什么时候，都是我的锦宝。”

“娘亲还是跟以前一样漂亮。”萧锦笑着应道，一直是好脾气的男人，出去磨砺几年，性子更是越发地好了。

青衫也跟着笑了起来：“你长大了，俊朗了。”

“什么时候回来的？为何不见传信？”东辰逸冷声质问道。这小子倒是胆大，说回来，连招呼也不打一声。

萧锦看着东辰逸，盔帽下的脸，笑得灿烂："爹爹一直不肯让锦儿回来，是怕我抢了娘亲吧，若是您一直这副性子，娘亲迟早是会跟着我离开王府的。"

他知这些年，爹爹嘱咐了萧将军，不成才，便不要回来。

"臭小子！"东辰逸咬牙切齿。就听见萧锦笑道："我已是副少将了，可以回来看娘亲和弟弟妹妹了。"

"就是，我们锦宝很厉害的。"青衫嫌弃地看了东辰逸一眼，拉着萧锦离开，一直在不远处的蓝儿，偏着头看着萧锦，不知如何开口。

青衫冲着蓝儿招了招手："过来，这是你哥哥。"

"哥哥。"蓝儿几步奔了过来，一直听娘亲提起，倒是未亲眼见到，实在遗憾。

萧锦顺手抱起蓝儿，清朗的声音道："你便是蓝儿吧？哥哥从边城给你和娘亲带了很多礼物，咱们去屋里瞧瞧。"

萧锦抱着蓝儿离开，青衫也高兴地跟了上去。

看着三人离去的背影，东辰逸铁青着脸，一旁的云之笑道："主子是不是有种被遗弃的感觉？"

"他回来，怎么没人报信？"东辰逸冷沉地问道。云之笑了笑："小世子说的是去盛京办事，绕了远路，谁知他使诈，回了王府。"

所谓兵不厌诈，可也所谓防不胜防。小世子这些年在军中确实得了不少赞赏，就连萧将军都说，萧家后继有人了，也不枉平南王他们誓死护住小世子周全。

图书在版编目（CIP）数据

何以青衫薄 / 墨苏黎著. — 北京 ：西苑出版社，
2015.10
ISBN 978-7-5151-0506-2

Ⅰ. ①何… Ⅱ. ①墨… Ⅲ. ①长篇小说－中国－当代
Ⅳ. ①I247.5

中国版本图书馆CIP数据核字(2015)第203487号

何以青衫薄

著　　者　墨苏黎
责任编辑　雷燕青
开　　本　710毫米×1000毫米 1/16
印　　张　17
字　　数　200千字
版次印次　2015年10月第1版 2015年10月第1次印刷
印　　刷　三河市金泰源印务有限公司
书　　号　ISBN　978-7-5151-0506-2
定　　价　32.00元

出版发行　西苑出版社　北京市朝阳区利泽东二路3号　邮编：100102
发 行 部　（010）84254364
编 辑 部　（010）84250838
总 编 室　（010）64228516
网　　址　http://www.jccb.com.cn
电子邮箱　jingchengchuban@163.com
法律顾问　陈鹰律师事务所（010）64970510